W0367389

LA MAÎTRESSE
DU GÉNÉRAL

DU MÊME AUTEUR

La Ferme des engoulevents, Esther et Maïté, t. III, L'Archipel, 2023.

La Ferme des engoulevents, Diane, t. II, L'Archipel, 2022.

La Ferme des engoulevents, Lilibeth, t. I, L'Archipel, 2021.

Les Braises du souvenir, Le Grand Départ, t. II, L'Archipel, 2020.

Les Braises du souvenir, En Algérie, t. I, L'Archipel, 2019.

L'Honneur des Lannélec, L'Archipel, 2018.

Le Destin des Lannélec, L'Archipel, 2017.

Le Manoir des Lannélec, L'Archipel, 2016.

D'une rive à l'autre, SAIG, 2013.

Les Braises du passé, SAIG, 2011.

Entrez dans la danse.com, SAIG, 2010.

D'une saison à l'autre, SAIG, 2009.

Orages et Éclaircies, SAIG, 2007.

La Toge prétexte, SAIG, 2005.

MAURICE DE KERVÉNOAËL

LA MAÎTRESSE DU GÉNÉRAL

roman

l'Archipel

Notre catalogue est consultable à l'adresse suivante :
www.editionsarchipel.com

Éditions de l'Archipel
92, avenue de France
75013 Paris

ISBN 978-2-8098-4917-2

Copyright © l'Archipel, 2024.

Prologue

Morbihan, décembre 1977

En Bretagne, c'était un manoir. Dans le reste du pays on eût parlé d'un château. En ce début décembre, il faisait un froid de gueux et ledit manoir avait revêtu sa tenue d'hiver : son granit chaleureux et doré durant l'été s'était habillé d'un gris verdâtre, et les ardoises du toit pentu avaient pris une teinte anthracite. Cette demeure du xve siècle, si gaie à la belle saison, devenait sévère, presque hostile en fin d'année. Et sa haute tour un peu menaçante évoquait l'insécurité, les risques dont ses occupants avaient jadis dû se protéger. L'étang aux eaux noires, au pied de la terrasse, reflétait un ciel sombre. Au-delà, des bois l'enserraient. Leurs arbres, presque tous dépouillés de leurs feuilles, mêlaient du fauve et du roux à un brun foncé, coupé par-ci, par-là du vert sombre de quelques conifères… *Pas très gai, tout cela*, me disais-je.

Après avoir travaillé deux heures à retirer le lierre qui mangeait la façade de la chapelle, je m'étais accordé une pause. Je me tenais sur le chemin qui longeait la propriété, à regarder, un peu inquiet, cette maison que j'avais reprise six mois auparavant. Il allait falloir en refaire le toit, réparer les murs d'enceinte. Quant à l'intérieur, qui avait été transformé en ferme, tout était à reprendre. Je me demandais si ce choix d'avoir quitté mon Finistère originel pour jeter l'ancre ici, en plein Morbihan, avait été judicieux… d'autant que mon frère aîné, lors du week-end dernier, avait contemplé la maison puis lâché en hochant la tête ce qui était visiblement sa pensée profonde : « Ils sont fous ces Gaulois ! » Les « Gaulois », ma femme et moi, avions apprécié !

J'en étais là de ces réflexions un peu déprimantes quand je vis arriver au loin un vieil homme s'appuyant sur une canne. Il marchait lentement, avec difficulté, faisant résonner sa canne sur la route. Il m'apparut plus âgé encore que je ne l'avais supposé – il devait avoir quatre-vingt-dix ans, au moins ! Son visage était émacié, ridé, avec des yeux noirs enfoncés dans leurs orbites. Des poils blancs sur son menton et le bas de ses joues le vieillissaient encore. Une casquette crasseuse couvrait son crâne que je supposais dégarni. Il était grand, maigre et se tenait un peu vouté. Je remarquai son cou craquelé, comme souvent ceux des cultivateurs de la région, ayant trop travaillé la nuque au soleil.

Il arriva jusqu'à moi et s'arrêta. De près, un détail vestimentaire me frappa, me rappelant les paysans de mon enfance au bout du Finistère : par-dessus un chandail visiblement tricoté à la main, il portait un gilet breton très usé… ce qui se faisait jadis mais plus du tout aujourd'hui. C'était comme un personnage hors du temps, échappé d'un siècle passé. L'homme était resté un instant immobile, le regard fixé sur le manoir, une moue déplaisante affichée sur son visage – un mélange de dégoût et d'hostilité. Et comme je l'observais, étonné de son attitude, il se tourna vers moi et lâcha d'une voix éraillée par les ans, le tabac ou l'alcool :

— C'est la maison de la pute de Hoche !

Il secoua la tête et répéta tristement :

— La pute de Hoche...

Puis, sans en dire plus, il s'éloigna. Je restai abasourdi, tandis que le bruit de la canne s'estompait. Il disparut bientôt à l'angle de la chapelle.

Immobile, déconcerté, regardant ma maison, je me demandais ce que ce vieillard avait bien voulu dire. Je finis par hausser les épaules et repris mon travail. Ce vieux était sans doute un peu gâteux et je décidai de n'y plus penser.

Dans les jours qui suivirent, cet incident me revint plusieurs fois en mémoire. Il m'avait laissé un sentiment désagréable. Je m'efforçais de l'écarter de ma pensée... et je l'oubliai momentanément !

Les hasards de la vie me firent rencontrer deux semaines plus tard, chez un ami, un historien local charmant, Georges Le Cler – un enseignant à la retraite habitant le bourg qui se consacrait à l'étude de la région, et notamment de notre commune. Après avoir sympathisé, il me dit son plaisir de voir ce vieux manoir, auquel il était très attaché, repris en main par un couple jeune et dynamique décidé à le sauver. Je lui racontai alors l'anecdote du vieux paysan, évoquant « la pute de Hoche », qui sembla ne pas le surprendre :

— Deux siècles plus tard, la haine est encore tenace ! Louise Exupère du Bot du Grégo, la lointaine propriétaire de votre manoir sous la Révolution et l'Empire, a toujours fait l'objet d'une forte animosité d'une partie de la population. Pas seulement pour sa liaison avec Hoche, mais pour sa vie aventureuse émaillée, dit-on, de reniements, de trahisons prétendues ou réelles...

C'est ainsi que j'entendis pour la première fois le nom de Louise Exupère, marquise du Bot du Grégo, une incroyable Scarlett bretonne.

Au fil des ans, je m'intéressais toujours davantage à ce personnage contesté, qui avait vécu dans ma maison, et dont les murs me parlaient. Je lisais aussi les nombreux ouvrages que sa vie avait suscités : monographies, essais, romans... La majorité d'entre eux étaient à charge, ce qui me sembla bientôt partial. J'avais l'impression que les choses étaient moins simples et que Louise, confrontée à des circonstances dramatiques durant la Révolution, avait survécu du mieux qu'elle avait pu, embrassant les idéaux de la Révolution tout en en regrettant la violence et les excès.

Issu d'une famille ayant eu des ancêtres fusillés ou guillotinés par les révolutionnaires, je n'éprouvais guère de sympathie pour la République. Mais en suivant le parcours de Louise, j'ai pu comprendre que les familles de l'aristocratie aient été divisées entre les membres attachés à l'Ancien Régime et ceux ouverts aux idées nouvelles, et aux nécessaires évolutions d'une société sclérosée et injuste. La famille royale n'avait-elle pas connu elle-même ces déchirements entre Louis XVI et son cousin Philippe Égalité ? Divisions aussi plus tard lors des guerres de Vendée et la chouannerie, entre les propres frères du roi : le comte de Provence, qui souhaitait une monarchie libérale, et son frère – le comte d'Artois, qui voulait le rétablissement d'une monarchie de droit divin... Ceci entraînant des dissensions entre leurs partisans au détriment de leur cause commune, le rétablissement de la royauté.

Au-delà de cette approche logique de la vie de Louise, dans cette maison et son environnement qu'elle avait aimés, des évidences m'apparaissaient, des faits semblant trouver leur explication de façon étonnante. Je décidai de m'en ouvrir un soir à une amie qui se piquait d'être médium. Elle m'affirma :

— Si tu t'intéresses aux morts, tu verras, ils s'intéresseront aussi à toi !

Vraie ou fausse, cette allégation me conforta dans un dessein que je caressais depuis longtemps : écrire un livre consacré à la belle Louise – non pas comme un ouvrage historique de plus, mais un roman s'efforçant de faire revivre un personnage passionnant et passionné... avec ses forces et ses faiblesses, dans le contexte de son époque. Une femme telle que j'ai eu le sentiment qu'elle me parlait tout au long de ces années où j'avais occupé sa maison...

Et que le lecteur me pardonne si parfois, emporté par mon imagination et mon enthousiasme, j'ai pu prendre quelques libertés vis-à-vis de l'histoire, voire inconsciemment travestir la réalité : j'aurais alors été une victime de plus du charme de Louise du Bot du Grégo !

Première partie

DU TEMPS DE L'ANCIEN RÉGIME

« Qui n'a pas vécu dans les années voisines de 1780
n'a pas connu le plaisir de vivre. »

Charles Maurice, prince de Talleyrand-Périgord

Une reine dans son domaine

Mi-mars 1780

Louise se tenait droite, immobile au bout de l'étang, son barbet à l'arrêt à ses côtés. La fillette regardait, émerveillée, les rayons du soleil levant, filtrés par les branches des grands chênes qui, au loin, à côté du moulin, fermaient la vue. L'aube cédait la place à un lever du jour lumineux. Sur le côté, on devinait la masse imposante du Vau de Quip, son manoir, qui émergeait lentement de l'obscurité. Elle adorait ce moment, cette vue et venait parfois *en douce* la contempler au réveil, en attendant l'heure du déjeuner. On lui interdisait bien sûr de se rendre ainsi toute seule au bord de l'étang, par crainte de mauvaises rencontres ou d'un accident. Mais, à bientôt dix ans, Louise était étonnamment indépendante et n'avait peur de rien. Un trait de caractère qu'elle garderait toute sa vie, qui irritait et inquiétait tant sa mère – Jeanne-Vincente de La Caunelaye – et sa gouvernante Mme du Boisguillou.

Elle s'était levée tôt, trop excitée pour traîner au lit, à la perspective de cette matinée où Yves Le Moigno, le régisseur du domaine, lui avait promis de l'emmener pour la première fois assister au débourrage des poulains. Elle avait *à la va-vite* enfilé quelques vêtements chauds, car il faisait encore frais en cette mi-mars, puis elle avait quitté sa chambre sur la pointe des pieds et avait rejoint l'escalier de la tour carrée, évitant de faire grincer les gonds de la lourde porte qui permettait d'y accéder. À six heures trente, tout le monde dormait encore…

Passant par la grande cuisine, dont la porte n'était fermée que d'un simple loquet, elle avait gagné l'extérieur, pris le chemin de l'étang et en avait atteint la *queue*, comme on appelait son extrémité.

Cependant, à l'est, l'aurore éclairait maintenant les houppiers des grands chênes, puis le soleil les dépassa. Les dernières brumes s'effilochaient sur l'eau tandis que le manoir, sur la rive gauche, se métamorphosait. Le granit de sa façade prenait des teintes ocre et les vitres des fenêtres brillaient comme du mica. Elle éprouva un élan d'amour pour sa maison. Le Vau de Quip était vraiment sa maison, tandis que Trévarez, en Finistère, ou le Grégo, à l'entrée de la presqu'île de Rhuys, les deux autres propriétés de sa famille, n'étaient pour elle que des résidences de passage : Trévarez, un trou perdu où se cachait un vieux manoir – un relais pour la chasse au loup qu'affectionnait le marquis du Bot du Grégo, son père… Et le Grégo, un château trop classique, très ennuyeux à ses yeux, qui était l'apanage de sa mère. Il n'avait pas le charme un peu mystérieux du Vau de Quip.

Le monde animal s'éveillait aussi. Féal, le barbet bien dressé, restait figé, calant son attitude sur celle de sa petite maîtresse, mais elle le sentait tendu, aux aguets. À distance, quelques canards sauvages, des colverts inquiets, les guettaient, prêts à s'envoler dès qu'ils se rapprocheraient. Par moments, un martin-pêcheur la survolait telle une flèche bleue. Elle crut même voir un chevreuil, sur la rive au loin, venir se désaltérer.

La nature apaisait Louise, alors qu'elle vivait dans un environnement familial conflictuel. Elle avait eu longtemps un sentiment de sécurité, ne se rendant pas compte de la dégradation progressive du couple formé par ses parents. Celui aussi d'appartenir à l'une des familles les plus riches de Bretagne. Mais depuis deux ans, à la suite de la séparation officielle du marquis d'avec son épouse, les choses avaient bien changé. Les visites de ce père qu'elle aimait s'étaient raréfiées. Heureusement, elle pouvait encore de temps à autre se rendre à Trévarez pour le retrouver.

Il y avait surtout les critiques, pour ne pas dire les jérémiades permanentes de sa mère, qui dénigrait devant elle la vie dissolue de son ex-mari et la gestion désastreuse de son patrimoine. Louise vivait mal le tableau de son père que brossait Jeanne-Vincente, épouse bafouée, meurtrie. Elle évoquait devant l'enfant son inquiétude à propos des dettes qui s'accumulaient. Elle n'ignorait pas que le marquis vendait des fermes, des manoirs pour faire face à la meute des créanciers qui le harcelait. Elle répétait :

— Il va nous ruiner !

La pauvre Louise finissait par demander timidement à sa mère :

— Nous allons être pauvres ?

Jeanne-Vincente hochait sombrement la tête sans répondre, laissant planer un doute terrible dans l'esprit de l'enfant, ne la rassurant pas en lui disant la vérité : le marquis dilapidait une partie de son immense fortune mais ne pouvait toucher aux biens propres de son épouse... qui étaient importants !

De cette époque datait l'angoisse quasi congénitale, obsessionnelle, la peur de manquer que Louise devait garder toute sa vie et qui serait à la source de comportements qu'on lui reprocherait. La petite en particulier était très attachée à son manoir du Vau de

Quip, et la crainte de le perdre l'affolait. Elle s'efforçait de n'y point penser, jusqu'à la sortie suivante de sa mère, qui revenait en permanence sur les défauts de son ex-époux.

Par ailleurs, Louise trouvait pénibles ces critiques d'un père qu'elle aimait et qui s'était toujours montré tendre avec elle. Charles était séduisant et se conduisait avec *sa Lise* comme avec une femme adulte, ce qui horripilait Jeanne-Vincente mais plaisait outre mesure à une petite fille déjà douée pour la pratique de la coquetterie féminine. Au-delà de cette attitude plus galante que paternelle, il avait voulu la former à l'équitation et plus largement à la vie physique. Ayant été lui-même éduqué à la Petite Écurie du roi à Versailles, il avait mis Louise en selle très jeune et avait fait d'elle une excellente cavalière, très proche des chevaux. Il l'emmenait de même parfois à la chasse, non seulement au petit gibier mais aussi au gros... et même au loup ! Jeanne-Vincente jugeait tout cela déraisonnable, mais Louise adorait l'accompagner et apprendre à ses côtés tout ce qu'un chasseur doit savoir. Si elle était trop petite encore pour tirer, il lui avait promis de lui donner un fusil dès qu'elle aurait atteint l'âge de quatorze ans. Elle n'oublierait jamais les quelques repas de chasse auxquels elle avait participé, à l'étonnement général. Fine, curieuse, elle observait cette aristocratie locale, notant sans bien les comprendre alors les comportements des uns et des autres, dont elle saurait plus tard tirer parti.

C'est à cette époque, en 1780, année charnière dans la vie de Louise, que sa mère devait lui apprendre, sans aucun ménagement :

— Monsieur votre père a eu une liaison avec une domestique, Thérèse Mahuas, vous la connaissez n'est-ce pas ! Ils viennent d'avoir un enfant qu'ils ont baptisé François… Vous voilà, Mademoiselle, dotée d'un demi-frère.

Louise, contrairement à ce que pensait sa mère, n'avait pas été choquée. Cette nouvelle lui avait plutôt fait plaisir. Thérèse Mahuas était une jolie paysanne d'une vingtaine d'années, toujours gaie, serviable et chaleureuse… Et pour une enfant unique comme Louise, la perspective d'avoir un demi-frère était plutôt positive. Elle ignorait alors que ce petit bâtard serait élevé à l'écart et qu'elle ne le verrait jamais.

Elle se garda sur le moment de réagir extérieurement, sentant le courroux maternel. Au fond d'elle-même, elle s'amusa du tour que son père avait joué à sa mère. Elle l'aimait bien pourtant, quoiqu'elles fussent très différentes. Jeanne-Vincente n'avait au fond pas beaucoup plus de principes que son mari mais, conformiste, elle s'offusquait de l'originalité de Charles, de son indépendance d'esprit, de son mépris des conventions. Elle voulait donner à Louise Exupère, comme elle l'appelait, une stricte éducation, très traditionnelle. Sa fille, dotée déjà d'une forte personnalité, malgré son jeune âge et encouragée par son père, se refusait à entrer dans le moule. Elle ne percevait pas encore toutefois l'écart entre le discours maternel… et la réalité de sa vie, notamment amoureuse.

La vie affective d'une Louise peu proche de sa mère et éloignée de son père s'était reportée sur son environnement immédiat : sa nourrice chérie, Marie Riou, le chapelain, l'abbé Salaun – un brave ecclésiastique qui vivait au Vau de Quip et lui apprenait le catéchisme, le latin et le grec –, et sa gouvernante, Mme du Boisguillou – une veuve de petite noblesse originaire de Redon, qui n'était pas très contraignante et lui enseignait les belles lettres et les mathématiques. Ces trois personnes pourtant bien différentes étaient chacune sous le charme de Louise. Il faut dire qu'au-delà d'être une enfant précoce, très mûre pour son âge, elle était ravissante : petite de taille, menue, elle avait des traits réguliers et fins, des cheveux auburn et des yeux bruns pétillants couleur de miel… et surtout un sourire ravageur auquel peu résistaient ! Elle le savait inconsciemment et en usait à bon escient.

En dehors de ce cercle rapproché, il y avait le personnel qui, comme dans toutes les grandes familles de la noblesse, et riches de surcroît, était abondant. En premier lieu se plaçait dans le cœur de l'enfant Yves Le Moigno, le régisseur du domaine du Vau de Quip. C'était un bel homme, gai, chaleureux et très compétent, que Louise admirait beaucoup. Venait ensuite la domesticité : les valets au nombre de trois, les palefreniers, le maréchal-ferrant, les laboureurs… Tout un monde qui gravitait dans son univers, auquel elle s'intéressait et dont elle était appréciée. En raison de son charme bien sûr, mais surtout de son intérêt pour les choses concrètes, la nature, la gestion d'une propriété, qui surprenait beaucoup pour une enfant de son âge, surtout de son milieu. On entendait souvent l'un ou l'autre, parlant d'elle, s'écrier :

« Oui, dame ! Celle-là n'est pas fière, la petite Louise elle a pas les deux pieds dans le même sabot ! »

En dehors de cette inquiétude financière que nourrissaient les propos inconsidérés de sa mère, elle ressentait une forme de sérénité – le côté immuable de la grande noblesse de sa famille et sa proximité de la cour du roi, à Versailles, où son père avait été en partie élevé, les nombreux titres de ce dernier : marquis du Bot du Grégo, vicomte de ceci, baron de cela… Mais au-delà de cette accumulation orgueilleuse, il y avait le Vau de Quip – son ancrage!

*

En bouclant le tour de l'étang, elle s'était arrêtée un moment au moulin, pour dire bonjour au meunier Jean Le Goff. Elle aimait le spectacle des roues entraînées par l'eau, et le mécanisme de fabrication de la farine. Le père Le Goff lui avait gentiment donné un morceau de miche tout chaud sorti du four, car en plus de moudre la farine, il faisait aussi le pain. Puis la petite s'était dépêchée de rentrer au manoir, car elle voulait s'y trouver avant que sa mère, accompagnée de Mme du Boisguillou, ne fût descendue de sa chambre. Elle avait couru, tandis que Féal galopait joyeusement à ses côtés.

Cependant, dans la cuisine, Marie Riou, la fidèle nourrice, s'inquiétait de ne pas la voir arriver. Connaissant Louise, elle avait deviné qu'elle était allée faire le tour de l'étang et avait déjà préparé un grand bol de lait chaud pour le déjeuner de la demoiselle, la *dimezell* comme elle l'appelait, en breton. Alors qu'elle était en train de couper une large tranche de pain dans la miche avant de la beurrer soigneusement, à partir de la belle motte venant de la ferme du Vau de Quip, Louise entra, essoufflée, décoiffée, presque plus jolie encore que trop parée!

— Bonjour, ma Marie! s'écria-t-elle, en allant planter des baisers sur les deux joues de la grosse Bretonne, déstabilisant sans le vouloir sa coiffe de la région de Quimper et lui souriant.

Marie la regarda, attendrie:

— Bois vite, le lait est encore chaud. Le pain, tu mangeras après?

Louise se moquait gentiment de l'accent de Marie, de ses phrases construites comme en breton. Marie ne le prenait pas mal : elle adorait sa petite maîtresse, qu'elle considérait presque comme sa fille. Elle ne l'avait jamais quittée depuis sa naissance à Trévarez en 1770. Jusqu'à la séparation de ses maîtres en 1778, la famille du marquis se partageait entre ses résidences de Vannes, Quimper, Trévarez, le Grégo et bien sûr le Vau de Quip. Marie suivait à chaque fois le mouvement, au détriment de sa propre vie de famille – son mari et son petit garçon, Yffic, élevé par la grand-mère dans une ferme proche de Quimper. À partir de 1776, le marquis s'éloigna de son épouse, Jeanne-Vincente. Cette dernière retourna peu à peu vivre dans sa propriété du Vau de Quip, à laquelle, depuis son enfance, elle était très liée. Marie ne put se résoudre à s'éloigner de Louise : ce fut la fin de son mariage, son mari filant alors avec une jeunesse. Privée de son fils, gardé par sa mère, et de son conjoint, Marie s'était liée davantage à sa petite maîtresse. Elle était d'une totale faiblesse à son égard.

Elle la regarda boire son lait un moment, avant de lui dire :

— Yves Le Moigno, il est passé tout à l'heure. Il t'attend à neuf heures devant l'écurie.

Le visage de Louise s'éclaira tandis qu'elle s'écriait :

— Tu aurais pu me le dire plus tôt !

— Trop excitée que t'aurais été... Ton lait tu devais finir d'abord. Être à jeun, pas bien que c'est !

Louise ne répondit pas, toute à la joie de savoir que Le Moigno avait confirmé son rendez-vous. Sans le dire au régisseur, elle espérait qu'elle serait elle-même capable, dans un avenir pas trop lointain, de débourrer un poulain selon la méthode progressive... ou tout du moins de le faire travailler à pied, à la longe, après la phase de désensibilisation où le cheval aurait appris en douceur à être approché et à accepter le licol.

Elle remonta rapidement au premier étage faire un brin de toilette et enfiler des vêtements appropriés. Elle croisa au passage Mme du Boisguillou, qui l'embrassa, un peu étonnée de la précipitation de la fillette. Il fallait d'habitude la stimuler pour obtenir qu'elle s'habille rapidement le matin. Mais il faisait un temps magnifique et ce travail de dressage, pour ne pas dire d'éducation des chevaux la passionnait. Elle adorait mener cette vie au Vau de Quip, entourée d'un abondant personnel qui lui était totalement dévoué. Que rêver d'autre, quand on va avoir dix ans ! Le monde était à elle – une reine en son royaume.

Elle était trop jeune pour comprendre qu'elle appartenait à un milieu privilégié, connaissant un bonheur de vivre qui resterait sans pareil et dont elle garderait toujours la nostalgie – bonheur bâti souvent sur l'inégalité et la violence sociale... Trop jeune aussi pour juger son père, le marquis du Bot du Grégo. Un aristocrate qui passait alors pour un homme éclairé, membre de la loge maçonnique de Quimper, faisant profession d'adhérer aux idées nouvelles... Mais dont le comportement devait illustrer les contradictions et les fautes de la grande aristocratie, ce qui condamnerait à terme l'Ancien Régime.

Un crime gratuit

Vannes, juin 1780

La détonation du coup de fusil avait claqué violemment dans la petite rue déserte du centre de Vannes. À cette heure matinale, la ville, provinciale et calme, dormait encore. Seul le couvreur qui réparait la toiture de la maison faisant face à l'hôtel du marquis du Bot du Grégo se trouvait là, par malheur. Il était venu travailler à six heures du matin, voulant être libre le soir pour pouvoir se rendre aux fiançailles de sa sœur. Le jour se levait tôt, en juin, et l'homme était courageux – un jeune gars de trente ans, marié, père de deux enfants.

Charles, le marquis, se tenait maintenant devant le porche de son domicile, le fusil encore chaud à la main, subitement dégrisé. À ses côtés se trouvaient ses partenaires, avec qui il avait joué au trictrac et bu toute la nuit. Ils étaient tous les trois restés immobiles un instant, saisis par la violence de la scène qui venait de se dérouler sous leurs yeux : le coup de feu, le couvreur frappé de plein fouet, battant l'air de ses bras… L'homme s'était lentement replié sur lui-même avant de glisser sur le toit pentu et de basculer sans un cri dans le vide. Il s'était écrasé au sol dans un bruit mat à quelques mètres des trois aristocrates – Charles du Bot du Grégo, son compagnon de débauche habituel Hubert de Gournois et un jeune cousin éloigné, Louis-René de Kernezné.

Charles, comprenant ce qu'il avait fait : comme il devait le dire par la suite, *une grosse bêtise*, avait été le premier à réagir. Il s'était précipité vers la victime, suivi par Gournois. Ancien officier des dragons, il ne lui avait pas fallu longtemps pour constater que l'homme était mort, bien mort, hélas. Gournois, qui se piquait de quelques connaissances médicales, avait pris son pouls et devait vite confirmer le décès.

Le jeune Louis-René, voulant jouer les esprits forts, s'était écrié :

— Un beau coup de fusil, Monsieur mon cousin !

Charles le foudroya du regard tandis que Gournois s'inquiétait de voir des gens commencer à sortir des maisons voisines ou à apparaître aux fenêtres. Il était à l'origine de ce pari stupide qui venait de mal se terminer. Ils avaient beaucoup bu tous les trois. Charles et lui avaient joué jusqu'au lever du jour, Kernezné assistant à la partie. Gournois, à qui la chance souriait, avait plumé Charles de la somme rondelette de dix mille livres. Dans l'heure précédant le drame, il avait décidé d'arrêter la partie, ne voulant pas trop dépouiller son vieil ami, au risque de se brouiller avec lui. Charles, comme tous les joueurs dans une mauvaise passe, avait souhaité continuer, persuadé que la chance allait tourner, lui permettant de *se refaire*. Hubert de Gournois avait fini par quitter la table de jeu et, à bout d'arguments, avait déclaré un peu sèchement :

— Charles, nous ne sommes plus en état de jouer. Vous comme moi sommes fatigués et pris de boisson.

Il est vrai qu'ils avaient bu toute la nuit, au cours de leur partie. Charles avait protesté :

— Je ne suis absolument pas saoul !

Gournois avait ramassé sans mot dire ses affaires et s'était dirigé vers la porte d'entrée, proche du salon où ils se tenaient. Arrivés sur le petit perron de l'hôtel, Charles avait encore essayé de le convaincre :

— Hubert, je vous en prie, restez ! Je sens que cela va aller, reprenons la partie. Vous craignez que je gagne ! Ne fuyez pas !

Hubert s'était mis à rire :

— Mon pauvre Charles, vous êtes complètement ivre.

Puis il avait ajouté, en riant :

— Vous ne seriez même pas capable de viser et de descendre ce couvreur qui travaille en face !

— Pas capable !? s'était écrié Charles.

Il avait ajouté :

— Je vais vous montrer que je ne suis pas aussi saoul que vous le croyez !

Il s'était précipité dans l'entrée et était ressorti aussitôt, le fusil à la main. Avant qu'Hubert ait pu dire quoi que ce soit, il avait épaulé, visé le couvreur et tiré.

Cependant, la foule s'amassait près du corps de la malheureuse victime. Puis un homme, un grand type maigre vêtu d'une blouse bleue, avait crié :

— C'est le marquis qu'a tiré… de ma fenêtre je l'ai vu !

Tous les regards s'étaient tournés vers Charles, qui se tenait toujours immobile, perdu, son fusil à la main, preuve accablante de sa culpabilité.

— Rentrons vite ! murmura Gournois, sentant le danger que pouvait présenter une foule en colère.

Il prit Charles par le bras et l'entraîna vers le perron de son hôtel, tandis que Louis-René de Kernezné suivait le mouvement. Ils s'efforcèrent de quitter les lieux dignement pour ne pas donner le sentiment d'une fuite devant les roturiers. À peine la porte fermée, Charles, qui avait repris ses esprits, la protégea d'une lourde barre de fer, rendant son ouverture impossible.

Cependant, à l'extérieur, la colère grondait : on avait compris que c'était le marquis qui avait *tiré Yffic* ! Des cris fusaient :

— À mort, le marquis !

Ou encore :

— Justice pour Yffic !

Un homme, un voisin, notaire de son état, s'efforça de calmer la foule. Il était connu et respecté des petites gens. Il désigna de la main le corps du couvreur :

— Il faut emmener ce malheureux, mais avant on doit quérir le lieutenant de police qui viendra constater la situation et arrêter les coupables.

Son ton calme apaisa les gens et un frère du couvreur alla prévenir le lieutenant de police, qui ne tarda pas à arriver, accompagné de deux hommes. Le notaire, resté sur place, lui exposa les faits devant la foule silencieuse, toujours présente. Le lieutenant, un vieux routier du métier, écouta le notaire et demanda s'il y avait des témoins. Le grand escogriffe à la blouse bleue leva la main :

— Moi, mon lieutenant.

— Tu peux me dire ce que tu as vu ?

— Dame oui ! J'ouvrais les volets quand j'avons vu le marquis sortir avec ses deux copains. Il avait le fusil… J'ai eu peur… Il a visé Yffic sur le toit… et mon lieutenant, il l'a tiré, comme un lapin… Après, le Yffic, il a glissé sur le toit et il est tombé dans la rue. Raide mort, je crois ! C'est pas Dieu possible…

Le lieutenant approuva de la tête et demanda :

— Pas d'autres témoins ?

Une femme à la petite trentaine, une brune dégourdie, prit la parole. Une commerçante, pensa l'officier de police.

— On n'a pas vu le marquis tirer… mais quand on est sortis, après avoir entendu le coup de fusil, on a tous vu le marquis avec le fusil à la main. Pas de doute possible, mon lieutenant! C'est le marquis qu'a fait le coup.

— Donnez-moi tous les deux vos noms. Deux témoins, c'est suffisant pour la justice. S'il y a besoin de plus, je reviendrai.

Après avoir relevé les patronymes, il se dirigea vers le corps de la victime que sa femme, en larmes, serrait convulsivement dans ses bras. Il l'aida à se relever.

— Il faut ramener votre homme chez vous. Donnez-moi votre nom et votre adresse, je vais faire constater le décès. Vous pourrez après rendre à votre mari un dernier hommage…

Il lui tapota le dos gentiment:

— Allez, la mère, du courage!

Puis, accompagné de ses deux hommes, il alla frapper à la porte de l'hôtel du marquis. Il savait sa mission difficile: Charles du Bot du Grégo était un haut et puissant seigneur, appartenant à une des plus anciennes et riches familles de Bretagne. Il ne fallait pas commettre d'impair. La foule était de nouveau silencieuse et entendit distinctement le bruit du heurtoir. Au bout de quelques instants, un laquais vint ouvrir et s'effaça pour laisser entrer le policier et ses deux acolytes, qui disparurent aux yeux du public.

À l'intérieur, le marquis, flanqué de ses deux amis, attendait le lieutenant, qui se présenta:

— André Le Moal, lieutenant de police…

Un silence s'ensuivit, pesant. Le Moal constata la triste mine du marquis: pas rasé, les yeux rouges, comme injectés de sang – quelqu'un n'ayant pas dormi et ayant trop bu. Il repéra aussi, posé contre un mur, le fusil – sans doute l'arme du crime. Il demanda doucement, très poliment:

— Monsieur le marquis, un homme vient d'être tué. Des témoins semblent vouloir vous incriminer… Pourriez-vous me donner votre version des faits ?

Le marquis n'était pas un lâche, il assumait ses actes. Il regarda le lieutenant droit dans les yeux :

— Monsieur l'officier de police, je suis l'auteur de ce malheureux coup de feu. J'ai fait une grosse bêtise, je le reconnais. J'étais pris de boisson et plus vraiment conscient de mes actes. J'ai tiré sur cet homme sans bien me rendre compte de ce que je faisais. J'ai visé comme à l'exercice…

Le lieutenant ne s'attendait pas à un aveu aussi net et rapide. Il redoutait la morgue de ce grand seigneur. Malgré l'horreur qu'il éprouvait pour l'acte commis, il reconnaissait un certain courage à cet homme acceptant avec un sens de l'honneur certain sa responsabilité. Il se tourna vers lui, le ton officiel :

— Je vais saisir la justice. Considérez-vous en état d'arrestation à votre domicile. Ne le quittez sous aucun prétexte.

Il s'arrêta, puis reprit sur un ton plus humain :

— Ne serait-ce que par un souci de sécurité. Les gens à l'extérieur sont très remontés. En vous voyant, ils pourraient être tentés de rendre eux-mêmes la justice.

— Vous avez, Monsieur, ma parole. Je ne quitterai pas mon hôtel.

Le policier s'inclina.

— Je suis, de Monsieur le marquis, le très humble et honoré serviteur.

Charles sourit légèrement :

— Allez, Monsieur, et merci de votre urbanité.

Quand le policier sortit, toujours suivi de ses hommes, il trouva une grande partie de la foule encore massée à proximité de l'hôtel du Bot. Il resta immobile sur le perron, avant de déclarer d'une voix forte mais qu'il voulait apaisante :

— Le marquis a reconnu les faits. C'est maintenant à la justice de jouer son rôle. Je vous demande de vous disperser.

Puis il s'éloigna d'un pas ferme vers l'hôtel de police, tandis que la foule se désagrégeait doucement, comme à regret.

Charles du Bot du Grégo, marquis de La Roche…

Juin 1780

Charles, seul maintenant dans sa chambre, cherchait vainement le sommeil. La fatigue d'une nuit blanche et les effets de l'alcool le disputaient à une sourde angoisse quant à la suite des événements… et peut-être un peu de remords d'avoir tué un homme innocent. Mais enfin, il ne s'agissait que d'un simple ouvrier, un petit manant ! Charles eût-il été lui-même un homme du peuple, il aurait été condamné à la peine de mort ou déporté aux colonies. Mais enfin, quel tribunal condamnerait le haut et puissant seigneur, messire Charles François Jules du Bot du Grégo, marquis de La Roche et de Coatarmohal, baron de Laz, comte de Gourmois, vicomte de Curru, seigneur des châtellenies de Kuzas, Languedoas, Penmanec'h, Trévarez, Krénan, Lemerdy, Bottequineau, le Grégo, Sallé, Kersapé, Kerglas, Ker Dualic, Bray, Brouillade, le Vau de Quip, la Ribaudière, et autres lieux… *Oui, qui oserait ?* se répétait-il pour se rassurer. *Mais enfin, avec ces gens de robe, ces roturiers, sait-on jamais…* Il décida d'envoyer dès l'après-midi un homme de confiance à Rennes, quérir le meilleur avocat possible. Rassuré par cette décision, il sombra dans un sommeil lourd, coupé de ronflements sonores et de cauchemars.

Sa situation matérielle était plus complexe qu'il n'y paraissait. Une partie de sa fortune provenait de sa grand-mère, la marquise de La Bedoyère, et *via* celle-ci d'une tante, Anne-Thérèse de Kernezné. Ces successions avaient donné lieu à des contestations puis à une transaction en 1774.

La gestion de son grand patrimoine terrien s'était révélée compliquée. Charles avait un tempérament procédurier qui l'amenait à être perpétuellement en procès avec ses *vassaux*, lesquels acceptaient de moins en moins de payer leurs rentes, de fournir les corvées prévues par les baux. Des bandes de paysans allaient même jusqu'à renverser les clôtures délimitant les parcelles. Elle était loin, la belle époque où les vassaux acceptaient ces droits ! Un vent de contestation soufflait dans le royaume, contaminant la Bretagne.

Le mariage de Charles, en 1768, dans la chapelle du Vau de Quip, avec Jeanne-Vincente – la fille d'Hyacinthe Thomas de La Caunelaye –, vint encore augmenter l'étendue de ses biens. L'impétrante avait dix-huit ans, était petite, fraîche, mais n'était pas une beauté. Lui en avait vingt-huit mais se targuait d'un certain succès auprès de la gent féminine. Il était plutôt grand pour l'époque, élancé, la taille bien prise. Son visage était séduisant quoiqu'un peu mou : des yeux intelligents et souvent charmeurs, mais ses traits traduisaient une tendance à la facilité ou à l'indécision. Il pouvait afficher parfois un rictus méprisant et était de ce fait souvent taxé d'arrogance. Mais n'était-ce pas le cas de nombre de grands seigneurs de son temps, imbus de leur naissance et de leur position sociale ?

C'était un mariage arrangé : Charles n'éprouvait pas d'amour particulier pour Jeanne-Vincente. Mais elle avait un joli corps et surtout beaucoup de tempérament. Les premières années du couple se révélèrent sans histoire, si ce n'est heureuses.

Cependant, peu après leur mariage, le père de Charles décédait subitement au château du Grégo, en Surzur, et notre homme devait voir son patrimoine encore augmenter : il héritait de son géniteur les seigneuries du Grégo, de Sulé, Cadon, Trefinec, le Vaugour (toutes seigneuries en Surzur) et de Kerglas (en Saint-Nolff).

Et le mois suivant, les époux, confiants dans l'avenir de leur union, se donnaient respectivement biens et meubles en pleine propriété ainsi que les acquêts et conquêts en usufruit. Le couple se partageait essentiellement entre le Grégo, le Vau de Quip qu'affectionnait Jeanne-Vincente, leur hôtel de Vannes, rue Saint-François, et Trévarez.

Leur fille unique, Louise Exupère Françoise Charlotte, devait naître le 27 août 1770 à Trévarez, un manoir où le ménage venait souvent séjourner. La naissance de cet enfant fut pour le marquis un grand bonheur. Sa vie durant – et Dieu sait si elle fut agitée –, il gardera un vif attachement à sa *petite Lise*, comme il l'appelait. Quelque temps plus tard, le couple eut une seconde fille, qui mourut au bout de cinq mois. Notre marquis en eut beaucoup de chagrin, même si la mortalité infantile était forte. Mais peut-on s'habituer à la perte d'un enfant ?

Y a-t-il eu un lien ? La relation entre Charles et Jeanne-Vincente commença alors à se détériorer. Il délaissa de plus en plus le domicile conjugal pour se partager entre Vannes, Quimper et Trévarez. Dans cette dernière propriété, entourée d'immenses bois, il aimait venir chasser au loup. Il y profitait aussi de son importante bibliothèque, qui ne comptait pas moins de mille cinq cents livres. Le reste du temps, il sortait dans la bonne société… *courant la prétentaine*, comme l'on disait alors. Il était bel homme et collectionna vite les succès féminins dans son milieu, mais ne craignait pas les aventures ancillaires… Sa vie devint de plus en plus déréglée. Enfant gâté, il avait connu une jeunesse facile et dorée, se concluant par un grand honneur : il avait été, en 1755, à quatorze ans, agréé *page du roi* et élevé à Versailles dans la Petite Écurie royale, sous la charge du marquis de Beringhen, premier écuyer de Sa Majesté le roi Louis XV. Durant quatre ans, il devait recevoir une instruction générale et des leçons d'équitation. Entouré de jeunes des meilleures familles du royaume, jouissant lui-même d'un *pedigree* certifié par le célèbre généalogiste et juge d'armes Louis-Pierre d'Hozier, il s'était vite convaincu de la hauteur de son rang et pensait, comme la plupart de ses condisciples, qu'à peu près tout lui était permis. À l'issue de cette *scolarité*, ses parents s'engagèrent à lui verser une pension mensuelle de cinq cents livres pour qu'il puisse faire face à ses obligations de service. Et donc à dix-huit ans, il devint pour quelques années officier de dragons… et mena la belle vie !

Il aimait les fêtes, les femmes, les vêtements dispendieux et le jeu. Criblé de dettes, harcelé de toutes parts par ses créanciers, il devait vite voir son immense fortune s'émietter au fil du temps.

C'était un caractère complexe ! Généreux, prodigue, il se montrait aussi procédurier, allant de procès en procès. Il adorait les activités physiques, mais il était aussi cultivé. Sa bibliothèque était riche d'ouvrages scientifiques, de récits de voyages en pays lointains, de livres de linguistique, de mémoires techniques, notamment de traités d'équitation. Il était abonné à plusieurs journaux : *La Gazette de Paris*, *L'Ami du Roi*, le *Journal de la Cour et de la Ville*.

Imbu de ses privilèges, il était en même temps ouvert aux idées nouvelles. Il avait adhéré à la Grande Loge – la loge de la Parfaite Union, de Quimper, à laquelle il participait avec sérieux.

Au fil des ans, le caractère capricieux de Charles s'accentua et les problèmes se multiplièrent.

Sa fortune était de plus en plus obérée, ses aventures galantes se multipliaient… trop, c'était trop ! Jeanne-Vincente ne le supporta plus. En mai 1778, un jugement prononça la séparation de biens entre les deux époux. Le début d'une série d'affaires litigieuses sans fin les impliquant, de procès, d'actes… Les deux époux étant aussi procéduriers l'un que l'autre.

Et pour couronner cette vie décousue, notre marquis devait faire un enfant à une domestique, Thérèse Mahuas, un bâtard qu'il reconnut. Cette naissance illégitime fut largement condamnée par la bonne société vannetaise.

Cela dit, les liens entre Charles et cette servante-maîtresse étaient anciens : la famille de Thérèse, des *laboureurs*, était au service des Bot du Grégo de longue date. Charles, âgé de treize ans, avait été le parrain de Thérèse, et l'on ne comptait pas ensuite le nombre de baptêmes dans la famille de celle-ci où ils furent tous deux parrain et marraine… Des liens qui allaient donc au-delà d'un rapport maître à domestique et d'amant à maîtresse. Charles trouvait peut-être auprès de Thérèse une tendresse, un amour que Jeanne-Vincente ne lui avait pas donnés.

De nombreux procès, des dettes, des amours ancillaires qui ont abimé la fortune et la réputation d'un homme en proie aux démons de l'alcool, du jeu et d'une sensualité débridée… Tel était le sombre décor de la vie de Charles quand survint ce drame affreux.

À grand crime, petit châtiment

Vannes, juin-juillet 1780

Un substitut du procureur du roi était venu dès le début de l'après-midi notifier au marquis du Bot du Grégo qu'il était aux arrêts en son hôtel. Il devait se tenir à disposition de la justice dans le cadre de l'instruction en cours de *l'affaire de la rue Saint-François.* Le magistrat, poli mais imbu de sa personne, était arrivé escorté par la maréchaussée, comme si Charles était un dangereux malfaiteur. Il lui avait lu l'arrêt et lui avait demandé de signer le document, l'assignant à domicile – ce que ce dernier avait fait de mauvaise grâce, trouvant cette procédure humiliante, indigne de son rang.

— *Dura lex, sed lex*, lui avait répondu avec un léger sourire le *robin.*

Un cuistre, s'était dit le marquis, qui avait dû s'exécuter.

Et la longue attente avait commencé, tandis qu'à l'extérieur deux hommes de la maréchaussée montaient en permanence la garde. Pour le protéger ou l'empêcher de fuir ? *Les deux sans doute*, songeait Charles, car de temps à autre il entendait des cris hostiles le traitant d'*assassin.* Une pierre était même venue briser la vitre du rez-de-chaussée de son hôtel.

Le lendemain matin, enfin, le brillant avocat rennais qu'il avait mandé l'avait rejoint. Il avait fait au plus vite, mais Rennes était à vingt-cinq lieues de

Vannes. Il fallait le temps de les parcourir, même à bride abattue. Charles aurait pu choisir de prendre un avocat local, c'eût été beaucoup plus simple. Mais il pratiquait les services de Maître Le Floch de longue date. Il appréciait aussi l'homme, qui l'avait assisté dans les nombreux procès ou arbitrages que son tempérament procédurier avait générés. Il faisait pleinement confiance aux talents de l'avocat : il se rendait bien compte qu'il s'était mis *dans de beaux draps blancs*[1]. Il comptait sur lui pour l'en sortir, à moindre coût. Mais les choses semblaient mal engagées, lui avait dit son conseiller : la mentalité de la population et même de la magistrature n'était plus ce qu'elle était ! Le tiers état n'hésitait guère à s'opposer à la noblesse ou au clergé. Et même le roi n'était pas épargné par les critiques des libelles qui circulaient dans tout le royaume. Un marquis breton n'était pas à l'abri de la rigueur d'un procureur, tout royal que celui-ci fût ! La première action à entreprendre était donc de le rencontrer et de sonder ses intentions. Maître Le Floch le connaissait et obtint sans difficulté un rendez-vous. Il en revint le soir même la mine déconfite. Le magistrat avait pris sa décision, elle paraissait irrévocable : le marquis du Bot du Grégo avait commis un crime odieux, inexcusable, et devait se retrouver derrière les barreaux en attendant son jugement. Et l'homme de loi avait ajouté, ce qui était sans doute la motivation profonde de sa décision :

— Je dois le faire incarcérer, ne serait-ce qu'en raison de la colère populaire. Le peuple ne comprendrait pas qu'un membre de la noblesse, aussi riche et puissant qu'il soit, échappe à la rigueur des lois après

1. Au XVIIIe siècle, les draps désignaient les vêtements, le blanc symbolisant la faute des condamnés.

un tel acte ! Une indulgence trop grande de ma part, Monsieur l'avocat, risquerait de conduire à de graves troubles à l'ordre public.

En entendant cette phrase du procureur qui scellait son sort, Charles s'était écrié :

— Ce n'est pas possible ! On ne va pas m'incarcérer, me serrer avec des gens de rien, des gens de sac et de corde, des voleurs de grand chemin, des assassins !

Un silence s'ensuivit. Le marquis reprit :

— Enfin, Maître, ce n'est pas possible ! Ne serait-ce que pour ma sécurité… Sauf si je suis à l'isolement dans une cellule à part.

L'avocat hocha la tête, le visage fermé :

— Je connais la prison de Vannes, je m'y suis rendu une fois pour voir un client. À ma connaissance, il n'y a pas de quartier spécial.

Charles le regarda, atterré. Il ne pouvait croire que lui, ancien page du roi, un des hommes les plus en vue de Bretagne, appartenant à l'une des meilleures familles de la province, une des plus riches surtout, allait se retrouver en prison avec des droits communs pour ce qu'il considérait comme une grosse bêtise.

— Enfin, je n'avais jamais prémédité de tuer ce couvreur… C'est arrivé sous le coup de l'alcool et de la fatigue. C'était presque un accident !

L'avocat ne disait toujours rien, l'œil mi-clos. Il finit par murmurer, songeur :

— Une idée folle, Monsieur le marquis, me traverse l'esprit. Ne m'en veuillez pas si je vous la livre…

Charles le regarda, n'osant espérer que Le Floch ait trouvé une solution.

— Parlez, Maître, je vous en prie !

— Et si, Monsieur le marquis, nous proposions au procureur de faire bâtir vous-même, à vos frais, une cellule au sein de la prison qui vous isolerait des autres détenus... et serait plus confortable, plus digne de votre rang ?

Charles restait sans voix, n'en croyant pas ses oreilles. L'avocat reprit :

— Pour que ce soit acceptable par le procureur, cette cellule devrait bien sûr être édifiée avec une grande célérité... De l'ordre, disons, d'une quinzaine de jours.

Charles était maintenant enthousiaste, il s'y voyait déjà. Un doute le prit :

— Bâtir une petite annexe en quinze jours, est-ce réaliste ? Ne devrions-nous pas essayer d'obtenir un mois ?

Le Floch se récria :

— Impossible, Monsieur le marquis ! Jamais le procureur n'acceptera un tel délai, vu la pression populaire... Quinze jours est un grand maximum !

— Je vous le redis, Maître, bâtir une annexe en quinze jours me paraît impossible...

— Tout est possible, avec de l'argent ! Si vous prenez un bon architecte et ouvrez largement votre bourse, il saura mettre suffisamment de corps de métiers et de compagnons pour relever ce défi. À vous de voir si vous êtes prêt à mettre de l'argent de façon suffisante...

Le marquis se mit à rire :

— Vous me connaissez, Maître. Je sais dépenser s'il le faut !

Puis il ajouta, riant davantage :

— Et plus encore quand il ne le faut pas ! On m'a assez reproché ma prodigalité... Ne vous inquiétez pas ! Si vous arrachez au procureur cet arrangement, je saurai ouvrir ma bourse et relever ce défi qui, au fond, me plaît.

— Eh bien, si vous m'y autorisez, je pars de ce pas revoir le procureur et vais m'efforcer de le convaincre que c'est un bon arrangement que nous lui proposons. Et d'ailleurs, je lui soulignerai qu'après vous, cette cellule pourra lui être d'une grande utilité pour accueillir éventuellement d'autres personnes de haut rang.

Le marquis, qui avait retrouvé sa bonne humeur, conclut :

— Et dites-lui que je ne demanderai pas de loyer s'il serre après moi, dans ma cellule, d'autres gentilshommes de bon rang !

*

L'avocat revint vite, tout sourire, retrouver le marquis. Le procureur du roi avait accepté l'arrangement sans barguigner. Il restait à le mettre en œuvre… Charles, aux arrêts dans son hôtel de la rue Saint-François, ne pouvait guère agir. Il chargea Hubert de Gournois, son vieux complice, de le faire à sa place. Il le tenait pour responsable, étant à l'origine de ce pari idiot. Lui, Charles, superviserait les opérations… et aurait bourse déliée ! Les deux hommes trouvèrent facilement un architecte ou maître d'œuvre, un *crève-la-faim* local qui se fit fort de recruter à prix d'or tous les compagnons et ouvriers nécessaires, lui se chargeant sous vingt-quatre heures de soumettre à Charles et Gournois des projets de plans, après avoir été lui-même en discuter avec le directeur de la prison de Vannes. Les choses se révélèrent assez simples : il s'agissait d'accoler une verrue sur le côté du bâtiment principal. Un édicule comprenant une chambre et une petite pièce latérale pour les besoins du marquis. L'architecte ne se fit pas que des amis en allant débaucher sans compter, sur les chantiers en cours, la main-d'œuvre dont il estimait avoir besoin. Il n'hésita pas à prévoir trop d'ouvriers. Il voulait être sûr de son coup, le marquis payant sans poser de question… à condition que l'on tienne les délais. Et la petite prison de Charles fut prête effectivement dans les temps ! Le plâtre n'était pas tout à fait sec, quelques détails restaient à régler, mais le prisonnier pouvait rejoindre comme convenu son gîte. Une petite voiture à cheval noir, aux volets tirés, vint le chercher. Elle était escortée par quatre gendarmes à cheval.

Quand Charles sortit de son hôtel, des cris fusèrent de la foule amassée à proximité :

— À mort, le marquis !

— Assassin !

Il s'empressa de monter dans la voiture tandis qu'un laquais chargeait ses bagages. Puis le cocher fouetta les chevaux et l'équipage s'ébranla, au grand bruit des roues de la voiture et des sabots des chevaux sur les pavés de la rue Saint-François. La bonne société vannetaise trouva très piquante l'histoire de ce marquis se faisant bâtir sa propre cellule. Le petit peuple fut scandalisé par ce favoritisme !

Charles passa deux mois presque agréables. Son personnel lui apportait des repas et le directeur de l'établissement lui permettait assez librement de recevoir des visites. Et comme il était amateur de lectures, il profita de ces loisirs forcés pour lire abondamment.

Le procès eut lieu début septembre. Maître Le Floch assura la défense du marquis, plaidant l'irresponsabilité, l'abolition du discernement : son client, en proie à l'alcool, n'étant plus conscient de ses actes. Son ami Gournois eut l'élégance de témoigner. Il prétendit l'avoir fait boire à dessein pour le battre au jeu, puis être l'auteur de ce pari malheureux : une phrase dite en l'air dont il n'avait pas un instant imaginé que l'accusé, dans son délire éthylique, puisse la prendre au pied de la lettre. Un témoignage qui impressionna la cour, le comte de Gournois étant un homme respecté.

L'avocat fit venir également au tribunal Thérèse, la servante-maîtresse de Charles. Elle expliqua les bontés de son maître, non seulement pour elle mais pour tout le personnel.

— Jamais Monsieur le marquis, s'il avait été conscient, n'aurait tiré sur un ouvrier ! Il aimait les artisans et admirait le travail manuel ! s'était-elle écriée.

Puis elle s'était mise à pleurer en voyant *son bon maître* dans le box des accusés. Elle avait quitté le prétoire en disant :

— *Ma Doué benniget !* C'est pas Dieu possible de voir ça !

Le procureur lui-même avait été ému. Il ignorait que Charles avait fait un enfant à Thérèse...

La bonne conduite du prévenu, son importance sociale et ces deux témoignages touchants inclinèrent la cour à la clémence : le marquis fut condamné à seulement trois ans de bannissement. Il devait dans les plus brefs délais quitter le royaume et partir en exil à Brême, le grand port hanséatique. Ultime fleur du tribunal : le voyage serait effectué à bord de la *Marie-Ange*, un chasse-marée dont le commandant était le capitaine Joseph Dréano – un marin originaire de l'île d'Arz dont la compétence était unanimement reconnue. Un homme hors du commun qui avait fait de bonnes études au collège de Vannes. Naviguant en Méditerranée, il avait été capturé par les Barbaresques et s'était retrouvé esclave à Alger où il avait appris l'arabe. Rendu à la liberté, il se fit recevoir capitaine au long cours et commanda le corsaire *Le Comte d'Artois* pendant la guerre d'Amérique. Le tribunal avait donc choisi ce marin exceptionnel pour convoyer à Brême le très haut et puissant seigneur Charles du Bot du Grégo, marquis de La Roche…

*

Huit jours après que le jugement eut été rendu, Charles gagna le port de Vannes, où était amarré le voilier. Il était accompagné de plusieurs gentilshommes de ses amis. Tout ce beau monde, amusé de la tournure qu'avait prise l'affaire, s'avançait joyeusement vers la *Marie-Ange*. Une petite bande de privilégiés, élégamment habillés, portant tous l'épée au côté, parlant haut et fort, riant insolemment.

Le capitaine Dréano, debout à la lisse, regardait calme et droit son passager, ce marquis qu'il devait convoyer à Brême, se détacher du groupe et venir vers lui. S'apercevant que son *client* était armé, il lui avait souri mais dit avec courtoisie :

— Bienvenue à bord, Monsieur le marquis. Je suis ravi de vous accueillir, mais pourriez-vous me remettre votre épée ?

Charles avait sursauté, comme piqué à vif. Et ce, d'autant plus que le groupe de ses amis s'était soudain tu, observant la situation. Le marquis avait regardé avec mépris le capitaine Dréano :

— Il n'est pas question que je remette mon épée à un vil roturier !

Dréano était resté calme malgré l'injure et avait souri :

— Dans ces conditions, vous n'embarquerez pas. Je ne prends à mon bord que des passagers désarmés.

Charles ne répondit pas, soudain désarçonné par la fermeté du marin qui, après un temps, reprit :

— Je suis sans nul doute, Monsieur le marquis, un roturier. Mais ne vous en déplaise, je suis roi à mon bord et, tout marquis que vous êtes, à bord vous êtes mon sujet.

Un silence s'ensuivit. Puis Charles, d'un geste rageur, tendit son épée au capitaine. Lequel la prit et l'engagea à embarquer. Charles, ulcéré, se tourna vers ses amis qui avaient observé la scène en silence. Il leur fit un dernier adieu de la main et, sans mot dire, monta à bord, suivi de son laquais qui alla déposer ses bagages dans sa cabine, guidé par un matelot. Puis le capitaine Dréano, toujours calme et courtois, conduisit ce passager particulier au réduit exigu où le marquis allait devoir vivre durant le long trajet pour gagner Brême.

Il était enfin seul ! Il éprouvait un fort besoin de solitude après tout ce qu'il avait vécu ces derniers jours et cette dernière humiliation. Il s'étendit sur son lit, déprimé, et finit par s'endormir.

Quand il se réveilla, les mouvements du bateau lui indiquèrent que la *Marie-Ange* avait atteint la haute mer. Il ajusta sa tenue froissée et monta sur le pont. Il aperçut le capitaine Dréano qui le salua d'un signe discret de la tête, auquel il ne répondit pas. Il lui en voulait encore de l'humiliation qu'il lui avait fait subir devant ses amis… qui avaient dû bien se gausser de lui après son départ !

Ignorant donc le commandant, il alla à quelque distance s'accouder au bastingage. La mer était un peu forte et il aimait le rythme du chasse-marée plongeant et ressortant, épousant celui des vagues. Le vent au goût salé lui caressait le visage et de temps à autre des embruns venaient brutalement le fouetter. Il se sentait soudain étonnamment libre. Il regardait sans regret la côte de cette Bretagne qui s'éloignait et qu'il ne reverrait sans doute pas avant trois ans... à moins d'une grâce royale ou d'une réduction de peine qui l'étonnerait. Il n'était plus en cour, son mode de vie déréglé, ses dettes et cette dernière affaire ne plaidant pas en sa faveur. Il le savait et, au fond, cela lui était égal. Il quittait la Bretagne, la France, sans grands regrets et même avec un certain soulagement. Il échappait au harcèlement quasi permanent de sa femme Jeanne-Vincente, au caractère acrimonieux. Il se soustrayait aussi aux pressions de ses créanciers, en ayant laissé le soin à son notaire et ses financiers de traiter avec eux, quitte à vendre quelques propriétés, notamment dans la région de Brest – ce qu'ils avaient déjà commencé pour faire face aux coûts de construction de sa cellule particulière. Ce souvenir lui arracha un sourire : un bon tour qu'il avait joué à tous ceux qui rêvaient de le voir croupir dans un cul de basse-fosse avec des brigands !

Non, se dit-il, *aucun regret !* Il allait vivre une nouvelle aventure, écrire une page imprévue de sa vie – connaître ce long voyage en mer au terme duquel il découvrirait Brême, ce grand port, cette célèbre ville hanséatique et son passé passionnant. Découvrir aussi l'Allemagne et une langue qu'il lui faudrait apprendre. Il s'était toujours intéressé à la linguistique, dont il possédait plusieurs traités dans sa bibliothèque à Trévarez. Parlant déjà bien l'anglais, il n'aurait pas trop de problèmes, pensait-il, pour se mettre à l'allemand. Il pourrait ainsi découvrir bientôt dans le texte les classiques des XVIIe et XVIIIe siècles d'un pays qu'il avait toujours admiré, comptant d'ailleurs profiter de cet exil pour beaucoup lire.

Et puis bien sûr, il ne l'avouerait pas pour un empire : il espérait connaître quelques aventures amoureuses avec des femmes de la bonne société locale – une de ces créatures nordiques à la chevelure blonde et, espérait-il, à la sensualité libérée.

Non, il partirait sans regret, n'eût été cette longue séparation d'avec sa fille, Louise Exupère. Malgré son égoïsme et ses nombreux défauts, c'était un bon père, plus démonstratif que ne l'étaient la plupart des hommes de son temps. Il l'avait embrassée pour la dernière fois à Vannes où sa mère avait accepté qu'elle vienne voir son père en prison, attendant un jugement dont on craignait le pire. Elle venait d'avoir dix ans. *Une petite sauvageonne vivant en plein air*, pensait-il avec attendrissement. Sa *garce de mère* préférait coucher à droite et à gauche que de s'occuper de sa fille, il le savait bien.

La petite poussait comme une pouliche mal dressée – un vrai garçon manqué, n'ayant peur de rien. *Pourvu qu'elle n'ait pas d'accident pendant mon absence*, songeait-il le cœur serré. Il quittait une enfant, quand il reviendrait ce serait déjà une petite femme… L'aimerait-elle toujours autant ? À cette pensée, comme c'était un émotif, il essuya une larme qu'il attribua aux embruns, ne voulant pas reconnaître sa faiblesse. Il s'efforça de n'y plus penser et se concentra sur la mer et les mouettes qui tournoyaient autour du chasse-marée.

Initiation involontaire

Octobre 1780

En ce samedi 14 octobre 1780, Louise prenait un solide déjeuner matinal, toujours sous l'œil attendri de sa chère nourrice, Marie. La journée se présentait sous d'excellents auspices. D'abord, il faisait un agréable temps d'arrière-saison, doux et chaud encore. Les arbres entourant l'étang arboraient de jolis camaïeux d'automne – jaunes, roux, bruns, où tranchait parfois la couleur sombre d'un sapin. Les eaux de l'étang étaient claires, reflétant un ciel d'un bleu léger. La matinée du samedi était d'habitude consacrée aux études, mais aujourd'hui Mme du Boisguillou était indisposée – ce qui lui arrivait de plus en plus souvent, tandis que l'abbé Salaun s'était rendu à Vannes pour y rencontrer son évêque et devait y séjourner vingt-quatre heures. Habitant au Vau de Quip, tout en haut de la tour carrée, il jouait à la fois le rôle de chapelain, disant la messe pour la famille, et celui d'enseignant pour Louise. Celle-ci l'aimait bien : il était bon pédagogue et enseignait à son élève le catéchisme, le latin et le grec. Elle prenait du plaisir à apprendre avec lui comme avec Mme du Boisguillou – c'était une bonne élève. Ses parents, pour une fois d'accord, avaient senti les dons intellectuels de leur fille et avaient voulu les développer. Ce n'était pas fréquent à une époque où l'on préparait plutôt les femmes à être des épouses, des mères et des maîtresses de maison.

Louise avait pour une fois quartier libre en ce samedi matin. Elle avait prévu, aidée par Yves Le Moigno, de terminer le travail de dressage de ce poulain de deux ans, Éclair. Durant ces six derniers mois, le cheval avait traversé plutôt facilement toutes les étapes du débourrage puis ce début de dressage – apprendre à passer au pas, au trot ou au galop au moment souhaité, ayant déjà accepté d'être monté par un cavalier. Louise avait suivi avec grand intérêt la façon dont Le Moigno s'y prenait. Elle l'appréciait, l'admirait même. C'était un homme d'une trentaine d'années, peut-être un peu plus. Il était originaire du village voisin, Saint-Jacut, mais vivait essentiellement au Vau de Quip dans ce qu'on appelait la *maison du régisseur*. Sa femme Yvonne et ses trois enfants étaient restés à Saint-Jacut. Il travaillait pour la famille de Jeanne-Vincente, les La Caunelaye, depuis quinze ans. C'était un beau gars, nettement plus grand que la moyenne des hommes du coin qui étaient plutôt petits. Il avait un visage viril, des cheveux châtain foncé, des yeux tirant sur le vert – beaucoup de charme ! Louise y était sensible malgré son âge. Il se montrait chaleureux avec elle tout en étant déférent. Il savait l'initier aux choses de la campagne et notamment le soin des chevaux – ce qu'elle devait faire avec lui ce matin vers dix heures avec le fameux poulain. Puis il était prévu qu'elle parte à Allaire retrouver son amie, Marguerite du Faouëdic. Elles devaient dîner ensemble et passer l'après-midi au Vaujouan, la propriété des Faouëdic – une famille ancienne mais de petite noblesse sur laquelle les parents de Louise avaient tendance à *cracher*. Louise appréciait Marguerite, qui était gaie et drôle. Le jugement condescendant de ses parents la laissait indifférente.

Entre sa nourrice Marie, Mme du Boisguillou, l'abbé Salaun, le régisseur Le Moigno et son amie Marguerite, elle avait un environnement affectif qui compensait l'absence de son père et la froideur de sa mère. Elle se considérait comme heureuse, n'eût été ce désagréable conflit permanent entre ses parents et cette angoisse de manquer.

La séance de dressage sous l'œil bienveillant du régisseur s'était passée au mieux. Ce dernier avait été une fois de plus impressionné par la maîtrise d'elle-même, le calme de la petite maîtresse. Le cheval l'avait senti lui aussi et avait obéi confiant à ce bout de femme. Louise était une séductrice capable d'enjôler hommes et bêtes, elle n'en était pas encore totalement consciente. Le devenant plus tard, elle fit de son charme une arme redoutable.

La séance de dressage terminée, un palefrenier lui amena Ouragan, sa monture préférée, sellée et bridée. Accompagnée d'un valet de confiance, elle prit la route d'Allaire. Le bourg était à un peu moins d'une lieue du Vau de Quip. Il faisait maintenant presque chaud, le ciel légèrement voilé rendait le paysage ravissant et elle était un peu fatiguée par le travail de débourrage. Elle prit son temps, profitant du plaisir de cette promenade, échangeant de temps à autre avec son compagnon, un jeune valet agréable sachant se tenir à sa place, répondant quand la *demoiselle* lui parlait, gardant sinon un silence respectueux.

Quand elle arriva au Vaujouan, vers une heure de l'après-midi, elle eut le sentiment de déranger. Marguerite n'était pas là pour l'accueillir. Une domestique l'introduisit dans la grand-salle de ce petit manoir à l'ancienne mode et on la fit attendre. Au bout d'une demi-heure, Marguerite vint la rejoindre. Elle avait les yeux rougis. Louise la prit dans ses bras :

— Que se passe-t-il ? Je vois que vous avez pleuré ! Que vous arrive-t-il, ma mie ?

Marguerite essuya ses yeux encore humides. Elle murmura d'une petite voix :

— C'est maman !

— Madame votre mère a un problème ?

— Oui, elle a une forte fièvre depuis deux jours, qui a encore monté, semble-t-il, cette nuit… Et ce matin, elle était brûlante ! Le médecin est venu de Redon… Il lui a mis des ventouses. J'espère que son traitement va agir…

— Comment est-ce arrivé ?

— Ma mère a pris froid avant-hier à l'église. Elle a voulu assister à l'office des complies. Elle n'était pas assez couverte et la température y était glaciale. Un vrai sépulcre !

Louise comprit que son amie n'était pas d'humeur à échanger gaiement et à s'amuser de tout et de rien, comme on peut le faire à leur âge. Elles passèrent à table dans la cuisine du manoir, accueillies par une servante d'humeur aussi triste que celle de Marguerite. Mme du Faouëdic semblait très aimée tant par sa fille que sa domesticité. Louise trouvait l'ambiance pesante. Sitôt le repas pris, elle voulut prendre congé, ce qui parut soulager Marguerite. Elle était un peu déçue, s'étant par avance réjouie de ce moment passé avec son amie.

Mais ce n'était pas dans son caractère de se laisser abattre. Elle décida de reprendre dès son retour au Vau de Quip le travail de dressage de ce poulain très prometteur. Aussi, dès l'arrivée, elle se mit en quête d'Yves Le Moigno. Il n'était pas dans l'écurie ni dans la cour, elle se rendit donc vers la maison du régisseur au bout de la deuxième terrasse – un joli petit bâtiment de plain-pied proche de l'étang. Elle espérait l'y trouver. Si ce n'était pas le cas, cela signifierait qu'il était parti dans les champs ou les bois et qu'il lui faudrait renoncer à son projet : elle était trop petite et faible pour entreprendre seule ce travail. Sa mère le lui avait interdit et, pour une fois, Louise reconnaissait la validité du raisonnement maternel.

En arrivant, elle trouva la porte du logis mal fermée, la poussa et entendit comme une plainte. Elle crut reconnaître la voix de sa mère. Ayant quitté à peine une heure auparavant une ambiance de maladie chez les Faouëdic, elle s'en inquiéta : sa mère aurait-elle eu un accident et aurait-elle été recueillie par Le Moigno ? S'approchant de la pièce suivante, elle reconnut cette fois bien distinctement la voix de sa mère qui gémissait :

— Oui, oui... oui !

La porte de la chambre étant elle aussi entrebâillée, elle glissa la tête... et resta médusée. Sa mère était étendue nue sur le lit et le sieur Le Moigno, nu également, était monté sur elle... et s'activait. Fille de la campagne, Louise avait vu des étalons saillir des juments, des taureaux des vaches. Elle comprit aussitôt que Madame sa mère se faisait saillir par son régisseur. Elle regarda un instant la scène, fascinée, tandis que sa mère implorait plus fort :

— Oui, oui encore... Encore !

Louise se retira sur la pointe des pieds, quitta la maison et partit en courant se réfugier dans sa chambre. Elle repensa longuement à cette scène qui devait rester gravée dans sa mémoire. Sur le moment, elle avait été très choquée, mais curieusement elle avait aussi ressenti une forme d'excitation. Elle s'était d'abord dit que sa mère et ce domestique – car Le Moigno était bien un domestique, faisaient quelque chose de sale, de bestial. Puis elle avait pensé à son père qui avait dû lui aussi saillir sa servante Thérèse. Elle s'était dit que cette saillie-là avait marché puisque son père avait eu ce demi-frère... La saillie de sa mère allait-elle réussir? Allait-elle recevoir un petit frère ou une petite sœur dont le régisseur serait le père?

Dans les semaines, les mois qui suivirent, elle surveilla le ventre de sa mère et finit par conclure que la saillie n'avait rien donné. Puis, grandissant, elle apprit peu à peu que l'on pouvait ainsi s'accoupler sans chercher à avoir un enfant, juste pour le plaisir... Elle demanda un jour à sa mère si son père avait fait *cela* pour avoir un enfant ou pour le plaisir, et se fit vertement rabrouer:

— On ne pose pas ce genre de questions! Mais si vous me le demandez, je vous dirai que Monsieur votre père ne cherchait que son plaisir et a été bien attrapé d'avoir eu un enfant! C'est un ignoble individu qui ne pense qu'à dépenser et à jouir!

Louise, furieuse de voir une fois de plus ce père qu'elle aimait traîné dans la boue, et exaspérée par l'hypocrisie de sa mère, ne put s'empêcher de s'exclamer en ricanant:

— Et vous avec Yves Le Moigno, c'était pour le plaisir, n'est-ce pas?

Jeanne-Vincente était devenue blanche. Puis, furieuse, elle s'était écriée:

— Petite insolente!

Et joignant le geste à la parole, elle avait violemment giflé sa fille avant de la mettre pour deux jours enfermée dans sa chambre, au pain et à l'eau.

Cette punition n'altéra pas la morale de la petite jeune fille qu'était devenue Louise: ses parents, l'un comme l'autre, n'écoutaient guère les beaux discours des curés lors des mariages, prônant la vertu de la fidélité. Ils se conduisaient telles des bêtes dans la nature, ne suivant que les plaisirs de la chair qui semblaient grands ! À un point tel que Charles et Jeanne-Vincente pouvaient braver les barrières sociales, les interdits et les chercher même avec des domestiques. Elle se prit à rêver d'y goûter aussi… Louise avait reçu une éducation formelle de sa mère qui avait transmis à la petite sauvageonne l'art de se tenir en société. De son père, elle avait appris à apprécier les hommes et à bien monter à cheval. Mme du Boisguillou et l'abbé Salaun enfin lui avaient inculqué ce que l'on appelait alors les *humanités*, qu'elle avait assimilées avec brio. Une éducation complète qui lui permettrait plus tard de briller dans les milieux les plus huppés. Mais son inconscient avait été amené à retenir de ses parents deux enseignements qui guideraient sa vie : on pouvait être riche comme son père, en venir à perdre une partie de ses biens et risquer un jour de manquer… On pouvait comme sa mère aller à l'église, communier, donner l'image de la vertu et rechercher le plaisir avec des hommes, la jouissance physique ! L'argent, le sexe semblaient guider l'univers… en tout cas, celui de ses parents.

Matin de noces

Mai 1787

Sept années s'étaient écoulées qui avaient vu grandir Louise, comme l'on disait alors, *en sagesse et en âge*. Elle allait avoir dix-sept ans. En ce mardi 29 mai 1787, elle s'était réveillée aux aurores, incapable de dormir plus longtemps. Le soleil, levé tôt, pénétrait dans sa chambre malgré les lourds rideaux censés la protéger de la lumière. Ils étaient mal fermés et, un rayon l'avait réveillée : les manoirs bretons ne comportaient pas de volets.

Assise dans son lit, confortablement adossée à de gros coussins, à moitié encore ensommeillée, elle laissait ses sentiments naviguer entre nostalgie et excitation. Dans quelques heures, en milieu de matinée, elle allait être unie à Antoine-Henry d'Amphernet, vicomte de Pontbellanger. À vrai dire, elle ne l'aurait pas choisi. Mais selon la coutume de la haute société, on l'avait choisi pour elle. Elle avait rêvé, comme toutes les jeunes filles de son âge, d'épouser le prince charmant. Son père, qu'elle avait retrouvé avec bonheur à son retour d'exil, lui avait donné le goût de la lecture, malgré les critiques de sa mère qui trouvait ce passe-temps inutile, juste bon à vous mettre des idées néfastes dans la tête. Elle avait lu avec passion *La Princesse de Clèves*, adoré Molière, Marivaux, Beaumarchais, Bernardin de Saint-Pierre… Isolée au Vau de Quip, elle rêvait au bord de l'étang d'un amour passionné, et les aventures ancillaires de ses parents lui faisaient penser que ce n'était pas forcément dans les liens du mariage qu'on le vivait. Elle avait cru l'année précédente l'avoir trouvé en la personne du frère aîné de son amie d'Allaire, Marguerite.

Jean-Charles du Faouëdic avait trois ans de plus qu'elle. Il était de taille moyenne, avait des traits fins et réguliers, le teint hâlé et des yeux bleu-gris. Son visage sérieux dégageait du charme quand il souriait. Servant comme enseigne de vaisseau dans la Marine royale, il était apparu à Louise dans son bel uniforme lors d'un mariage chez des amis communs près de Redon. Marguerite les avait présentés l'un à l'autre et Louise avait été éblouie par ce *numéro* qu'on ne trouvait guère dans la région. Ils avaient passé un bon moment ensemble, mutuellement attirés. Il faut dire que Mlle du Bot du Grégo était devenue une fort jolie personne. Petite, fine, piquante, elle avait une gorge à faire damner un honnête chrétien. Son visage régulier était marquant avec des pommettes hautes et surtout de grands yeux bruns couleur de miel qui se plissaient de façon charmante quand elle souriait. La demoiselle était séduisante, le savait et en jouait !

Ils s'étaient donné rendez-vous le lendemain au Vaujouan, dans la propriété des parents du Faouëdic. Ils avaient réussi à s'isoler un moment dans l'après-midi, lors d'une promenade dans le parc du manoir familial. Et là, le jeune officier de marine avait pris à l'abordage une Louise consentante, l'embrassant avec fougue, caressant des seins que sa robe décolletée rendait très accessibles. Ces quelques instants hélas trop rapides de sensualité débridée avaient été pour la jeune fille un éblouissement, la révélation d'un fort tempérament. Une attirance, qu'inexpérimentée, elle avait prise pour de l'amour. Naïvement, elle en avait parlé le soir à sa mère, pensant que son *affaire* avec Yves Le Moigno la rendrait sensible aux sentiments de sa fille. Jeanne-Vincente poussa de hauts cris et les deux femmes eurent des mots, de ceux qu'on n'oublie guère : la mère traita sa fille de *gourgandine*, Louise lui rappela le caractère ancillaire de sa relation avec son régisseur…

La colère retombée, la jeune fille dut se rendre à l'évidence : l'unique héritière de l'une des plus riches et anciennes familles de la province ne pouvait épouser un jeune officier de marine de petite noblesse et dépourvu de fortune. Jean-Charles regagna vite Brest et son bâtiment qui devait cingler vers les Antilles. Il ne s'était, lui, jamais fait vraiment d'illusions sur la possibilité d'un mariage aussi désassorti. Il était heureux d'avoir connu une agréable aventure.

À partir de ce moment-là, malgré son chagrin et sa déception, Louise comprit qu'il ne fallait plus rêver. Ce serait sa famille, son milieu qui lui choisirait un conjoint dont les vertus à leurs yeux ne seraient pas nécessairement celles que pouvait attendre une jeune fille romantique. La chance voudrait peut-être qu'un tel mariage *arrangé* lui permette de connaître l'amour. L'exemple de ses parents lui montrait qu'en revanche la passion pouvait se rencontrer hors des *liens sacrés du mariage*, selon l'expression de l'abbé Salaun.

Cependant, Antoine-Henry d'Amphernet de Pontbellanger, s'il ne pouvait soutenir la comparaison avec le beau Jean-Charles du Faouëdic, aurait eu un physique agréable, n'eût été une légère coquetterie dans l'œil gauche. Des traits plutôt réguliers, une taille svelte, un aspect souriant. Il n'était pas très drôle mais sa conversation était toujours intéressante et d'une excessive politesse. À défaut d'être un séducteur né, il représentait l'exemple même du parfait *honnête homme*. Louise l'avait trouvé dès le premier abord aimable mais assez peu susceptible de provoquer en elle de la passion. *Peut-être viendrait-elle à l'usage*, s'était-elle dit, philosophe, se soumettant au diktat de ses parents – lesquels, pour une fois, s'étaient entendus sur la nécessité de la marier. Jeanne-Vincente avait narré à son ex-mari l'épisode du Faouëdic et l'un comme l'autre avait frémi à l'idée de cette mésalliance. Dans leur milieu de la haute aristocratie, le mariage revêtait une extrême importance, mettant en jeu le rang social des familles et celui de leur fortune. C'était presque une affaire d'État se concluant par un traité.

Antoine-Henry était né en 1759 et avait donc onze ans de plus que Louise. Il était le fils de messire Antoine Michel d'Amphernet, chevalier, baron de Pontbellanger, seigneur et patron du même lieu, de Bernière, Campagnoles, Bures, Bertot et autres lieux, et de dame Madeleine Françoise Le Forestier. Son père avait été admis aux *honneurs de la cour* en 1784 avec le titre de marquis d'Amphernet.

Après une jeunesse sage et sans histoire passée en Normandie dans la propriété familiale, Antoine-Henry, comme tous les cadets, avait été destiné au métier des armes : en 1780, à vingt et un ans, il devait être nommé sous-lieutenant dans la compagnie de Longueval du régiment d'infanterie de Bourbon. Trois ans plus tard, il *reçut une commission pour tenir le rang de capitaine en second* dans le régiment Royal-Lorraine, moyennant dix mille livres. Et l'année suivante, il était autorisé à *porter l'habit d'équipage*.

Enfin, suprême privilège, il était admis en 1786 aux *honneurs de la cour* avec le titre de vicomte de Pontbellanger. Aux yeux du marquis du Bot du Grégo, c'était un parcours classique et Antoine-Henry aurait été un gendre parfait s'il avait eu davantage de fortune. Mais dans ces unions, le *pedigree* des familles jouait un rôle aussi important que leur richesse, ce qui expliquait le mariage d'un cadet de Normandie sans fortune, dont toute l'importance provenait de l'antique noblesse de sa famille avec la fille unique du marquis du Bot du Grégo, considéré malgré ses frasques et ses dettes comme l'un des gentilshommes les plus riches de Bretagne. Il se disait aussi que ce mariage surprenant, entre un gentilhomme normand désargenté et une riche héritière bretonne, était l'œuvre du comte d'Artois, le frère du roi, dont Antoine-Henry était l'aide de camp, et sans doute aussi celle d'Eléonor-Constant d'Amphernet, seigneur de Kermadého dans le diocèse de Quimper, chef de la branche bretonne des d'Amphernet.

Cette union était au fond un compromis permettant à Charles et Jeanne-Vincente de faire un peu oublier leur sulfureuse réputation dans une province traditionnelle et dans l'ensemble aux mœurs plus vertueuses que celles de Versailles. Louise était bien consciente des tractations dont son mariage avait fait l'objet, qui retiraient tout romantisme à sa future union. Elle s'y était résignée.

En revanche, le changement de son statut, la voyant devenir une femme mariée, lui ouvrait des perspectives excitantes. Elle allait devenir de ce fait une adulte, jouissant d'une beaucoup plus grande indépendance, dans le cadre bien sûr de sa vie conjugale. Le peu qu'elle avait déjà découvert de la personnalité de son futur époux lui permettait de penser qu'il ne serait pas tyrannique. Il lui semblait plutôt doux et, s'en amusait-elle alors, pétri des conventions de son milieu. Ce qui n'était pas son propre cas : élevée par deux parents aux mœurs très libres et ne s'entendant pas, elle avait poussé comme un poulain mal débourré, proche de la nature. Elle était déterminée, avait tendance à suivre son instinct et à n'écouter que son intérêt. Formée cependant par son père, elle était cultivée et ouverte, malgré son jeune âge, aux idées nouvelles... Ce qui n'était pas le cas, lui semblait-il, de son fiancé. Il lui faudrait composer avec un mari plus conformiste qu'elle. Louise ne s'en inquiétait pas outre mesure : elle se savait inconsciemment capable de convaincre ou de manipuler quiconque. La timidité, la prudence étaient des sentiments qui lui étaient étrangers, mais elle avait appris dans ses rapports avec sa mère ou l'abbé Salaun à le masquer.

Et donc ce matin, tandis qu'elle paressait dans son lit, elle se laissait aller à l'optimisme. Comme elle était féminine et très coquette, elle s'excitait à l'idée de revêtir enfin cette ravissante robe de mariée qu'elle avait essayée à plusieurs reprises. La meilleure couturière de Vannes l'avait faite sur-mesure dans son atelier de la rue Saint-François, non loin de l'hôtel particulier de ses parents. Elle s'était inspirée d'un modèle réalisé par la couturière personnelle de la reine Marie-Antoinette, Mlle Bertin, qu'on appelait familièrement *Rose Bertin* et parfois *la ministre de la mode* : surnom donné par les courtisans jalousant sa proximité avec la souveraine que son talent avait séduite.

Lors du mariage de Louise, Rose Bertin était au sommet de sa gloire. Elle venait d'avoir tout juste quarante ans et connaissait un incroyable succès, non seulement en France mais dans plusieurs cours d'Europe. À Paris, son magasin Le Grand Mogol, situé rue Saint-Honoré, près du Palais-Royal, ne désemplissait pas. Une clientèle prestigieuse que cette brillante roturière accueillait avec son style personnel, mélangeant politesse et insolence. Elle employait dans ses ateliers des dizaines de salariés et faisait travailler plus d'une centaine de fournisseurs. Son style devait révolutionner la mode, remplaçant les volumineuses robes à paniers par des vêtements légers, fluides, beaucoup plus agréables à porter ; développant les accessoires, les gants et ces merveilleux chapeaux qu'adorait la reine. Cette *marchande de modes* multipliait les collections, surprenant une clientèle habituée depuis des siècles à garder ses vêtements jusqu'à l'usure… et surtout déroutée, enchantée par l'audace de ses créations.

Louise s'amusait d'avance en imaginant tout à l'heure les réactions de ces dames de la bonne société bretonne découvrant sa blanche robe de mariée faite de soie et de mousseline légère, rehaussée de dentelle. Ces provinciales ne connaissaient encore que les lourdes et volumineuses tenues. Elle se voyait déjà entrant dans la chapelle de Trévarez au bras de son père avec son voile et sa traîne faits de dentelles familiales, et entendant les murmures de l'assistance. Elle devinait la curiosité, la surprise des femmes, mais aussi le désir des hommes devant la fluidité, la souplesse du vêtement, qui suivraient les mouvements de son corps. Tous ces personnages importants – le comte de Pontbellanger, le frère de son futur époux ; le chevalier seigneur de Kermadého ; le comte de Kerstrat ; Amateur-Jérôme le Bras des Forges de Boishardy ; Michel Jean Alexandre Laënnec – vicaire général, recteur à Elliant, chanoine à Tréguier… pour n'en citer que quelques-uns qu'elle connaissait bien.

Elle se réjouissait également du contrat de mariage dont les termes avaient été consignés d'une part à Versailles *à l'égard de Leurs Majestés de la famille royale* et d'autre part à Paris en l'hôtel du marquis de Chabanais, à l'égard des parents et amis. Déjà intéressée et calculatrice, elle pensait à la dot constituée par Louise-Perrine d'Amphernet de Pontbellanger, épouse de Claude Théophile Gilbert Jean-Baptiste Colbert, marquis de Chabanais et de Saint-Pouange – les seigneurs de Bures-les-Monts et de Bertot en Normandie. Le marquis de Chabanais donnait, lui, cinquante mille livres au futur ménage, tandis que Louise de Collardin, tante du marié, lui octroyait cent mille livres. Louise recevait de son mari une rente de trois mille livres et de son père également une rente de huit mille livres pour leur couple.

Assurée ainsi d'être à l'abri du besoin et de pouvoir mener une vie conforme au rang de sa famille, Louise songeait qu'Antoine-Henry et elle allaient s'installer en Bretagne. Ils pourraient profiter des possessions familiales – notamment des logements de Vannes et Quimper et des propriétés qu'elle aimait : le Vau de Quip à Allaire, appartenant à sa mère ; Trévarez à Laz et le Grégo à Surzur, appartenant à son père. Oui, la vie se présentait sous les meilleurs auspices… même si Antoine-Henry n'était pas un Adonis, mais un mari qu'elle saurait rendre accommodant. Sur ces perspectives heureuses, elle commençait à s'assoupir quand on frappa à la porte : Yvonne, sa femme de chambre personnelle, venait la réveiller. La grande journée commençait !

En carrosse de Vannes à Paris

Jeudi 22 janvier 1789

Bientôt deux ans que Louise était mariée ! Vingt mois qui s'étaient plutôt bien passés. Antoine-Henry, son époux, avait un caractère facile quoiqu'un peu raide : il s'était révélé très conventionnel tant sur les plans des principes moraux que des idées politiques. Un homme bien différent de son libertin de père ! Mais tel que, il était d'un commerce agréable et Louise avait su vite l'apprivoiser, évitant les grandes discussions.

Ce n'était pas un amant exceptionnel. Il prenait un rapide plaisir et avait le sentiment d'avoir accompli son devoir conjugal. Comme le disait Louise à Marguerite, sa vieille amie d'Allaire :

— Sa petite affaire terminée, Monsieur mon mari bat en retraite !

Elle sentait, devinait que l'amour pouvait être bien autre chose. Mais n'ayant pas connu d'autre homme, elle se satisfaisait de ce rapport conjugal limité, qu'elle découvrit un peu douloureusement le soir même de ses noces à Trévarez. Elle se trouva immédiatement enceinte et accoucha après ce mariage arrangé d'un beau bébé – un solide garçon, Charles-Félix, qui fut baptisé à Quimper le 10 avril 1788 en la cathédrale Saint-Corentin. Le parrain était son grand-père le marquis du Grégo, la marraine madame de Collardin, sa tante paternelle. Louise, âgée de dix-huit ans, était bien jeune pour être déjà mère. En outre, elle n'avait sans doute pas la fibre maternelle : elle délégua vite à sa mère le soin d'élever le bébé.

Jeanne-Vincente, qui adorait les enfants et avait toujours regretté de n'en avoir eu qu'un, ne se fit pas prier pour remplacer sa fille. Elle s'attacha à ce petit-fils : un bel enfant, facile de surcroît, et son affection ne se démentit jamais. Plus tard, quand le bébé devint un joli et attendrissant petit garçon, Louise eût souhaité se le réapproprier, mais les circonstances de la vie ne devaient pas le lui permettre.

Dans l'immédiat, elle avait été bien aise d'avoir pu laisser, huit jours auparavant, Charles-Félix à sa grand-mère au Vau de Quip. Pas question de s'encombrer d'un bambin quand on se rendait à la cour ! Son père l'accompagnait dans ce voyage : une femme ne pouvait venir seule pour être présentée au roi. Son mari, Antoine-Henry, était retenu dans son régiment de Royal-Lorraine, alors cantonné à Vitry-le-François. Charles du Bot du Grégo s'était proposé pour l'escorter – une mission qui à vrai dire amusait beaucoup le marquis : il avait beaucoup aimé ses jeunes années versaillaises et il espérait bien revoir quelques complices de ce joyeux passé.

Le voyage avait été long et éprouvant. Louise et son père étaient bien soulagés d'arriver enfin à Paris, où ils avaient prévu de s'installer pour quelques jours. Le trajet de Vannes à Paris avait duré une semaine : un peu plus de cent lieues à parcourir, entrecoupées de deux séjours en cours de route chez des amis du marquis. Malgré sa jeunesse, son excellente santé, elle était fatiguée par ces longues étapes en carrosse où il fallait subir d'incessantes secousses, malgré la bonne suspension de la voiture. Le bruit aussi était pénible – celui des roues, des sabots des chevaux, des cris des cochers. Heureusement, son père était un charmant compagnon dont elle appréciait la conversation toujours intelligente et gaie. Au travers de ces échanges durant ces heures infinies, elle fit mieux sa connaissance et découvrit ses réflexions en matière de politique – un domaine que l'éducation donnée à une jeune fille n'avait pas abordé et qui intéressait Louise.

Dans les premiers jours de ce périple, Charles avait d'abord évoqué plus longuement qu'il ne l'avait jamais fait son exil à Brême, la grande ville hanséatique – trois ans de bannissement dont il avait gardé un excellent souvenir. Louise savait déjà que ses rapports avec le capitaine Dréano, après l'incident de l'embarquement, s'étaient peu à peu améliorés au cours du voyage jusqu'à devenir chaleureux. Elle trouvait amusant que le marquis du Grégo, qui avait traité le marin de *vil roturier*, puisse être devenu pour lui un véritable ami. Il avait raconté à sa fille plusieurs anecdotes distrayantes que les deux hommes avaient connues ensemble au cours de cette croisière particulière. Puis, se détendant de plus en plus au fil des jours, il lui avait raconté à mots couverts, avec la pudeur qui seyait à son milieu, les quelques bonnes fortunes dont il avait bénéficié pendant son séjour dans la cité hanséatique. Pour germaniques et protestantes qu'elles fussent, certaines dames de l'aristocratie locale avaient cédé aux charmes de ce marquis français !

Des confidences qui avaient émoustillé cette toute jeune femme. Depuis son mariage, elle s'était un peu délurée : les nombreuses réceptions où elle s'était rendue à Vannes ou à Quimper lui avaient fait découvrir la galanterie des hommes, le badinage et l'excitation de ces rapports ambigus. Son mari, Antoine-Henry, ne semblait pas s'en préoccuper et ne faisait pas preuve de jalousie. Il ne craignait pas lui-même de conter fleurette aux belles dames de la région. Louise se sentait donc libre : jolie et aguicheuse, elle avait connu dès son entrée dans le monde un vrai succès auprès des gentilshommes de sa région. L'époque était à la frivolité, au marivaudage… en un mot : au plaisir, même au fond de la Bretagne ! Du moins en ce qui concernait les grandes familles. Ce n'était sans doute pas le cas de la multitude de petits hobereaux au fond de leurs manoirs crasseux.

*

Ce fut au cinquième jour de ce voyage que son père lui livra ses vraies préoccupations actuelles. Elle découvrit un homme inquiet et au fond de lui divisé. La situation du royaume lui paraissait grave, il sentait la colère gronder dans le peuple, même chez ses propres fermiers qui acceptaient mal de reconnaître les droits féodaux ou de payer leur fermage. La bourgeoisie à Vannes ou Quimper était de plus en plus revendicatrice et contestait les privilèges de la noblesse. Des pamphlets virulents circulaient dans le pays, critiquant le roi. Parfois lui semblaient-ils fondés. Le royaume avait un besoin impérieux de réformes, cela lui paraissait évident. Mais il était déchiré entre ce qu'il était, ce qu'il ressentait et ce qu'il lui semblait nécessaire de faire. Son éducation, l'environnement social lui avaient ancré dans l'esprit qu'il appartenait à une essence différente, à un milieu supérieur et que les privilèges, les avantages, les honneurs leur étaient dus.

Mais d'un autre côté, il avait trouvé le bonheur auprès de Thérèse, une simple domestique, la fille de laboureurs, et il la jugeait bonne, sensible et fine. De la même façon, il s'était lié avec le capitaine Dréano, un *roturier* dont il appréciait l'intelligence, le courage, la compétence professionnelle. Avec le recul, il en venait à avoir honte du meurtre de ce couvreur. C'était un acte qu'il ne commettrait plus aujourd'hui. Au sein de la loge de Quimper, il discutait des idées nouvelles, les approuvait en théorie, mais il les refusait dès qu'elles mettaient en cause ce qu'il était ou son mode de vie. Il était conscient de ces contradictions et en souffrait. La loge de Quimper avait débattu avec passion en novembre et décembre des pamphlets d'un certain abbé Sieyès. Le premier, l'*Essai sur les privilèges* – un texte d'une vingtaine de pages à peine –, était un brûlot d'une grande violence, exprimant une véritable haine de l'aristocratie et de ses privilèges.

« Les nobles ont le monopole de l'honneur. Ils ne peuvent soutenir leur hauteur sans argent, l'autre grande récompense sociale. Or, privés par leur privilège même des moyens légaux de s'enrichir, ils ne vivent qu'en parasites de cour, étrangers à la nation, n'ayant comme industrie que la haute mendicité. »

Dans les deux pamphlets suivants, dont il avait eu connaissance juste avant son départ pour Paris, le marquis avait lu les bases d'une théorie de gouvernement représentatif du corps social et une condamnation plus forte encore de l'aristocratie. *Une caste!* vitupérait l'abbé, *des étrangers au milieu de nous...*

« Cette caste noble a usurpé toutes les bonnes places, elle s'en est fait comme un bien héréditaire. Aussi l'exploite-t-elle, non dans l'esprit de la loi sociale, mais à son profit particulier. »

Et tandis que le carrosse faisait route vers Paris puis Versailles, le malheureux Charles trouvait cette condamnation sans appel de la noblesse beaucoup trop générale. Car enfin, cette caste comme la qualifiait Sieyès, avait fait avec les Capétiens et les Bourbon ce qu'était la France ! Il songeait également qu'il accompagnait maintenant sa fille à être admise *aux honneurs de la cour* – une forme de grand-messe devant la confirmer dans sa noblesse, la faire admettre dans cet univers, une *caste* que ce sale petit abbé qualifiait d'industrie de la haute mendicité ! Comme il était difficile d'y voir clair... Il n'allait pas faire renoncer sa fille à un acte si important dans son milieu et dans le fonctionnement de la royauté !

À ces réflexions troublantes venait s'ajouter une autre forme de préoccupation, non moins importante mais plus locale : le 3 janvier dernier, par un arrêt du Conseil d'État, le roi avait suspendu jusqu'au 3 février la séance des États de Bretagne. L'ordre de la noblesse la semaine suivante avait adressé au roi une protestation signée de Rennes par le comte de Boisgelin à propos des *atteintes faites aux libertés bretonnes*. Avec son gendre Antoine-Henry et trois cousins de ce dernier, le marquis avait signé cette protestation. *Quelle serait la suite ?* s'interrogeait-il avec une certaine inquiétude, ne s'étant jamais opposé au roi.

Louise avait écouté son père évoquer ces questions qui, à son âge, la dépassaient : jeune, futile, totalement ignorante des affaires publiques, elle avait été bien en peine de répondre à cet homme proche de la cinquantaine et à la forte culture politique. Mais elle avait beaucoup de bon sens et avait compris dans les grandes lignes ce qui était en jeu, le dilemme de son père, marqué par son éducation, sa position sociale, mais tiré par les idées nouvelles qui lui semblaient intéressantes. Un cours particulier qui devait la marquer et sans doute guider ses choix futurs… et donc expliquer son attachement à l'Ancien Régime comme son ouverture à ces fameuses idées nouvelles.

Vivant au Vau de Quip, proche de la terre, des *laboureurs* et des petites gens, elle se rendait bien compte de leurs difficultés. Les aléas climatiques récents, ayant eu des répercussions dramatiques sur les récoltes, avaient accentué la misère, conduisant même dans certaines paroisses à la famine. Malgré son égoïsme naturel, elle était consciente que sa famille et elle-même, comme tous les proches de son milieu, menaient une existence qui leur paraissait normale mais qui était difficile à accepter pour les classes inférieures. Elle comprenait les états d'âme de son père car d'une certaine façon elle les partageait. Et dans le même temps, car elle était aussi jeune et frivole, elle était follement excitée à l'idée de se rendre à Versailles, de rencontrer le roi et sans doute la reine ! Qui ne l'aurait pas été à son âge ?

Les honneurs de la cour

24-25 janvier 1789

Louise et son père avaient été chaleureusement accueillis à Paris par Claude Gilbert Jean-Baptiste Colbert, marquis de Chabanais, le mari de Louise-Perrine d'Amphernet de Pontbellanger, la tante d'Antoine-Henry. Ledit marquis, une douzaine d'années auparavant, avait réussi une affaire sur des terrains situés entre le faubourg Saint-Antoine et le village de Charonne, faisant partie auparavant des propriétés de Saint-Pouange lui appartenant. Il y avait fait construire des *bâtisses à logement* – une opération de spéculation immobilière avant l'heure ! Ces immeubles uniformes à six étages étaient une nouveauté en 1776, ils avaient connu un vrai succès… et le marquis s'était en même temps fait bâtir un bel hôtel particulier, l'hôtel des Chabanais, où il recevait Charles du Bot du Grégo et sa fille Louise, devenue par mariage sa nièce. Charles, qui toute sa vie n'avait fait que dépenser et dilapider son patrimoine, était partagé entre un peu de mépris pour ce Colbert de Chabanais qui s'était sali les mains à travailler et de l'admiration pour les qualités d'entrepreneur de son hôte. Il songeait in petto à l'abbé Sieyès et se disait que la caste ne produisait pas que des parasites.

Louise, elle, était éblouie par le modernisme, le luxe, le goût de cet hôtel. Tout émerveillait la petite provinciale ne connaissant que les demeures de sa famille ou celles de leurs amis à Vannes ou à Quimper. Les parquets Versailles, les boiseries raffinées, les lustres, les tableaux, les meubles venant des meilleurs artisans, lui paraissaient tellement beaux, si à la mode !

Après une première soirée agréable en compagnie de ces charmants Colbert de Chabanais, les choses sérieuses devaient commencer le lendemain. Louise et son père s'étaient rendus à Versailles pour se soumettre à la préparation de la cérémonie des *honneurs de la cour.* Il leur avait fallu d'abord se présenter devant le généalogiste des ordres du roi, Louis Nicolas Hyacinthe Chérin, pour une ultime vérification des preuves... ce qui dans le cas de Louise, vicomtesse de Pontbellanger, n'était qu'une simple formalité, l'antique noblesse de la famille de son mari comme de la sienne n'étant pas questionnable ! Nicolas Chérin les avait même félicités pour la clarté de leurs documents et s'était montré fort courtois.

Louise ensuite avait été prise en main par le marquis de Dreux-Brézé, grand maître des cérémonies. Très aimable, il commença par vérifier que la tenue de la vicomtesse de Pontbellanger prévue pour le lendemain serait bien conforme à l'étiquette. Il lui indiqua les règles édictées pour la cérémonie par le protocole quand son nom serait annoncé au roi et qu'elle se trouverait devant le souverain et la reine Marie-Antoinette. Avec beaucoup de grâce et de gentillesse, il lui fit inlassablement répéter courbettes et révérences, tous gestes et attitudes auxquels la petite sauvageonne du Vau de Quip avait été peu préparée... On les pratiquait à Vannes ou à Quimper mais avec moins de sérieux et, pensa-t-elle, d'*exagération* qu'à Versailles. L'exercice se poursuivit jusqu'à ce qu'il parût être parfait et avoir assez de naturel au maître de cérémonie.

Charles du Bot du Grégo, qui assistait à cette préparation, eut le sentiment que Dreux-Brézé n'était pas insensible au charme de sa fille, et avait tendance à *en remettre* un peu. Aimant lui-même les femmes, il s'en amusa.

Ainsi préparée, *chauffée* pourrait-on dire, Louise attendit avec impatience et un peu d'appréhension la journée du lendemain. L'après-midi et la soirée se traînèrent en longueur... Après un rapide souper, elle se coucha tôt.

Ce dimanche 25 janvier 1789 devait rester gravé à jamais dans la mémoire de Louise. Elle s'était levée aux aurores, trop excitée pour rester au lit. Il faisait encore nuit quand la servante des Colbert vint lui ouvrir ses rideaux et lui apporter le déjeuner qu'elle expédia *presto, rapido*, ayant hâte de se préparer pour la cérémonie. Aidée par la servante, une charmante soubrette proche de son âge prénommée Perrine, elle fit une toilette rapide dans la demi-baignoire que le propriétaire des lieux avait installée selon la toute dernière mode à Paris !

Puis elle procéda à son maquillage, *l'art difficile de se bien pimpelocher*, comme aurait dit sa grand-mère maternelle, Louise-Françoise Le Sénéchal de Kercado, une personne très traditionnelle, attachée aux us et coutumes de son enfance et à des expressions démodées qui amusaient Louise. Aidée par Perrine, elle s'attacha à avoir le teint le plus blanc possible, masquant le hâle que sa vie à la campagne lui donnait en permanence, pestant contre ces habitudes citadines. Puis Perrine, formée par Mme de Colbert, rehaussa son visage de rouge et de mouches, avant de poudrer ses cheveux et sa perruque... Louise, se regardant dans le miroir de la coiffeuse, dut convenir que le résultat était réussi : elle se trouva très séduisante ! Perrine la complimenta sur sa beauté avant de l'aider à mettre la robe prévue par l'étiquette pour les honneurs de la cour – un ensemble un peu trop classique au goût de Louise qui aurait aimé revêtir une tenue plus amusante dans le goût des toilettes de la reine.

À l'arrivée à Versailles, Charles du Bot du Grégo et sa fille furent étonnés de l'affluence, beaucoup plus importante que la veille : une foule importante, très mélangée, se pressait aussi bien aux abords du château qu'à l'intérieur.

— Un véritable carnaval ! murmura le marquis.

Il tomba par chance sur une vieille connaissance, un ancien comme lui des Petites Écuries qui lui expliqua la situation. La veille, samedi, le roi chassait et seuls quelques rares privilégiés appelés aux honneurs de la cour pouvaient venir, invités à monter dans le carrosse de Louis XVI. C'était aujourd'hui dimanche, le jour du Seigneur : les favoris se bousculaient pour assister comme le souverain à la messe, tandis que, hormis les privilégiés, nombreux étaient ceux qui voulaient voir le roi ou lui tendre une supplique à l'issue de l'office – un mélange de population étonnant.

Ayant enfin réussi à entrer dans le château, Louise et son père furent séparés. Un gentilhomme emmena celle-ci, laissant Charles à son sort, et la conduisit dans un salon aux belles boiseries dorées où elle retrouva d'autres heureuses élues – une vingtaine au total. Une longue attente s'en suivit dont le gentilhomme profita pour relever le nom des impétrantes et s'assurer qu'elles étaient bien sur sa liste. Un brouhaha s'élevait peu à peu et l'on sentait l'excitation dans l'air. Louise venait d'engager la conversation avec une jeune femme charmante originaire d'Anjou quand la porte s'ouvrit soudain à deux battants pour laisser ces dames gagner la Grande Galerie. Au-delà de toute bienséance, elles se bousculèrent dans un frou-frou joyeux. Le marquis de Dreux-Brézé, toujours lui, secondé par quelques gentilshommes, mit bon ordre à cette aimable cohue et l'attente commença. Elle ne devait guère durer. Louise vit bientôt, de loin, Sa Majesté le roi s'avancer, entourée de courtisans de haut vol... Puis la présentation commença. À partir de ce moment, l'excitation, la timidité, l'appréhension de mal faire s'emparèrent de Louise et elle vécut le déroulement de la présentation de façon un peu irréelle – comme une sorte de transe. Le roi s'approchant, il lui parut très grand, beaucoup plus grand que les courtisans autour de lui. Sa Majesté lui sourit. Elle sourit à son tour. Son nom est aboyé :

— La vicomtesse de Pontbellanger !

Le roi incline aimablement la tête en un léger salut. Elle répond par une profonde révérence. Elle entend le souverain lui dire :

— J'ai rencontré Monsieur votre père jadis quand il était aux Petites Écuries.

Elle est privée de parole, ne sait que répondre, se contente de sourire et fait une nouvelle révérence... et déjà Louis XVI s'éloigne.

Mais c'est maintenant la reine qui s'avance, entourée d'un essaim de femmes. Louise est beaucoup moins intimidée. Elle regarde cette reine dont on parle tant. Elle est plus gracieuse que belle, mais elle est surtout suprêmement élégante dans des tons de bleu. Elle arrive à sa hauteur tandis que l'aboyeur lance à nouveau d'une voix forte :

— La vicomtesse de Pontbellanger !

Marie-Antoinette s'arrête et considère cette très jolie jeune femme. Louise lui sourit, plus guère intimidée.

La reine lui sourit à son tour. Louise lui fait alors une profonde révérence.

— D'où venez-vous, ma belle amie ? demande la reine.

— Du bout de la Bretagne, de Quimper, Madame ! répond avec assurance une Louise rassurée par cette altesse qui n'a jamais qu'une quinzaine d'années de plus qu'elle.

Marie-Antoinette la considère, amusée par cette petite personne qui semble délurée.

— Je n'y suis jamais allée. Une belle province, je crois, belle et sauvage...

Louise est ravie de l'intérêt que semble lui porter la reine. Elle sent tous les regards converger vers elle. Marie-Antoinette reprend :

— Venez m'en parler, je serais ravie de faire plus amplement votre connaissance.

Un dernier sourire puis elle commence à s'éloigner tandis que Louise plonge dans une profonde révérence. Alentour, elle sent l'envie des autres femmes. Comme elle s'apprête à s'écarter, une grande dame de la suite de la reine, dont elle apprendra plus tard qu'il s'agit de la princesse de Lamballe, s'approche d'elle et lui dit :

— Madame, Sa Majesté la reine a manifesté le désir de vous voir plus longuement. Elle pourra vous recevoir demain après le déjeuner au hameau.

Louise est saisie d'étonnement d'une telle faveur. Elle réussit à balbutier :

— C'est beaucoup d'honneur. Je me rendrai, Madame, avec joie à l'invitation de Sa Majesté.

— Vous serez attendue à la lisière du bois des Onze Arpents par une personne de la maison de la reine qui vous conduira au hameau. C'est une entrée plus discrète et facile que depuis le Trianon. Soyez-y à dix heures trente précises.

— J'y serai avec joie, Madame ! murmure Louise.

Puis elle esquisse une révérence, mais la princesse s'est déjà éloignée, se hâtant de rejoindre le groupe entourant Marie-Antoinette.

Louise devait retrouver quelque temps plus tard son père qui l'attendait à l'intérieur du carrosse. Elle était sortie du château après avoir fendu la foule des courtisans. Elle se sentait comme hébétée par ce qui venait de lui arriver. Le beau temps sec et froid de cette fin janvier l'avait aidée à reprendre ses esprits. Elle éprouvait du soulagement à s'échapper de la cohue régnant dans le château et à rejoindre à pied la rue où s'était rangé le carrosse. Marcher lui faisait du bien. À peine installée à l'intérieur de la voiture, elle raconta à son père avec excitation l'exceptionnelle faveur dont elle venait de faire l'objet. Elle fut étonnée de ne pas le voir beaucoup réagir. L'attente l'aurait-elle fatigué ou indisposé ?

Tandis que la voiture s'ébranlait bruyamment sur les pavés, le marquis regardait la foule maintenant s'éloigner du château. Il murmura :

— Je vous félicite, ma chère enfant, de vous trouver si bien en cour auprès de la reine. Mais quand je vois tous ces gens venant chercher auprès du roi ou de la famille royale privilèges, honneurs, pensions, dons… Je finis par me demander si cet abbé Sieyès n'a pas un peu raison de parler de mendicité.

Étonnée, Louise ne répondit pas. En réfléchissant, elle se dit que son père n'avait peut-être pas tort. Mais ces leçons de morale paternelles paraissaient bien tardives, de lui qui avait tant bénéficié toute sa vie des privilèges de son rang, lui qui avait dilapidé de façon inconséquente une partie de ses biens et avait dû vendre plusieurs seigneuries… Cet accès soudain de vertu était mal venu. Cela ne l'amènerait pas, elle, à renoncer à un avantage quelconque que pourraient lui valoir les bonnes grâces de la reine. *Foin*, se dit-elle, *de ces états d'âme hypocrites. Il faut savoir dans la vie profiter des opportunités !*

Et à vrai dire, son enfance, sa jeunesse l'avaient rendue d'une certaine façon opportuniste. Élevée dans un milieu familial immoral et de surcroît émaillé des querelles et des infidélités parentales, elle avait appris à survivre sans se préoccuper des règles morales. Elle avait eu tendance à suivre son instinct, à rechercher son intérêt sans se soucier des notions de bien ou de mal… On ne lui en avait guère donné les codes !

Au hameau de Marie-Antoinette

26 janvier 1789

Le marquis de Colbert-Chabanais et son épouse ne réagirent pas du tout comme le père de Louise. Ils félicitèrent très vivement la jeune femme de cet insigne honneur et l'aidèrent à préparer sa visite au hameau de la reine. Bien que Mme de Colbert fût plus grande qu'elle, elle lui prêta quelques articles vestimentaires pour rendre plus champêtre sa tenue. Elle savait que la reine Marie-Antoinette affectait dans son domaine de prédilection de vivre comme à la campagne, le plus simplement possible, s'y habillant en conséquence – souvent d'une simple robe de mousseline et d'un chapeau de paille.

Et le lendemain matin tôt, après le déjeuner, Louise montait cette fois seule dans le carrosse pour se rendre au hameau. Elle était élégante, habillée en tenue de paysanne – du moins tel que l'imaginait l'œil aristocratique de la marquise de Colbert : une robe claire de percale et un simple fichu de gaze. Un ensemble un peu léger pour la saison et Louise craignait d'avoir froid… Mais elle se savait séduisante et avait hâte de se rendre au rendez-vous de la reine.

Dieu merci, le temps était radieux et il faisait chaud pour la saison. On imagine son excitation :

— Fouette cocher, vite à Versailles !

Il lui fallut deux heures de route avant d'arriver à la porte Saint-Antoine, au bois des Onze Arpents, avec cinq minutes d'avance. À peine était-elle descendue du carrosse qu'un valet, un bel homme portant la livrée de la reine, s'approcha d'elle :

— Madame la vicomtesse de Pontbellanger ?

Louise acquiesça d'un signe de tête.

— Si Madame veut bien avoir l'obligeance de me suivre, je me vais la conduire au hameau.

Louise sourit et lui emboîta le pas.

Elle repensa bien souvent plus tard à ces moments de grâce que la tourmente révolutionnaire rendit plus beaux et poignants encore.

Guidée par cet aimable valet, elle traversa un ravissant paysage de bois d'abord, puis de grasses prairies où paissait un troupeau de vaches – un bétail magnifique dont l'homme lui dit qu'il venait de Suisse. Il rendait tristes et maigres aux yeux de Louise les pies bretonnes noires et blanches ! Une nature idyllique qui émerveillait la jeune femme. Elle avait lu Jean-Jacques Rousseau et devinait son influence dans ce décor champêtre si parfait. Au fur et à mesure que l'on s'approchait du hameau, le valet s'enhardissait et lui commentait avec déférence les différentes installations : la ferme, la laiterie, la tour, le lac… Louise s'amusait de voir ce domestique fier et passionné, qui lui présentait ce domaine comme s'il était le sien.

Alors qu'elle s'approchait de la maison de la reine, elle entendit des voix joyeuses et vit un essaim de femmes et de quelques hommes en sortir, entourant la souveraine. Elle s'arrêta, soudain intimidée. Mais déjà Marie-Antoinette, l'apercevant, s'écriait :

— Madame de Pontbellanger, quel plaisir de vous accueillir ! Vous qui vivez à la campagne dans votre lointaine Bretagne, vous allez nous livrer vos réactions devant ce qui a été fait ici et nous dire si cela vous paraît séant !

Louise fit une profonde révérence et s'écria avec spontanéité :

— Madame, ma Bretagne est beaucoup moins belle que votre paradis ! On croirait en le voyant lire Rousseau !

Marie-Antoinette se mit à rire gaiement. Elle était entourée d'une dizaine de personnes dont Louise devait découvrir peu à peu les noms ou les fonctions : le comte de Vaudreuil, le baron de Besenval, la comtesse de Polignac et sa fille Aglaé de Guiche. L'accompagnaient aussi Mme de Campan – la première femme de chambre, et la comtesse d'Ossun – sa dame d'atours. La reine s'amusait de la spontanéité de cette toute jeune personne qui semblait presque une jeune fille encore, Louise faisant moins que son âge. Elle reprit, souriante :

— Ma chère, vous êtes non seulement belle, mais cultivée et spirituelle ! Venez, nous allons faire notre petite tournée habituelle.

Tandis que la reine parlait, Mme Élisabeth était venue rejoindre le groupe. Louise surprit le regard complice que les deux belles-sœurs échangèrent et comprit qu'elles s'appréciaient. L'ambiance détendue qui régnait entre ces gens, la simplicité et la gentillesse de Marie-Antoinette, donnaient de cette dernière une image vraiment différente de celle que décrivaient les libelles et pamphlets, courant dans le royaume jusqu'au fond même de la Bretagne. Et quand un peu plus tard les enfants royaux vinrent rejoindre leur mère qui leur manifesta aussitôt de la tendresse, Louise eut le sentiment d'un terrible malentendu entre le peuple de France et l'épouse du roi. La reine, au fond, n'appréciait pas les contraintes de sa fonction. Elle n'aimait pas les fastes de la vie de cour. Elle rêvait d'une vie gaie, plus simple, dans un environnement naturel, entourée de gens amicaux, moins artificiels que ceux hantant le château de Versailles à la stricte étiquette. Une vie davantage conforme à celle qu'elle avait connue jeune en Autriche, dans une cour moins rigide, plus débonnaire.

Au hameau, la reine aimait à préciser à ses invités :

— Je n'y tiens point de cour, j'y vis en particulière.

Tout était dit : elle n'était pas faite pour le métier de reine.

Louise l'observait à la dérobée tout en se rendant avec le groupe vers la laiterie. La reine n'était pas à proprement parler jolie, mais avait du charme et de la grâce, un joli teint et de beaux yeux bleus, un sourire séduisant aussi. Elle était habillée avec une élégance exquise qui faisait rêver la petite provinciale qu'était Louise.

La promenade devait durer pas loin d'une heure et demie. Le groupe allait de la laiterie au poulailler en passant par l'enclos des brebis. À chaque étape la reine s'amusait à faire réagir Louise, qui répondait volontiers à ses questions. Elle était bien au fait des choses de la campagne, ayant été élevée au Vau de Quip. Au passage, Marie-Antoinette disait un mot aimable au personnel qui vaquait, soignait les bêtes, s'intéressant à leur travail. Les enfants royaux suivaient le mouvement et, quand on arriva au poulailler, ils y rentrèrent et se joignirent aux enfants des fermiers, se mettant à ramasser les œufs pour les placer dans de petits paniers raffinés. Louise était à la fois émerveillée par ces scènes idylliques de la vie à la campagne, mais consciente aussi de leur côté artificiel. Elle songeait aux fermes bretonnes crasseuses, à la boue dans les cours, aux paysans misérablement vêtus, à leurs troupeaux maigres et crottés... Elle pensait aussi aux mauvaises récoltes actuelles, aux risques de famine. Et comme elle était intelligente, elle se demandait si le roi, ses ministres, la cour avaient également une vision irréelle du royaume. Elle se sentait partagée entre le bonheur, l'excitation qu'elle éprouvait à être là, dans cet univers merveilleux, et la conscience du décalage de cet univers par rapport à la France, à la Bretagne.

Cependant, le petit groupe avait regagné la maison de la reine où l'on devait servir une collation *plus légère que les repas donnés au château, plus simple également*, lui avait expliqué Aglaé de Guiche. Les deux jeunes femmes avaient vite sympathisé au cours de la visite, ayant sensiblement le même âge. De nouveau, un moment agréable, détendu autour de cette collation délicieuse – un repas dont Louise sortit sans ce sentiment de pesanteur qu'elle éprouvait habituellement. Puis la reine se mit à jouer du clavecin et à chanter. Elle avait une jolie voix, manquant peut-être un peu de force. Elle choisit des airs à la mode, notamment la chanson de « Malbrough s'en va-t-en guerre », avant de passer à quelques *Lieder* en allemand, à la musique très touchante, trouva Louise – morceaux qui devaient rappeler à Marie-Antoinette son enfance.

À l'issue de ce petit tour de chant, vivement applaudi, la reine prit congé de ses invités : elle avait dans l'après-midi des obligations au château de Versailles et voulait prendre auparavant quelques instants de repos dans son boudoir. Quand elle arriva à la hauteur de Louise, elle lui sourit avec une certaine chaleur :

— J'ai été ravie, Madame, de vous accueillir céans. Il faudra revenir, vos connaissances de la nature m'ont enchantée !

Louise sourit tristement :

— J'en serais ravie, Madame. J'habite malheureusement au fond de la Bretagne où ma mère élève mon enfant, et mon mari est officier au Royal-Lorraine quelque part à l'Est, du côté de Vitry-le-François.

— Mais nous pourrions régler votre problème. Monsieur votre mari pourrait être affecté à Versailles si j'en fais la demande au roi… et vous viendriez y habiter.

Louise fit une révérence :

— Ce serait, Madame, un immense cadeau que vous nous feriez ! Mais il serait sans doute souhaitable d'attendre la fin de l'année où mon mari aura terminé son engagement.

La reine hocha la tête en souriant toujours :

— J'en prends bonne note. Je serais ravie de vous revoir et que vous nous fassiez encore bénéficier de vos belles connaissances agricoles !

Louise fit à nouveau une profonde révérence, tandis que la souveraine s'éloignait avec grâce.

*

Tôt le matin, comme le carrosse faisait route vers la Bretagne, Louise racontait à son père les moments mémorables qu'elle avait vécus la veille au hameau de la reine. Elle ne l'avait point vu à son retour à l'hôtel de Chabanais : le marquis avait passé la soirée avec d'anciens amis des Petites Écuries, *sans doute à boire et à jouer voire pire*, avait-elle songé avec tristesse. Heureusement, les Colbert étaient là et elle avait pu évoquer avec eux sa rencontre avec la reine. Ils l'avaient écoutée avec un vif intérêt car, bien que d'un rang élevé, ils ne faisaient pas partie des proches de Marie-Antoinette invités à partager son intimité. C'étaient des gens bienveillants, qui appréciaient Louise. Ils manifestèrent beaucoup de curiosité, voulant connaître le mode de vie de la reine au hameau dont tout le monde parlait à la cour, mais que peu de courtisans avaient eu le privilège de découvrir. Ils la félicitèrent pour ce brillant contact et l'encouragèrent à convaincre son mari d'accepter la proposition royale de s'installer à Versailles et de devenir une proche de la reine – une chance inouïe ! L'occasion sans doute aussi, pour Antoine-Henry, de bénéficier d'une promotion au sein de l'armée. Louise fut ravie de leur réaction, se sentant confortée dans son ambition et certaine que les Colbert s'emploieraient à convaincre leur neveu de saisir sa chance.

Et maintenant, tandis que le carrosse s'éloignait de Paris, traversant de pauvres villages, Louise s'efforçait de communiquer son enthousiasme à son père. Lequel, visiblement *pas très frais* après une nuit de débauche, écoutait d'une oreille distraite les promesses sociales de sa fille et ses rêves ambitieux.

Un choc soudain secoua la voiture, suivi d'un autre. Louise regarda par la fenêtre : un groupe d'hommes, des paysans ou des ouvriers, jetaient des pierres contre le carrosse. Ils avaient des visages haineux et criaient sans doute des injures que couvrait le bruit des sabots des chevaux et des roues. Louise comprit tout de suite la situation : le carrosse portait sur ses portes les armes du marquis du Bot du Grégo. Cette voiture élégante, ce cocher, ce laquais à l'arrière et ce marquis accompagné d'une jolie femme représentaient sans doute tout ce que ces gens haïssaient – des pauvres travaillés par les idées nouvelles d'égalité, auxquelles ce marquis et son train de vie paraissaient une insupportable provocation à la misère et l'injustice sociale qu'ils vivaient.

Louise prit le risque de passer la tête par la glace baissée et de hurler au cocher de fuir au galop. Le carrosse bondit en avant, manqua d'écraser un homme qui tentait d'attraper un des chevaux par la bride et réussit à s'éloigner. Le marquis s'ébroua, ne s'étant pas bien rendu compte du péril auquel ils venaient d'échapper.

Louise se cala sur la banquette, s'efforçant de ne pas perdre l'équilibre, la voiture la secouant dans tous les sens. Puis, le danger n'étant plus là, le cocher fit repasser les chevaux au trot et le carrosse reprit une allure normale. La jeune femme restait perturbée. Elle avait eu peur en voyant la violence dans les yeux de ces hommes. Cet incident en rejoignait d'autres dont on lui avait parlé. De la haine couvait dans le royaume, attisée par tous ces beaux esprits comme l'abbé Sieyès et exploitée par des meneurs. Elle ne pouvait s'empêcher de rapprocher cette attaque de l'ambiance irréelle où elle avait vécu la veille: tout cela ne risquait-il pas de mal se terminer? Elle se rendait peu à peu compte que la situation sociale du royaume n'était sans doute plus acceptable et que de profondes réformes étaient nécessaires. Étaient-elles possibles?

Trois jours plus tard, alors qu'ils faisaient étape à Rennes, ils apprirent que de violentes échauffourées venaient de s'y produire – des combats de rue opposant des gentilshommes à des bandes d'étudiants proches du tiers état et de ce fait hostiles à la noblesse et au clergé... Comment tout cela allait-il finir? Une fois encore, elle était partagée entre ses souvenirs charmants du hameau, de la bienveillance de la reine et de l'opportunité que cela pouvait représenter pour son mari et elle-même, et l'urgence d'une évolution du royaume – une évolution se faisant dans le sens des idées nouvelles chères à son père et à sa loge maçonnique? Pouvait-on espérer que le roi et son entourage puissent accepter d'aller vers une monarchie libérale comme celle des Anglais ? Et même s'ils l'acceptaient, serait-ce suffisant pour calmer les meneurs et la populace haineuse ? Elle n'avait aucune expérience politique mais elle se sentait très inquiète. Elle retrouva avec bonheur son cher Vau de Quip et ce sentiment d'être dans un lieu protégé, loin du monde et de ses turbulences… un îlot de paix !

Deuxième partie

LA RÉVOLUTION EN MARCHE… POUR LE MEILLEUR ET POUR LE PIRE !

« Dans les crises politiques, le plus difficile pour un honnête homme n'est pas de faire son devoir, mais de le connaître. »

Louis de Bonald (1754-1840)

Passions politiques et sentimentales

Le Vau de Quip – Vannes, 1er septembre 1789

Dans les mois qui suivirent, Louise s'efforça de vivre normalement en suivant les événements qui se déroulaient dans le royaume sans trop s'inquiéter. Elle s'était installée au Vau de Quip où vivaient sa mère et Charles-Félix. Elle profitait de son petit garçon sans avoir à s'en occuper, Jeanne-Vincente continuant à s'en charger. C'était un bel enfant qu'elle aimait embrasser, prendre sur ses genoux, mais elle ne cherchait guère à en faire davantage.

Le Vau de Quip était sa résidence principale mais elle allait beaucoup à Redon et surtout à Vannes où elle descendait alors dans l'hôtel familial de la rue Saint-François. Et ce, au gré de son humeur et des fêtes où elle était conviée. La région de Redon, dont Allaire n'était qu'à deux lieues, avait de tout temps été très *habitée* : il y avait de nombreuses propriétés alentour et le port sur la Vilaine avait attiré de riches armateurs. La présence immémoriale d'une importante abbaye avait été aussi source d'une forte activité économique et maritime. La bonne société locale recevait beaucoup. Cette Bretagne déjà *méridionale* était gaie et, malgré les circonstances politiques, continuait à mener une vie assez traditionnelle. Louise était invitée aux nombreuses fêtes que donnait cette petite mais très ancienne aristocratie locale. Insouciante, cette dernière dansait sans s'en rendre compte sur un volcan.

Louise cependant s'amusait davantage dans le milieu vannetais. La société était plus brillante et la jeune femme s'y sentait plus libre, face à des hommes plus entreprenants aussi ! Coquette, elle excellait dans l'art de la galanterie, sachant exciter ces mâles sans trop leur donner. Après tout, son mari était bien loin et ne se manifestait guère. Elle ne se faisait pas grande illusion sur sa fidélité… et elle avait à peine dix-neuf ans.

Cette vie si frivole ne l'empêchait pas de suivre de loin, malgré elle, l'évolution des événements dans le royaume. Les longues conversations qu'elle avait eues avec son père, la violente attaque du carrosse lors de leur retour de Versailles, les échauffourées de Rennes, l'avaient sensibilisée à la situation sociale et politique. Elle s'étourdissait dans les fêtes et la galanterie, mais elle ressentait au fond d'elle une sourde inquiétude qu'elle s'efforçait de ne pas montrer.

Allaire était loin de Versailles : de la tempête qui commençait à déferler sur la monarchie n'y parvenait que des vagues amoindries. Fin janvier, le *cahier de remontrances du tiers état de la paroisse d'Allaire* avait commencé à être rédigé pour être terminé le 16 mars. Des remontrances bien modérées : on y trouvait l'essentiel des réclamations du tiers état qui visaient l'injustice fiscale et demandaient « que les gens du tiers soient admis à parvenir à toutes charges ou dignités ecclésiastiques, civiles ou militaires » – une forme de justice sociale.

Louise trouva ces réclamations plutôt raisonnables. Les rapports locaux entre la noblesse et le tiers restaient tendus mais sans passion. De toute façon, Jeanne-Vincente était appréciée. Les La Caunelaye, sa famille, étaient depuis longtemps dans le pays et respectés. Sa liaison avec Yves Le Moigno était très critiquée dans la bonne société de la région, mais au contraire bien vue par les petites gens, notamment dans le milieu des laboureurs qui composaient la grande majorité de la population locale. Le Moigno était aimé, on trouvait *la dame du château pas fière*… et on comprenait son béguin pour le régisseur, un bel homme, *dame oui !*

Le climat social à Vannes et à Quimper, les deux villes entre lesquelles se partageait le marquis du Bot du Grégo, était beaucoup plus conflictuel. Les gazettes, les journaux, les pamphlets étaient lus et commentés. Les esprits se passionnaient, s'échauffaient tant dans la noblesse que le tiers état, et une partie du clergé, qui était proche de ce dernier. Ce qui se passait à Versailles et à Paris était immédiatement su et bien sûr chaque camp avait ses ultras. Au sein des familles, les divisions commençaient à apparaître. Les gens eux-mêmes étaient divisés. Charles du Bot du Grégo était de plus en plus partagé entre la mise en œuvre des idées nouvelles qu'il appréciait et la mise en cause de son rang de grand seigneur. Il rêvait d'une monarchie à l'anglaise mais ne voulait pas renoncer à ses privilèges. Louise, lors de ses séjours à Vannes, était informée par son père (quand il était là !) de l'évolution de la situation, des derniers développements.

Malgré son envie initiale de rester à l'écart de tout cela, elle ne pouvait s'empêcher de s'intéresser à l'idée de *régénérer* le royaume. Elle pensait comme beaucoup que le roi, libéré des influences néfastes de quelques-uns dans son entourage, resterait le garant d'un nouveau bonheur social. D'autant plus urgent que la situation économique était dramatique, notamment dans les campagnes et en particulier dans l'Ouest où la grêle du 13 juillet 1788 avait ravagé les champs, rendant la moisson catastrophique, entraînant pénuries et flambée des prix. Les laboureurs vivant au Vau de Quip, elle s'en rendait bien compte, n'arrivaient plus à nourrir leur famille et payer leur dû à leur seigneur et au roi. Des émeutes avaient éclaté par-ci, par-là.

Comme son père, mais avec plus d'intérêt que ce vieux libertin, elle suivit la procédure des États généraux convoqués par le roi – les élections en mars, suivies début mai de l'ouverture des États et la demande par le tiers, malgré l'avis du roi, de la vérification en commun des pouvoirs des députés des trois ordres. Elle ne le savait pas encore, mais la mécanique révolutionnaire était enclenchée !

Elle devait apprendre début juin la mort du dauphin et recevait peu après une longue lettre de Mme Colbert de Chabanais lui en donnant tous les détails. Bien qu'elle n'eût guère la fibre maternelle, la mort de cet enfant l'émut profondément. Elle avait beaucoup aimé la reine Marie-Antoinette et admiré l'amour évident qu'elle portait à ses enfants – un sentiment qu'elle estimait d'autant plus qu'elle ne l'éprouvait pas elle-même. Le spectacle de cette personne royale entourée de ses deux petits était attendrissant et assez inhabituel à cette époque, notamment chez les princes de sang. Louise-Perrine Colbert, marquise de Chabanais, lui raconta le chagrin, pour ne pas dire le désespoir du roi et de la reine, de la mort de ce petit garçon de sept ans et demi. Un enfant né tardivement, ce qui avait alors bouleversé de joie la famille royale et ruiné les espoirs du comte de Provence, jusque-là héritier du trône. Le peuple s'était réjoui de cette naissance, gage de stabilité politique.

Louis-Joseph était très proche de ses parents royaux : Louis XVI lui avait enseigné une *simplicité de vie* et avait suivi de très près son éducation, le formant lui-même à la géographie. Le petit prince s'était révélé intelligent et bon. La marquise de Chabanais racontait dans sa lettre une anecdote touchante décrivant bien le caractère de l'enfant : un après-midi, le dauphin avait joué avec un petit camarade qui avait cassé malencontreusement une belle porcelaine. Le coupable était parti et le dauphin avait été puni. Le lendemain, le petit camarade était revenu se dénoncer. On demanda à Louis-Joseph pourquoi il n'avait pas dit la vérité… et lui de répondre en souriant :

— Est-ce à moi d'accuser quelqu'un ?

L'éducation du dauphin l'avait préparé à régner et il avait montré un certain goût pour le pouvoir et l'autorité. On fondait beaucoup d'espoirs sur lui…

Malheureusement, l'enfant royal était de santé fragile et, dès 1784, connaissait de fortes fièvres. Les années suivantes, les fièvres devaient reprendre, lui occasionnant des mouvements fébriles qui inquiétèrent peu son entourage, mais qui étaient les premiers symptômes de la tuberculose. Son état se dégradait peu à peu, lui rendant la marche difficile. On lui fit alors porter un corset de fer pour redresser son dos. En mai 1789, il put encore assister, allongé, au défilé des députés des États généraux depuis un balcon, avant d'être transporté au château de Meudon : on espérait que l'air lui serait profitable. La maladie, comme le notait la reine, faisait alors des progrès effrayants. Il mourut le 4 juin au château de Meudon, âgé de sept ans et demi, au grand désespoir de ses parents.

Cruel détail : Louis XVI avait demandé que l'on reculât l'audience prévue de la délégation du tiers état de quatre-vingt-dix-neuf jours, le temps de faire son deuil, ce que les députés refusèrent.

— N'y a-t-il pas de pères dans cette assemblée du tiers ? s'était alors écrié le malheureux roi.

Louise devait relire à plusieurs reprises la lettre de Louise-Perrine. Elle en avait les larmes aux yeux. Elle revoyait le dauphin et sa sœur dans le poulailler du hameau, faisant la chasse aux œufs : le petit garçon, immobile, tenait le panier tandis que sa sœur allait les chercher. Elle s'était alors demandé pourquoi il ne participait pas à l'opération. Elle comprenait aujourd'hui que l'enfant était malade et que le corset de fer qu'il portait lui interdisait de se baisser pour ramasser les œufs. Et ce souvenir qui lui rendait plus humaine la famille royale la perturbait, tandis que son intelligence, son enthousiasme la poussaient vers le camp des réformes – un camp qui, au fil des semaines, imposait progressivement sa loi, sa volonté à un roi faible et dépassé.

*

Guerres et révolutions embrasent les peuples. On oublie souvent que les individus, acteurs engagés ou passifs de ces cataclysmes, continuent cependant à mener leur vie – banales ou exceptionnelles. Tel fut le cas de Louise. Tandis qu'à Paris des révolutionnaires prenaient la Bastille et massacraient le gouverneur de Launay, un événement emblématique dont peu saisirent alors l'importance, la belle vicomtesse de Pontbellanger succombait aux *feux de l'amour*.

Cette jeune femme à la sensualité ardente était négligée depuis près d'un an par son mari. Au cours des nombreuses réceptions auxquelles on l'avait invitée, tant à Redon qu'à Vannes, plus d'un gentilhomme lui avait fait de pressantes avances. Prudente, elle avait toujours refusé d'y céder à Redon, craignant dans cette petite ville la force du *qu'en-dira-t-on*. En revanche, à Vannes où la bonne société était plus nombreuse, elle s'était laissé embrasser puis caresser deux, trois fois, sans jamais *sauter le pas* – ce qui avait chauffé ses sens, un reste de vertu lui ayant interdit d'aller plus loin.

Le 1er juin, son mari Antoine-Henry connaissait une mutation : il était attaché au régiment de cavalerie d'Orléans, en qualité de capitaine réformé. Louise, que son mari avait informée, avait espéré qu'à cette occasion il s'accorderait quelques jours auprès d'elle, ayant posé une permission. Ce ne fut pas le cas : désintérêt pour sa jeune épouse ou obligations du service, il ne vint pas. Sa femme délaissée en conçut une vive amertume.

Deux semaines plus tard, sa vieille amie Marguerite du Faouëdic lui annonça que son frère Jean-Charles, le bel enseigne de vaisseau, allait passer quelques jours à Allaire. Il serait là, lui avait-elle dit, le surlendemain. Louise vécut avec une extrême impatience son arrivée, en proie aux fantasmes les plus indécents... et tomba dans ses bras dès leur rencontre dans la maison familiale, dont Marguerite, complice, s'était éloignée. L'officier de marine revenait des Isles et son teint buriné par le vent et les embruns le rendait extrêmement séduisant. À leur deuxième rencontre, la vicomtesse de Pontbellanger se donna à lui. Jean-Charles était un homme à femmes, un amant expérimenté. Il fit découvrir à Mme de Pontbellanger le plaisir, qu'elle prit d'abord pour de l'amour. Elle vécut des heures merveilleuses, irréelles, bien loin des soubresauts de l'Ancien Régime. Elle comprit qu'elle n'aimait pas vraiment son mari et que cette union née d'un arrangement social entre deux familles sous la bénédiction du frère du roi, le comte d'Artois, était artificielle.

Leur couple, songeait-elle, aurait pu être viable, si Antoine-Henry s'était révélé un bon amant et un mari attentionné. Mais ce n'était pas le cas. Leurs étreintes étaient sans tendresse et se terminaient vite par un *petit éternuement du sexe du Monsieur*, comme le disait un humoriste, laissant la pauvre Louise frustrée. Et par ailleurs, son conjoint la délaissait, l'abandonnant de longs mois seule au fond de la Bretagne. *Les impératifs de service ont bon dos*, pensait-elle, le soupçonnant de commettre à Orléans des infidélités et de n'avoir aucune réelle envie de venir la retrouver.

Malheureusement, le bel enseigne de vaisseau allait reprendre la mer, son bâtiment devant appareiller à la mi-août pour gagner les Amériques. Les deux amants se firent des adieux déchirants, se rendant compte l'un et l'autre du caractère définitif sans doute de leur séparation. Louise pleura beaucoup, consciente cependant que leur relation avait été pour Jean-Charles plus physique que vraiment sentimentale. Le marin savait bien qu'il ne pouvait s'attacher et s'efforça gentiment de le faire comprendre à cette jeune femme naïve. Elle découvrit alors que le corps pouvait aimer avec passion, sans pour autant que le cœur soit totalement impliqué. Une leçon qu'elle garderait en mémoire, même si sur le moment elle la trouva cruelle.

Elle ne devait jamais oublier son beau marin qui périt quelques années plus tard : en 1795, le vaisseau du beau Jean-Charles, *Le Scipion*, sombra dans l'Atlantique et disparut corps et biens... Quoique Louise eût alors d'autres préoccupations, cette nouvelle que lui apprit sa fidèle amie Marguerite lui causa un vif chagrin. Elle pleura ses amours passées et l'honnêteté de ses sentiments... quand elle était encore jeune et naïve.

Le ménage de Louise et la royauté vacillent

Deuxième semestre 1789

Cette liaison, pour passagère qu'elle fût, avait fait découvrir à Louise un bonheur physique qu'elle pressentait mais n'avait encore jamais connu. Comme de surcroît son enseigne de vaisseau était séduisant et auréolé du prestige d'une vie aventureuse, mêlant mers lointaines et escales exotiques dans ces îles dont Bernardin de Saint-Pierre vantait la beauté, elle se crut amoureuse, en proie à une passion d'autant plus forte que son amant ne lui avait laissé aucun espoir d'avenir : sa carrière ne le lui permettait pas ! Une liaison ne pouvant durer que le temps d'une permission...

Louise se retrouva vite seule au Vau de Quip avec sa mère. Elle lui était bien sûr reconnaissante de son attachement pour Charles-Félix, dont elle s'occupait à merveille, mais n'en était pas proche. Elle la jugeait dure, provinciale et d'un autoritarisme croissant avec l'âge. Elle n'appréciait guère sa liaison avec Yves Le Moigno, leur régisseur – pas tant pour des raisons morales que pour la complication des rapports humains que cela créait aussi bien au Vau de Quip que dans la région. Elle préférait son père, mais le marquis était un feu follet – brillant, imprévisible, concerné par les autres en apparence mais trop égoïste et jouisseur pour aimer vraiment. Elle était seule et confrontée pour la première fois à dix-neuf ans à un vrai chagrin d'amour. Elle pleura beaucoup dans le secret de sa chambre au premier étage du Vau de Quip. Mais c'était une femme énergique : elle réagit en s'investissant dans la vie de la propriété, ce qui était inhabituel pour une femme de son milieu. Cela lui valut des critiques mais elle y était peu sensible. Ayant été élevée à la campagne, elle avait un tempérament de terrienne, aimant la nature, l'agriculture. Concrète, elle savait gérer et se montrait âpre au gain. On la jugeait donc en outre intéressée. Elle se mit à travailler avec Le Moigno, ce faux beau-père dont elle appréciait la compétence. Elle s'intéressait aux questions d'élevage, en particulier à l'amélioration du troupeau de deux cents vaches ou à la vente très rentable des *bretons*, ces chevaux de trait régionaux appréciés des militaires ou des paysans pour leur amble confortable, leur capacité de traction et leur polyvalence.

Des trois propriétés principales de sa famille – Trévarez près de Quimper, le Grégo proche de Surzur et le Vau de Quip en Allaire –, c'était de loin cette dernière qu'elle préférait. Elle n'aimait pas beaucoup le Grégo qu'elle trouvait ennuyeux, trop classique. Elle appréciait Trévarez où elle avait été souvent, mais ce château perdu dans une forêt pleine de loups lui semblait un peu austère. Elle aimait le site du Vau de Quip : ce vieux manoir souriant perdu au fond des bois, au bord d'un bel étang. Elle s'y sentait en sécurité, loin du monde et des fièvres de cette révolution qui agitaient de façon croissante le royaume. Au début du mois d'août, la destruction du régime féodal, suivie peu après de la *Déclaration des droits de l'homme*, lui avait paru aller dans le bon sens. À vrai dire, emportée alors par sa passion pour ce bel officier de marine, elle n'y avait pas prêté beaucoup d'attention. Pas beaucoup plus d'ailleurs qu'à la rétractation formelle, le 8 août à Vannes, de son père et de son mari du serment fait à Rennes le 10 janvier dernier, où ils déclaraient tous deux :

> « Nous, gentilshommes bretons de la ville de Vannes, afin de prouver notre dévouement à la cause commune, déclarons regarder l'Assemblée nationale comme légalement constituée et compétente pour la régénération du royaume, et nous soumettre purement et simplement aux décrets faits et à faire par elle. Nous rétractons purement et simplement notre serment fait à Rennes au mois de janvier dernier. Nous sommes prêts à prêter le serment d'union et de fidélité. »

Elle ne devait retenir de cet acte politique que le passage de son mari au Vau de Quip – une halte de quelques jours où il voulut à nouveau se conduire en seigneur et maître, décidé à honorer sa femme tous les soirs, exerçant son droit conjugal. L'homme n'était pas méchant mais insensible et maladroit. Louise, bien qu'encore sous le charme de son officier de marine, était prête à tenter de jouer son rôle d'épouse et à rétablir avec ce mari qu'elle n'avait pas choisi une relation conjugale. Ils se retrouvèrent d'abord de façon courtoise, amicale même. Louise apprécia que son conjoint manifestât beaucoup de joie et de tendresse en prenant dans ses bras son fils, le petit Charles-Félix, âgé de quinze mois. Elle se dit que ce serait à l'évidence pour cet enfant un père très affectueux… compensant son propre manque de goût pour les petits. Elle était convaincue qu'elle-même s'intéresserait plus tard à sa progéniture, quand celle-ci aurait grandi. Elle se prit à rêver d'une vraie vie de famille à laquelle elle n'avait pas eu droit. Les choses cependant devaient se gâter le soir. Louise avait connu avec son amant le bonheur des longs préliminaires où chacun découvre le corps de son partenaire et s'ajuste délicatement à ses désirs, faisant monter un plaisir partagé... Antoine-Henry, vicomte de Pontbellanger, capitaine au régiment de cavalerie d'Orléans, n'avait pas de telles délicatesses. Il prit sa femme à la hussarde, *comme une citadelle déjà conquise*, n'appelant pas de travaux préparatoires. Louise n'eut aucun plaisir à ce rapport qu'elle trouva douloureux voire humiliant quand *Monsieur son mari* l'écrasa de son poids et la pénétra sans douceur. Puis, comme elle devait le confier à son amie Marguerite, *son affaire faite, il se retira pour s'endormir aussitôt*, la laissant triste et frustrée aux côtés d'un homme qui ronflait.

Ces étreintes, que toute jeune femme elle avait pu accepter avec quelque plaisir au début de leur mariage, lui parurent pénibles après avoir découvert le paradis des amours interdites dans les bras de son amant. D'autant que cette épreuve devait se renouveler cinq jours d'affilée jusqu'au départ de M. de Pontbellanger. Le dernier soir, tandis que ce dernier ronflait satisfait à ses côtés, Louise gisait immobile, prise presque de dégoût pour ces ébats qui la rebutaient et l'éloignaient chaque fois davantage de cet homme sans finesse.

C'était une nuit de pleine lune, une lueur blafarde pénétrait dans la chambre par les rideaux mal fermés. Louise pleurait doucement. Elle pleurait la perte de son bel officier de marine, la perspective de passer des années avec ce mari qui ne l'attirait plus, l'angoissait... L'évolution de cette révolution qu'elle avait appelée de ses vœux l'inquiétait aussi, elle était partagée entre son rêve toujours présent de voir les idées nouvelles se concrétiser, et une sourde inquiétude maintenant devant toutes ces réformes dont il était difficile d'imaginer les conséquences, et surtout toutes ces surenchères qu'on découvrait dans les pamphlets.

Et dans ce monde qui vacillait, sans parents véritables sur qui s'appuyer, avec un mari qui la dégoûtait, le seul élément qui lui paraissait stable était cette propriété – ce manoir du Vau de Quip qui depuis l'enfance l'avait protégée de ses murs épais, entourée de ses bois. Elle se jura de ne jamais le perdre, et finit par s'endormir. Une jeune femme d'à peine dix-neuf ans au présent difficile et à l'avenir incertain…

*

Pontbellanger ne resta que cinq jours au Vau de Quip. Son départ fut pour Louise un vrai soulagement. Elle éprouva un fort sentiment de liberté et le concrétisa en allant le jour même faire le tour de son étang. Il faisait un temps agréable : chaud, ensoleillé et sec depuis plusieurs jours. Le sol de la promenade souvent humide était ferme, même dur. Selon son habitude, elle marchait d'un bon pas, rapide et silencieux : elle espérait toujours rencontrer un chevreuil, un renard voire un sanglier… et elle n'aimait rien tant que de lever des canards sauvages ou des oies en cours de migration, faisant escale dans sa propriété. Mais aujourd'hui rien de tel : la nature, comme son cœur, semblait figée, presque indifférente.

Elle ne vit aucun animal et en était un peu déçue, le vivant presque comme une désertion de ses amis les bêtes. Alors qu'elle arrivait à la queue de l'étang, près du vieux moulin dont les anciens disaient qu'il existait déjà à l'époque romaine, elle tomba sur Le Moigno. Le régisseur rentrait d'avoir marqué dans les bois une parcelle de châtaigniers à couper. Ils devisèrent un moment sur la date optimum de la coupe et le prix qu'on pouvait en escompter. La misère qui régnait depuis l'an passé et l'instabilité politique retenaient les acheteurs et faisaient baisser les cours. Ils décidèrent de maintenir l'opération mais d'attendre un moment pour mettre en vente les grumes, que les prix remontent.

Comme Louise s'éloignait, poursuivant le tour de l'étang, Le Moigno la regarda et murmura, admiratif :

— Celle-là n'a pas les deux pieds dans le même sabot !

*

Cependant les événements s'enchaînaient. On apprit que, les 5 et 6 octobre, des femmes avaient marché de Paris sur Versailles et forcé le roi et la reine à y revenir. Un Paris où l'Assemblée devait s'installer. Louise, une personnalité forte, commença pourtant à s'inquiéter du tour que prenait la Révolution. Son rêve de régénération du royaume et de sa transformation pacifique en une monarchie à l'anglaise semblait devenir de plus en plus irréel. La machine paraissait s'emballer et devenir dangereusement imprévisible. Que le roi et la reine aient pu être ramenés à Paris par une bande de poissardes était inconcevable à ses yeux, insupportable !

Elle revoyait Marie-Antoinette heureuse dans son hameau, si simple, si naturelle, tellement éloignée de la politique et des réalités du pays, ne rêvant que de *vivre en particulière* selon son expression... et probablement si maladroite dans ses propos par ignorance des réalités. Elle l'imaginait effrayée mais digne au milieu de cette populace haineuse, la traitant d'Autrichienne comme dans tous ces horribles pamphlets qui circulaient dans le royaume. Le roi n'avait-il pas des troupes sûres à sa disposition qui auraient pu disperser cette canaille ? Quelle carence, quelle faiblesse du pouvoir tout cela révélait-il ?

Le mois suivant, son pessimisme s'accentua en apprenant que les biens du clergé étaient mis *à disposition de la nation* pour rembourser la dette nationale. Elle comprit que l'Assemblée dépossédait du même coup un des Ordres privilégiés de l'Ancien Régime... Elle se demanda soudain si, après l'Église, ce ne serait pas la noblesse qui serait dépossédée. Ce fut le premier symptôme d'une peur qui ne devait plus la quitter !

La Révolution s'emballe

Octobre 1790

L'office touchait à sa fin, tandis que résonnait le *De profundis*. Louise, immobile, les yeux secs, se tenait debout, toute droite en l'église d'Allaire, dans la chapelle dite des *Boger* – du nom des Boger, ces puissants seigneurs de la cour du duc François II de Bretagne. Ceux-là mêmes qui, trois siècles plus tôt, avaient transformé leur petit manoir familial du Vau de Quip en une imposante demeure digne de leur importance ! On venait de mettre dans la sépulture des Bot du Grégo le corps d'Anne-Françoise Perrine de Pontbellanger, âgée de cinq mois, décédée la veille – le 24 septembre 1790. L'enfant avait été emportée en quelques jours par une infection mal soignée. Louise avait honte de ne pas éprouver de chagrin, d'être incapable de pleurer la mort de sa fille, d'autant que sa mère à ses côtés s'essuyait régulièrement les yeux. Jeanne-Vincente aimait les bébés et s'était tout de suite attachée à Anne-Françoise. Louise n'avait pas la fibre maternelle mais surtout, depuis sa naissance, la petite lui rappelait trop la brutalité de son mari, cette relation imposée lors de sa conception.

Deux mois après le départ d'Antoine-Henry, à la fin septembre, elle avait découvert qu'elle était enceinte. Ces étreintes qu'elle avait subies s'étaient révélées fécondes. Elle en avait été révoltée et en avait voulu à l'enfant avant même sa naissance. Elle n'avait pas ensuite réussi à s'y attacher. Anne-Françoise était un bébé malingre, souffreteux… guère attirant ! La petite avait peut-être manqué d'amour.

Louise avait annoncé la nouvelle de sa grossesse à son mari lors de son passage au Vau de Quip à l'occasion des fêtes de la Nativité. Le vicomte s'était réjoui d'apprendre qu'il allait être père pour la seconde fois. Il avait espéré cette fois encore honorer sa femme, mais Louise put arguer de son état pour calmer les ardeurs du monsieur. Pris par ses activités dont Louise ignorait l'essentiel, il n'était pas revenu en Bretagne pour la naissance de l'enfant. On ne put le prévenir de son décès, les délais étant trop courts, et l'on ne savait d'ailleurs pas très bien où le joindre : la vie du vicomte semblait un peu mystérieuse, ces derniers temps… Peut-être était-ce en lien avec l'évolution de la situation politique.

Le début de l'année 1790 avait été plutôt calme en Bretagne. Les paysans qui constituaient l'immense majorité de la population avaient accueilli favorablement la fin des privilèges féodaux, on l'imagine bien. Ils avaient moins apprécié la création des départements qui venait heurter leurs habitudes et le lancement des assignats, cette nouvelle monnaie qui les déroutait. Mais l'un dans l'autre, la situation était calme, peut-être faite d'un attentisme prudent.

De façon étonnante, la noblesse locale s'était montrée très discrète, partagée entre les partisans des idées nouvelles et ceux qui les redoutaient. À la suite d'incendies et de pillages de quelques châteaux, certains membres de la grande aristocratie avaient émigré ou s'apprêtaient à le faire, tandis que d'autres, à l'image du national, se rapprochaient des *roturiers de l'ancien tiers état* pour construire, espéraient-ils, la

France nouvelle. Dans l'ensemble du pays circulait en 1790 le rêve d'une fusion entre une grande noblesse ralliée et la révolution bourgeoise – un rêve qui se concrétisa dans la fête de la fédération, qui célébrait l'esprit national contre l'ancienne féodalité. La société des Amis de la Constitution, installée dans le couvent des Jacobins, devait écarter les pauvres par l'instauration d'une forte cotisation. C'était une France des notables et des propriétaires qui cherchait à remplacer celle des seigneurs.

La noblesse locale en Bretagne était traversée par les mêmes courants de pensée. Charles du Bot du Grégo, son ex-femme Jeanne-Vincente et leur fille Louise en étaient l'image : le ci-devant marquis du Grégo, libertin et franc-maçon, continuait à être ouvert aux idées nouvelles, tandis que Jeanne-Vincente l'était beaucoup moins mais se gardait bien de le dire. Louise par tempérament était opportuniste et son jeune âge la portait plutôt au changement... avec toujours en toile de fond cette hantise d'être dépossédée.

L'année s'écoula tranquillement. Charles se partageait entre Vannes, Quimper et Trévarez, où il continuait à alterner les plaisirs de la chasse et ceux de la lecture dans sa grande bibliothèque. Jeanne-Vincente et Louise avaient passé les mois d'hiver dans l'appartement venant des La Caunelaye à Vannes et le reste de l'année au Vau de Quip, la mère s'occupant du petit Charles-Félix tandis que Louise connaissait, bien qu'elle le regrettât, une grossesse facile. Dotée d'une robuste santé, elle devait porter sans problème des enfants. Son état ne l'empêchait pas de sortir à Vannes où la bonne société continuait de mener avec un peu plus de discrétion sa vie mondaine habituelle : ces milieux traditionnels et privilégiés espéraient que tout cela finirait bien par se calmer et qu'une monarchie enfin *régénérée* serait le fruit de toutes ces assemblées et de ces *parlottes* infinies. L'homme est un animal désespérément optimiste !

La tentative de fuite du roi et de la famille royale et leur arrestation à Varennes en 1790 devait à nouveau frapper les esprits, mais comme Louis XVI avait prêté serment à la Constitution le 14 septembre, l'on pensait que la crise était passée et que les choses rentreraient dans l'ordre. La suite des événements allait vite ramener les nobles à la réalité. Le 27 novembre 1790, un décret donnait obligation aux ecclésiastiques de prêter serment de fidélité à la nation, à la loi, au roi… donc à la Constitution civile du clergé. Le serment rendu obligatoire déchira l'Église de France en deux clergés rivaux. Une bombe à retardement en Bretagne où la population était très croyante et attachée à son clergé. Une énorme erreur : les paysans bretons ne se seraient sans doute pas révoltés pour sauver la monarchie. Ils ne pouvaient admettre que l'on remette en cause leur foi et que l'on touche à leurs prêtres, aux *recteurs* de leurs paroisses !

*

La situation devint donc vite explosive. Les paysans qui n'avaient pas réagi aux malheurs du roi, ni guère aux nombreuses réformes, prirent fait et cause pour leur clergé. Face aux multiples provocations des *patriotes*, des incidents éclatèrent dans toute la Bretagne, en particulier en Morbihan dans le Vannetais, inquiétant fortement la bonne société, dont Louise et sa mère qui se trouvaient alors en ville, mais aussi Charles du Bot du Grégo installé dans son hôtel de la rue Saint-François.

Début février 1791, un affrontement violent devait se produire à Vannes entre des paysans venus défendre l'évêque et des patriotes. L'annonce de la Constitution civile du clergé avait choqué la population rurale qui demanda aux autorités civiles que cette loi ne soit pas appliquée. La rumeur de la destitution de Mgr Amelot, évêque de Vannes et réfractaire, mit le feu aux poudres. Le 5 février 1791, trois cents paysans, rejoints par des habitants de Vannes et des écoliers, se rassemblèrent au couvent des Carmes et rédigèrent une pétition à l'attention des autorités... Lesquelles refusèrent de l'expédier à la Convention au motif qu'elle n'était pas signée individuellement. Une vraie provocation !

Le 7 février, cent cinquante paysans représentant plus de vingt autres paroisses apportèrent trois autres pétitions. Elles furent cette fois transmises à la Constituante, provoquant les rires méprisants des députés qui déclarèrent ces documents avoir été rédigés par des ecclésiastiques. Des rires qui humilièrent les Bretons, en particulier Charles du Bot du Grégo, qui craignit la réaction populaire.

Les provocations continuèrent : le 9, des détachements de la garde nationale de Lorient entrèrent dans Vannes et voulurent imposer la cocarde tricolore aux séminaristes et à l'évêque. Ce dernier, paniqué, prit la fuite... mais revint le lendemain, ayant reçu des excuses de la municipalité de Vannes.

Les esprits s'échauffèrent : le 13, la rumeur se répand que l'évêque a été menacé de mort. Elle gagne aussitôt Sarzeau, Elven, Sulniac, Berric, Muzillac... Trois mille paysans armés de fourches, de faux ou de simples bâtons marchent sur Vannes, voulant délivrer l'évêque qu'on dit arrêté... et rabattre l'arrogance des gardes nationaux. Charles du Bot du Grégo, qui a suivi de près la situation, craint à juste titre que tout cela ne dégénère dans la violence. Il est libre-penseur, jouisseur, mais c'est un homme assagi maintenant qui n'aime ni les manifestations ni les conflits. Il décide de se rendre sur les lieux et veut exhorter les gens au calme. On ne l'écoute pas ! Il se tourne alors vers ses hommes à lui, venant de son manoir proche de Kerglas : il leur intime l'ordre de quitter immédiatement la manifestation et ferme les portes de Kerglas. Les patriotes et autres citoyens ne lui en auront aucune reconnaissance.

Cependant la situation se tend de plus en plus. On va vers l'affrontement. À Vannes, les patriotes peuvent compter sur la garde nationale de la ville, renforcée par un contingent de celle de Lorient et une troupe de soldats composée de dragons et d'Irlandais du régiment de Walsh. En tout, mille trois cents hommes et quatre canons. Cette force patriotique est moins nombreuse que la masse des manifestants mais elle est armée et professionnelle.

La tension est extrême. Un groupe de dragons, venu en éclaireur à la sortie de Vannes sur la route de Rennes, s'approche de la foule hostile. Des coups de feu éclatent soudain, blessant quatre dragons. Ordre est alors donné de tirer. Les patriotes ouvrent le feu sur ces manifestants désarmés et mettent en déroute les paysans. C'est un sauve-qui-peut général, tandis que les fuyards sont sabrés par les cavaliers.

Au total, on comptera treize morts, trente et un prisonniers, dont seize blessés du côté des insurgés. Triste bilan…

Cette répression violente devait calmer pour un temps les velléités de révolte, tandis que l'évêque, Mgr Amelot, quittait la ville et allait se réfugier dans sa maison de Kerango, en Plumergat.

Ces événements marquèrent beaucoup les esprits de la région et même au-delà. Ils furent considérés comme un acte précurseur, annonciateur de la future chouannerie.

*

Jeanne-Vincente et Louise, restées cloîtrées dans leur appartement, avaient vécu avec angoisse le déroulement de ces événements sanglants. L'une comme l'autre, pour une fois d'accord, était totalement hostile à la Constitution civile du clergé. Louise était particulièrement déchirée entre l'espoir qu'elle conservait encore d'une révolution pacifique, transformant, adaptant le royaume à la modernité, et sa foi chrétienne. Bien que n'ayant pas beaucoup de principes moraux, elle restait attachée à la religion. Elle avait subi l'influence du chapelain du Vau de Quip, l'abbé Salaun, qu'elle aimait beaucoup – un prêtre chaleureux et d'une grande élévation morale qui, malheureusement, était décédé deux ans auparavant d'une crise cardiaque. Le spectacle de la persécution de l'Église lui avait donc été épargné, songeait Louise. Elle ne comprenait pas la maladresse de ces politiques qui allaient braquer les populations bretonnes en s'attaquant à leur foi. Le spectacle de cette foule de paysans en colère, le déploiement de la garde nationale, l'arrivée des renforts venant de Lorient, tout cela avait été éprouvant d'abord, puis terrifiant quand les armes avaient violemment parlé, faisant morts et blessés.

La ville était restée comme prostrée, un silence tragique y régna pendant deux jours, la bonne société se terrant.

Mais ce ne devait pas être tout ! Quelques bourgeois de Vannes, des fonctionnaires, des robins et des membres jadis du tiers état, animés d'un esprit de revanche et comme le disait Louise *voulant faire les intéressants et jouer les Parisiens*, formèrent un club des Jacobins, à l'instar de celui de Paris, l'appelant la société des Amis de la Constitution. Ils commencèrent sans aucune légitimité à se mêler de l'administration départementale puis s'en prirent au clergé et à la noblesse – ce qui était leurs véritables motivations. C'est ainsi que ces *citoyens*, le 15 février 1791, juste après les derniers événements sanglants, s'attaquèrent à une première cible : le père de Louise. À la suite d'une dénonciation fallacieuse, ils accusèrent *du Bot ci-devant du Grégo* d'avoir caché dans son manoir de Kerglas nombre de fusils et peut-être des canons. Il n'était pas impossible que certains d'entre eux, ayant été choqués jadis par la coupable mansuétude du tribunal royal à l'égard de cet ex-marquis assassin d'un ouvrier, aient voulu lui faire payer son crime. Quoi qu'il en fût, l'accusation d'avoir dissimulé des armes était grave et il était difficile de la réfuter. Charles du Bot préféra fuir et prendre la route de l'exil, comme tant d'autres aristocrates bretons à cette époque. Il alla se réfugier à Jersey, cette île au large de la Bretagne où nombre de ses congénères s'étaient déjà installés : un territoire anglais proche de la France, où l'on parlait français et à l'abri des fureurs révolutionnaires.

Louise, en dépit des gros défauts de son père, l'aimait. Il la distrayait, elle le comprenait. Elle se retrouva seule avec sa mère. L'agression des nouveaux pouvoirs contre le clergé et donc sa foi, cette répression brutale par la garde nationale de ce monde paysan dont elle était proche, cette émigration forcée de son père lui ouvrirent les yeux. Bien qu'elle n'eût que vingt ans, elle était mûre pour son âge. Tout en partageant les idéaux de la Révolution, elle comprit que celle-ci, tel un cheval emballé, allait échapper à ses initiateurs et que le pire était sans doute à venir. Elle commença à beaucoup s'inquiéter.

L'Association bretonne

Février 1791

Peu après ces tristes événements, alors que Louise était encore sous le coup de l'émotion, Antoine-Henry regagna le domicile conjugal. Il avait démissionné de son régiment, ne voulant pas servir un régime qu'il détestait, et avait décidé de s'installer en Bretagne, craignant que la situation n'empirât à Paris. Il expliqua à sa femme qu'il n'y voyait pas clair mais souhaitait d'une façon ou d'une autre servir le roi ou ses frères. Contrairement à Louise qui avait mal vécu les derniers excès de la Révolution mais espérait toujours un dénouement heureux de ces graves turbulences politiques, débouchant sur une monarchie constitutionnelle apaisée, son mari rejetait violemment les idées nouvelles. Il rêvait de s'en prendre à ces prétendus *citoyens* qu'il abhorrait et d'en découdre avec eux. Ces différences de vues altéraient les rapports entre Louise et son mari. Ils n'étaient cependant pas les seuls à se diviser sur ces questions. Nombre de familles de la noblesse se déchiraient souvent à ces sujets. C'était le cas de proches cousins des Bot du Grégo, les Kerstrat : l'un d'entre eux, Jean-Hyacinthe, était devenu un inconditionnel de la Révolution et s'était même brouillé avec tous les siens quand il avait décidé de se rendre à Paris et de s'y engager dans la garde nationale.

Dieu merci, Louise et son mari n'en étaient pas arrivés à de telles extrémités, mais ils évitaient de trop discuter de ces sujets. Le vicomte laissait entendre à sa jeune femme qu'elle n'avait pas la compétence voulue pour aborder ces questions difficiles, relevant plus d'une intelligence masculine :

— Madame, il ne vous sied pas d'évoquer de tels sujets !

La condescendance, pour ne pas dire le mépris, qu'exprimait son mari lui était insupportable. Mais elle se gardait de le montrer, ne voulant pas créer un sujet supplémentaire de conflit dans leur couple. Leurs relations intimes étaient déjà difficiles : Louise se dérobait à son devoir conjugal autant qu'elle le pouvait sans créer trop de drames. Le monsieur avait fini par s'en accommoder. Sa femme le soupçonnait de profiter de quelques bonnes fortunes à Vannes ou à Quimper... C'était le prix à payer, pensait-elle, pour qu'il se tienne à distance. De son côté, elle n'avait pas connu de nouvelle aventure depuis sa séparation d'avec le beau marin. Mais coquette et frivole, elle s'était laissé embrasser et caresser par deux, trois gentilshommes agréables, lors de quelques rares réceptions que continuait encore à donner la bonne société. Elle aimait les fêtes, la lumière des candélabres, la musique, la danse aux bras de beaux cavaliers... Après tout, elle n'avait que vingt et un ans et n'était pas heureuse en ménage !

Cela dit, l'un et l'autre, voulant sauver les apparences, tenaient à habiter ensemble. Pontbellanger n'appréciait guère la vie à la campagne et ne souhaitait pas faire de trop longs séjours au Vau de Quip ou même au Grégo, les deux propriétés où se tenait sa belle-mère Jeanne-Vincente. Louise dut se résigner à vivre en ville, entre Vannes et surtout Quimper, mais parfois aussi à Trévarez où son vicomte de mari aimait chasser le loup.

*

À peine le vicomte de Pontbellanger avait-il regagné fin février ses pénates qu'il fut contacté par le marquis de La Rouërie. Il en fut très flatté : Armand Tuffin de La Rouërie était célèbre en Bretagne et même au-delà, pour un passé aventureux et exceptionnellement brillant. Âgé d'une petite quarantaine quand Antoine-Henry le rencontra, il se révélait de prime abord séduisant – « un homme élégant de taille et de manière, brave de mine, charmant de visage », devait dire de lui un Chateaubriand reconnaissant de l'introduction flatteuse qu'il lui avait donnée auprès de son ami George Washington. Sa notoriété, son succès dans le milieu breton étaient dus à ses exceptionnels états de service lors de la guerre d'indépendance américaine, où il avait combattu brillamment sous le pseudonyme de *colonel Armand* au sein de l'armée continentale. Il avait fait preuve d'une remarquable bravoure, notamment lors des batailles de Camden et de Yorktown, ce qui lui avait valu d'être décoré de la croix de Saint-Louis et de l'ordre des Cincinnati. Mais il était aussi connu et admiré par les mâles bretons pour sa vie sentimentale tumultueuse et ses nombreuses maîtresses – notamment l'actrice de théâtre Mlle Fleury.

Alors qu'il était demeuré proche de Washington et admirait le gouvernement républicain américain, La Rouërie s'était très vite montré hostile à la Révolution, restant franchement monarchiste. Il avait bientôt décidé de se battre pour rétablir les lois et coutumes particulières de la Bretagne que la Révolution avait abolies, et restaurer la royauté. Il avait voulu alors créer avec un de ses voisins plus âgé, le comte de Noyan, l'Association bretonne, dont l'objet était la défense de ces lois et coutumes mais aussi la restauration d'une vraie royauté. En acceptant de rejoindre ladite association, le vicomte de Pontbellanger allait retrouver moult personnalités qu'il connaissait, dont beaucoup devaient par la suite s'illustrer dans la chouannerie : Rosmadec, Tinténiac, Boishardy, La Haye-Saint-Hilaire, Pontavice, Pontbriand, Lantivy, pour n'en citer que quelques-uns.

Avant même que l'Association bretonne soit officiellement constituée, nombre de ces messieurs avaient voulu passer aux actes. Antoine-Henry avait suivi le mouvement, entraînant dans l'affaire la belle Louise. Ces gentilshommes, accompagnés de petites équipes composées de quelques-uns de leurs gens – les plus sûrs –, pratiquaient des actions coups de poing : attaques de transporteurs républicains de fonds pour alimenter les caisses de la future association, représailles physiques sur des élus ou des citoyens persécutant des prêtres non assermentés, etc. L'affaire terminée, on se retrouvait pour festoyer joyeusement dans les propriétés des uns et des autres, puis les conjurés s'égayaient dans la nature avant que les autorités n'aient pu même réagir.

Louise était beaucoup moins hostile aux idées nouvelles que la majorité des membres de l'association, mais elle avait été choquée par les derniers événements de Vannes. Très croyante, elle n'acceptait pas la Constitution civile du clergé. Enfin, l'idée de rétablir les lois et les coutumes de la Bretagne la séduisait. Et donc au début, tout cela lui semblait aller dans le bon sens. Et pour être honnête, elle était ravie de ces opérations qui la sortaient de la grisaille de sa vie.

Elle y retrouvait quelques sympathiques amazones de son genre, mais surtout de jeunes hommes virils, courageux, aimant le risque, en un mot séduisants. À son âge, que tout cela était amusant, excitant ! À vrai dire, elle ne mesurait pas bien les dangers qu'elle encourait et la portée politique de ses actes. Sans s'en rendre compte, elle avait le sentiment de vivre un jeu, qui pour une fois la rapprochait de son mari… un jeu dangereux qui devait durer quelques mois.

Cependant, le marquis de La Rouërie était en quête de légitimité… et de fonds. Il voulait que sa conjuration soit reconnue par le comte d'Artois. Il décida donc d'aller le voir en mai 1791. Après un bref passage par l'Angleterre, il gagna Ostende, se rendit à Coblence puis à Ulm, où il fut reçu par le frère du roi. Celui-ci donna son accord au projet mais ne put lui fournir un argent qu'il n'avait pas. À Ulm, La Rouërie retrouva l'un de ses anciens officiers de la guerre d'Amérique, Georges de Fontevieux, qui accepta de rejoindre l'association et de devenir agent de liaison entre Coblence, où résidait le comte d'Artois, et la Bretagne : il était franco-allemand !

Après avoir reçu du frère du roi un document officialisant son accord sur la création de l'association, La Rouërie et son équipe regagnèrent la France, traversant la Lorraine où ils devaient apprendre l'arrestation du roi et de sa famille à Varennes. Ils arrivèrent à Paris le 25 juin 1791, le jour même du retour du roi. Ils passèrent la nuit chez Valentin Chevetel, un ami du marquis qu'il croyait sûr – un proche en fait de Jean-Paul Marat et de Danton, qui devait plus tard les trahir… mais c'est une autre histoire !

Quelques jours après le retour de La Rouërie, le 29 juin 1791, Antoine-Henry de Pontbellanger et son épouse, lors d'une action se déroulant dans le coin de Trévarez, connurent une chaude alerte qui les fit réfléchir. Une dénonciation anonyme avait informé les autorités républicaines qu'un attroupement de nobles avait lieu au château de Trévarez. C'était officiellement une partie de chasse dans la forêt de Laz, autour de Saint-Goazec, ladite forêt abondant en gros gibier – loups et sangliers. Mais les *patriotes* virent dans cette prétendue partie de chasse un acte contre-révolutionnaire. Des dragons et un commissaire furent envoyés par le directoire de Carhaix, *à effet de dissiper le rassemblement de ci-devant gentilshommes au château de Trévarez.* Le rapport de perquisition évoquait le nombre de quarante hommes armés de fusils à deux coups et de pistolets, avec de plus des femmes habillées en hommes armés.

Les domestiques parlèrent eux de dix-huit gentilshommes avec cinq femmes, *dont quelques-unes en amazone.* Mais peu importe le nombre exact, les oiseaux s'étaient envolés avant l'arrivée des dragons, à qui les domestiques servirent la fable d'une partie de chasse interrompue.

Le ménage Pontbellanger avait réussi à fuir sans que leurs noms soient cités dans le rapport établi par le commissaire. On y trouvait ceux d'Amphernet – cousin d'Antoine-Henry –, de Tinténiac, Kerstrat, Guernisac, Duverger... tous membres de la fameuse Association bretonne.

Pas vus, pas pris mais préoccupés, les Pontbellanger se posèrent des questions. Antoine-Henry, ancien officier d'active ayant plusieurs années de service dans les régiments du roi, trouvait ces actions inorganisées brouillonnes, n'étant pas de nature à changer le cours des choses. Louise, elle, avait réalisé les dangers qu'elle encourait. Ce qu'elle prenait pour une sorte de jeu teinté de mondanités et de marivaudages pouvait se terminer devant les tribunaux de la République dont on commençait à voir les sinistres effets : sanctions pouvant aller de la saisie de ses biens à la prison... voire à la décapitation ! Cela entraînait une émigration croissante de la noblesse locale – de ses parents et amis. Elle décida d'être dorénavant plus prudente et de ne plus participer aux opérations de l'Association bretonne.

Ruptures

Août 1791

Louise ouvrit avec fébrilité l'enveloppe, après avoir rompu le cachet aux armes de son père. Le valet du chevalier de Tinténiac venait de la lui apporter, ce dernier étant retenu à Redon. Membre important de l'Association bretonne, Tinténiac assurait en prenant beaucoup de risques la liaison entre Jersey et le Morbihan. Il avait rencontré à Saint-Hélier le marquis du Bot du Grégo qui, au terme d'un charmant repas, lui avait confié un message écrit à la hâte pour sa fille, la vicomtesse de Pontbellanger. Louise, qui n'avait pas eu de nouvelles récentes de son père, lut avec émotion sa missive :

Saint-Hélier, mardi 26 juillet 1791

Ma chère petite Louise,

Une lettre de Jersey que je vais confier à un ami sûr qui regagne la Bretagne demain et vous la fera tenir au plus vite, m'a-t-il promis. Je ne vous cite pas son nom : je ne veux pas risquer que l'on puisse vous reprocher de correspondre avec des émigrés et vous faire connaître ainsi quelque désagrément.
Comme vous le savez, j'avais quitté en hâte Trévarez à la fin février pour éviter de sérieux ennuis. J'ai alors trouvé refuge chez ces cousins du côté de ma mère qui habitent Paris. Vous voyez certainement qui je veux

dire. Je ne peux pas non plus les nommer, au cas où cette missive tomberait entre des mains impures qui pourraient vouloir leur créer un quelconque embarras. On n'est jamais hélas trop prudent, en ces temps difficiles…
Ce couple hospitalier m'a généreusement accueilli en son hôtel du Marais, de la manière la plus chaleureuse qui soit. Et l'anonymat de cette grande ville qu'est Paris m'a protégé. J'ai vécu en leur charmante compagnie trois mois agréables.
Cependant, la situation politique évoluant dans le sens que vous savez, et les familles de la noblesse étant de plus en plus l'objet de soupçons ou d'accusations injustes, mes hôtes ont pris la sage décision de s'éloigner et de quitter leur hôtel parisien pour gagner l'étranger. Ils vont rejoindre sous peu le comte d'Artois à Coblence. Vous n'ignorez sans doute pas que le prince Clément Wenceslas de Saxe, le prince-électeur de Trèves, est l'oncle maternel du roi et de ses frères. Il a accueilli m'a-t-on dit et continue d'accueillir généreusement nombre de Français émigrés.
Mes hôtes quittant Paris, j'étais dans l'obligation de me trouver un autre asile. J'ai choisi moi aussi de quitter la France et de gagner l'île de Jersey, appartenant à l'Angleterre, mais où la population parle français. De nombreux Bretons, parents et amis, y ont déjà trouvé refuge et la Bretagne chère à mon cœur est toute proche.
Je vous épargnerai ma chère les embarras de ma fuite de Paris à Saint-Hélier. Sachez que ce fut long et risqué ! Je suis parti au tout début de ce mois, le samedi 2 au point du jour et, voyageant à petites journées, j'ai mis une bonne semaine à gagner la côte normande. La traversée par gros temps sur un frêle esquif fut périlleuse.

Dès mon débarquement, j'ai retrouvé moult connaissances, à telle enseigne que j'ai du mal à me croire en terre anglaise, dans le royaume de sa gracieuse majesté le roi Georges III !
Notre cousin, le vicomte PF de K – vous voyez bien là encore qui je veux dire –, m'a aidé à trouver rapidement un logement tout à fait décent chez une veuve. J'ai déjà pris mes habitudes : la lecture et le commerce de mes compatriotes émigrés suffisent à occuper mes loisirs, quand je ne me promène pas sur les chemins côtiers. Et le soir, je soupe souvent en compagnie d'amis bretons. Comme vous l'imaginez, n'eût été l'exil, ce serait une vie des plus agréable... et qui m'a assagi !
Mais voilà bien, ma chère Louise, un long bavardage. J'aimerais avoir de vos nouvelles, de celles de Monsieur votre mari, ce cher Antoine-Henry, et bien sûr de mon petit-fils Charles-Félix. Peut-être aurez-vous l'occasion de confier une missive à mon intention à un gentilhomme breton partant à son tour en exil à Jersey. Il est vraisemblable, vu les circonstances, qu'il y en aura de plus en plus !

Adieu, ma belle enfant. Que Dieu vous ait tous en Sa sainte garde.

Votre père affectionné,
Charles du Bot du Grégo

PS : Rappelez-moi au souvenir de Madame votre mère.

*

Louise relut une fois encore la lettre, heureuse d'avoir de bonnes nouvelles de son père. Malgré le caractère léger, égoïste, dépensier – en un mot irresponsable, de Charles, elle lui était attachée. Son caractère libertin, hélas bien de son époque et de son milieu, la distrayait. Et puis il fallait reconnaître qu'il était dans son genre beaucoup plus affectueux que sa mère. Jeanne-Vincente était une femme manquant d'empathie pour sa fille, alors qu'elle était capable d'extrême tendresse pour Charles-Félix : elle adorait les petits, leur donnait de l'amour mais n'en montrait guère à *Louise Exupère*, comme elle l'appelait, ayant l'habitude d'user de ses deux prénoms.

Louise était donc installée au salon dans son siège favori, un fauteuil à la reine acheté par sa grand-mère La Caunelaye quand elle avait rénové la décoration et l'ameublement du Vau de Quip sous la Régence. Elle aimait beaucoup se tenir dans cette pièce chaleureuse du rez-de-chaussée, exposée au midi. En cette fin de matinée du vendredi 5 août, le soleil de cette belle journée d'été pénétrait à flots par la grande fenêtre donnant sur la terrasse et au-delà l'étang. Elle rangea pensivement la lettre de son père dans l'enveloppe et s'apprêta à la cacher dans le tiroir dissimulé de son secrétaire. Pas question de laisser traîner une telle missive, au risque qu'elle soit lue par un domestique et qu'on l'accusât d'entretenir une correspondance avec un émigré, de surcroît recherché par les citoyens ultras de Vannes. Elle était sûre du *bon esprit* de son personnel, mais en ces temps troublés on n'était jamais trop prudent, pensait-elle.

Comme elle se levait pour aller vers le secrétaire, son mari pénétra dans le salon. Il revenait de Redon, où il était allé dès potron-minet rencontrer l'un des membres de l'Association bretonne, que l'on appelait maintenant la *Conjuration bretonne*. Depuis le retour du marquis de La Rouërie de Coblence et la création officielle de l'association, les choses semblaient un peu plus sérieuses, mieux organisées. Antoine-Henry participait de façon épisodique à des opérations tandis que Louise préférait s'abstenir, ses mésaventures à Trévarez l'ayant échaudée. Elle sentait que son mari aussi était moins enthousiaste que dans les premiers temps. Elle le devinait d'ailleurs tendu, soucieux. Elle attribuait son humeur à l'évolution de la situation politique, notamment ce qui venait d'arriver au roi et à la famille royale.

Il s'approcha d'elle et Louise sentit l'odeur familière du cheval et de la sueur du cavalier. Elle fit un effort pour ne pas s'écarter et lui sourit : elle voulait maintenir avec lui une relation apaisée.

— Bonne matinée à Redon, mon ami ?

Il lui rendit son sourire, mais son visage s'était rembruni :

— Oui et non. Une nouvelle action est envisagée pour *détrousser* si je puis dire le percepteur des impôts de Redon. Mais en dehors de quelques brillants gentilshommes comme Tinténiac ou Boishardy que je respecte infiniment, des chefs naturels, des hommes au grand courage, nombre de recrues de mon ami le marquis de La Rouërie n'ont pas de forte personnalité ni une expérience militaire permettant de monter des opérations d'envergure. Ce n'est pas avec de petits coups comme celui que nous avons préparé ce matin que nous allons arrêter ces révolutionnaires et restaurer une monarchie digne de ce nom. Et pendant ce temps, ce malheureux roi et sa famille sont à Paris aux mains de cette racaille de soi-disant citoyens… Et Dieu sait quel avenir les attend !

Il murmura, l'air amer :

— Quelle tristesse…

Louise voulut changer de sujet, ne connaissant que trop la chanson défaitiste qu'il allait entonner :

— Je viens de recevoir une lettre de mon père !

— Ah ! Quelle bonne nouvelle, comment va-t-il ? Où est-il ?

Elle lui tendit la lettre dont il s'empara. Elle le regarda qui, inconsciemment, hochait la tête en une forme d'approbation, tandis qu'il lisait. Il reposa la missive sur un guéridon et lâcha :

— Bravo, Monsieur votre père a réussi à échapper à ses poursuivants et à gagner Jersey ! Cela me fait vraiment plaisir.

Après un instant de silence, il ajouta :

— Vous le savez, j'ai toujours eu de la sympathie et de l'admiration pour le marquis votre père.

Il y eut de nouveau un temps de silence que Louise ne voulut pas rompre, sentant que son mari cherchait à ajouter quelque chose.

Il reprit lentement :

— Je l'envie d'avoir quitté la France et d'être maintenant à l'étranger – un étranger d'ailleurs tout relatif. Je me demande par moments si nous ne devrions pas en faire autant…

Louise réagit vivement :

— Nous n'avons absolument pas le même problème. Mon père était traqué, proscrit, poursuivi ! Il risquait la détention, peut-être la peine de mort. Il était condamné à fuir. Ce qui n'est absolument pas notre cas ! Nous vivons paisiblement et, tant que nos activités contre-révolutionnaires ne sont pas connues, nous ne risquons rien. Je pense donc qu'il faut être prudents et ce serait sage pour vous d'arrêter ces activités dont vous dites vous-mêmes qu'elles ne sont pas très efficaces. Vivons, mon ami, discrètement, et restons dans nos propriétés. Je ne suis pas prête en tout cas à les quitter.

Elle regarda son mari dont le visage s'était fermé. Il ne répondit rien, hocha de nouveau la tête et quitta la pièce. Elle pensa ne pas l'avoir convaincu, que le sujet risquait de revenir et de les diviser. Elle était bien décidée à ne pas lui céder.

*

Quatre mois s'écoulèrent sans que la question d'une émigration éventuelle fût abordée par l'un ou l'autre. Antoine-Henry, comme Louise l'avait espéré, avait beaucoup diminué sa participation aux actions entreprises par la Conjuration bretonne. Elle sentait qu'il rongeait son frein, souffrant d'une forme d'inactivité : à la différence de sa femme, ce n'était pas un homme de la campagne et il s'ennuyait au Vau de Quip, trouvant toujours des prétextes pour se rendre à Vannes ou à Quimper. Il disparaissait plusieurs jours et revenait sans évoquer quelles avaient été ses activités en ville. Elle se gardait de l'interroger, ne voulant pas lui donner l'impression qu'elle le surveillait ou se mêlait de ses affaires. C'était déjà assez difficile de lui imposer une forme d'abstinence, elle pouvait comprendre qu'il cherchât des compensations avec quelques créatures de petite vertu !

L'altercation devait éclater à la mi-novembre quand Antoine-Henry, revenant de Vannes, déclara tout de go le mardi 16 novembre avoir décidé qu'ils allaient tous émigrer en Allemagne le 20 décembre prochain. Tous : lui-même, Louise et le petit Charles-Félix. Le voyage était prévu *via* l'Angleterre puis Ostende. Un appartement avait été réservé à Coblence pour eux trois, tandis que lui rejoindrait la *1re compagnie noble d'ordonnance*, composée de brigades réunissant des gendarmes et des chevau-légers, comme officier supérieur. Il devait retrouver là-bas le marquis du Dresnay, l'ancien directeur des haras du Léon qui avait rejoint Coblence pour prendre au début 1792 le commandement des chevau-légers de l'armée de Condé. Il se réjouissait à l'idée de servir un tel chef.

Louise avait blêmi. Regardant Antoine-Henry droit dans les yeux, elle déclara avec fermeté :

— Partez, mon ami, si le cœur vous en dit. Concernant Charles-Félix et moi-même, il n'en est pas question.

Il s'insurgea, ne s'attendant pas à une réaction aussi nette :

— Mais enfin Louise, vous êtes mon épouse et Charles-Félix mon fils. Vous me devez fidélité et obéissance, et donc vous devez suivre votre époux si les difficultés de l'existence l'amènent à s'éloigner. Vous vous rappelez sans doute cette épitre de saint Paul aux Corinthiens qui avait été lue lors de notre mariage : « J'ordonne, non pas moi mais le Seigneur, que la femme ne se sépare point de son mari » !

Louise haussa les épaules. Elle était croyante mais, selon son expression, *guère bondieusarde*. Agacée, elle ricana :

— Monsieur mon mari, saint Paul vivait il y a dix-sept siècles et, si vous me permettez de le dire, il a mal fini, décapité. Les Romains n'avaient pas encore la machine du docteur Guillotin !

Il la regarda choqué, tandis qu'elle poursuivait :

— Et saint Paul n'avait pas de grandes propriétés à préserver ! Vous avez vu il y a deux ans comment nos gouvernants ont mis la main sur les biens du clergé. Je crains, et on en parle de plus en plus, qu'ils veuillent s'emparer ensuite de ceux des émigrés. Si nous partons en Allemagne, nous risquons fort d'être dépossédés de tous nos biens. Et cela, je ne le veux pas, je ne l'accepte pas !

Il la coupa, s'écriant vivement :

— Vous préférez, Madame, vos propriétés à votre mari ? Moi je suis prêt à faire le sacrifice des miennes !

Elle répondit, sarcastique :

— La belle affaire, vicomte ! Vos propriétés, parlons-en : deux petites seigneuries en Normandie et, vous le savez bien, sans grande valeur, comparées aux miennes !

Elle regretta aussitôt de l'avoir humilié. Il ne répondit pas, blessé. Elle poursuivit, se sentant maladroite :

— Antoine-Henry, je suis profondément attachée au Vau de Quip, aux maisons de Vannes et de Quimper, à Trévarez, tous ces lieux où j'ai été élevée. Et même des propriétés comme le Grégo ou Kerglas, sans en citer d'autres, comptent pour moi. Je suis une terrienne, j'ai mes racines ici, je ne peux être transplantée...

Elle ajouta, se voulant plus douce :

— Vous pouvez le comprendre, Monsieur mon mari ?

Le visage fermé, il répondit d'un ton sec :

— C'est bon, Madame, je me rends. Je partirai donc seul... ce n'était pas l'idée que je m'étais faite de notre couple !

Il sortit et claqua la porte de la pièce. Louise resta seule un long moment. Elle était satisfaite d'avoir réussi à lui imposer sa volonté. Elle regarda la belle cheminée médiévale sculptée de la grande salle où elle se tenait. Elle était si attachée à ces lieux ! Elle avait cependant le sentiment doux-amer qu'elle avait peut-être mis un point final à son mariage... Était-ce bien un regret qu'elle éprouvait ? N'était-ce pas un soulagement ?

La fuite à Maulévrier

1793

Louise se dit plus tard qu'elle avait eu raison de ne pas avoir émigré en Allemagne avec Charles-Félix pour suivre son mari – lequel d'ailleurs n'y était guère resté. Antoine-Henry avait pris le chemin de l'émigration à la fin du mois de décembre 1791… et dès le mois de mars 1972, le 30 pour être précis, comme Louise le craignait, était paru le décret confisquant les biens des émigrés.

Le simple fait que son époux soit parti à l'étranger lui avait vite valu de grands ennuis, l'amenant à batailler depuis pour conserver ses propriétés. C'était devenu un combat permanent, pour ne pas dire une obsession : sauver son patrimoine et sans doute aussi sa liberté !

Aujourd'hui, où elle estimait avoir réussi probablement à sécuriser ses droits, elle repensait avec lassitude à ces mois d'incertitudes, à ces âpres discussions avec des autorités avides de se saisir de ses biens, aux appuis qu'elle avait dû chercher, aux compromissions auxquelles elle s'était livrée, aux multiples critiques que cela lui avait values… Mais elle avait gagné, se répétait-elle avec satisfaction, pour taire les remords qu'elle éprouvait parfois.

Deux mois à peine après la parution du décret de confiscation des biens des émigrés, deux *citoyens officiels* s'étaient présentés au Vau de Quip, ayant appris par la rumeur publique – ou plus vraisemblablement une délation –, le départ du ci-devant d'Amphernet dit de Pontbellanger pour l'Allemagne. Louise avait reçu aimablement ces fonctionnaires arrogants, s'efforçant d'expliquer qu'elle était séparée de son mari et que de toute façon le Vau de Quip était une propriété venant de la famille de sa mère et donc n'ayant rien à voir avec son époux. Les deux hommes semblaient bien renseignés. Ils savaient que son père, Charles du Bot, avait émigré en juillet 1791. Ils connaissaient l'étendue de ses biens et notifièrent à Louise qu'un dossier allait être instruit à Vannes, concernant l'émigration tant de son père que de son mari. Ils s'en allèrent, la laissant consternée.

Elle reçut bientôt une convocation lui enjoignant de se rendre dans les bureaux du directoire de Vannes. Ce devait être le début d'un long et épuisant combat. Cela dit, il était rassurant, avait-elle constaté avec humour, que les fonctionnaires, qu'ils aient été royaux ou maintenant républicains, souffraient des mêmes maux : lourdeur des procédures, jargon juridico-administratif… et paresse ! Assistée d'un avocat jadis ami de son père, elle crut avoir réussi à convaincre les commissaires enquêteurs que le Vau de Quip était une propriété appartenant à sa mère et que l'émigration d'Antoine-Henry ne devait entraîner aucune conséquence sur la propriété. En revanche, le reste de ses biens, considérables, venait du côté de son père et était donc sous risques importants.

Son avocat lui conseilla de divorcer. Elle n'hésita guère à entreprendre les procédures : elle était pratiquement sans nouvelles d'Antoine-Henry. Elle en avait eu une fois par Georges de Fontevieux, l'agent de liaison de l'association, chargé de transmettre dépêches et courriers entre Coblence et la Bretagne. Fontevieux lui avait appris que son mari avait démissionné, comme le marquis du Dresnay, en février 1792, lorsqu'ils avaient compris que leur compagnie noble d'ordonnance, composée de brigades réunies de gendarmes et de chevau-légers, n'appartiendrait plus à la Maison du roi. À sa connaissance, il avait quitté Coblence et avait regagné les Côtes-du-Nord où le comte de Puisaye, lieutenant général dans l'armée catholique et royale de Bretagne, l'avait nommé commandant d'une colonne de chasseurs à pied, chargée d'assurer la communication entre les Côtes-du-Nord et le Morbihan. Peu après, Philippe d'Auvergne, prince de Bouillon, l'avait appelé à Jersey : il devait s'assurer de l'acheminement du courrier avec la Bretagne. Fontevieux n'en savait pas plus.

Louise se félicita de ne pas avoir suivi son mari avec son bébé en Allemagne : quel eût été leur sort après ces changements fréquents de postes ? Serait-elle restée seule en Allemagne ou aurait-elle dû rentrer en France ? Quelles incertitudes dans une époque déjà si compliquée à vivre et si pleine de dangers !

La deuxième question que soulevait sa décision de se séparer de son mari allait être la réaction de la *bonne société locale*. Elle serait forcément négative. Louise le savait mais était prête à l'assumer. L'enjeu de la conservation de ses propriétés était bien supérieur aux éventuels ragots et *cancans* des bien-pensants locaux. C'était la première fois qu'elle décidait de s'affranchir du *qu'en-dira-t-on*. Ce ne devait pas être la dernière.

Bref, elle donna son accord à l'avocat, le dossier de divorce fut instruit rapidement et conclut à son bénéfice : le mari ayant clairement abandonné le domicile conjugal. Elle crut avoir réglé son problème et passa quelques mois tranquille, essayant de se faire oublier…

Las ! Les commissaires enquêteurs devaient revenir à la charge, objectant que ce divorce était un acte de complaisance, un subterfuge comme l'avaient déjà fait nombre de femmes d'émigrés pour sauver leurs biens.

— Nous ne sommes pas dupes, avaient-ils déclaré, de ces manigances pour se soustraire aux lois et à la justice de la République. La nation saura en tirer les conséquences et châtier les fraudeurs qui se montreraient complices des émigrés, ses ennemis, et tenteraient de la tromper.

Louise avait alors pris peur. On venait d'apprendre l'horrible exécution de Louis XVI, ce qui l'avait beaucoup choquée. Elle revoyait le roi à Versailles, sa stature imposante, elle se rappelait le mot gentil qu'il lui avait adressé. Comment avait-on pu guillotiner un homme qui semblait si pacifique et bienveillant, sans doute égaré, mal conseillé, pensa-t-elle, dans la jungle politique… ? Elle comprit soudain que la brutalité des révolutionnaires pouvait être sans limites. Outre le séquestre de ses propriétés et leur vente future comme *biens nationaux*, elle risquait elle-même un emprisonnement et Dieu sait quelle condamnation ! Fille d'un marquis poursuivi par la justice, un ci-devant qui avait fui à l'étranger pour échapper à sa rigueur, femme d'un émigré qui complotait à Jersey, détentrice enfin de l'une des plus grosses fortunes de Bretagne… La sanction risquait d'être lourde – peut-être la peine capitale, lui avait dit son avocat, mais sait-on jamais avec *ces fous assoiffés du sang des nobles* !

Affolée, Louise s'était réfugiée auprès de sa mère qui avait élu domicile au Grégo. Jeanne-Vincente pensait que le Vau de Quip ne risquait pas un séquestre. Il était de notoriété publique que cette propriété venait de son bord et était dans sa famille depuis le XVIIe siècle. En revanche, la position du Grégo était beaucoup plus vulnérable, son ex-mari Charles en portant le nom. Elle pouvait cependant arguer qu'ils étaient séparés depuis 1783, soit près de dix ans, et que c'était actuellement sa résidence personnelle. Cette séparation-là n'était pas de complaisance, les commissaires enquêteurs durent l'admettre.

Alors que sa relation avec sa fille n'avait pas toujours été facile, Jeanne-Vincente s'en rapprochait dans l'adversité. Et puis Louise était la mère de Charles-Félix, qu'elle adorait. Elle s'inquiéta pour elle et lui conseilla, comme l'on dit dans la marine royale, de *prendre le large*. Après en avoir discuté, elles convinrent toutes deux qu'elle pourrait sans doute trouver refuge à Maulévrier près de Cholet, chez les Colbert-Maulévrier – depuis toujours des amis de leur famille, des cousins de ceux qui l'avaient si aimablement accueillie à Paris lorsqu'elle avait connu les honneurs de la cour. Louise se rappelait combien la marquise de Colbert-Chabanais, née Louise-Perrine de Pontbellanger, avait été bonne pour elle. Tous ces Colbert étaient apparentés au Grand Colbert, le ministre de Louis XIV, et formaient alors trois branches : les Maulévrier, les Chabanais et les Turgis. Ces Colbert-Maulévrier étaient aussi charmants que leurs cousins parisiens, ils la recevraient certainement avec chaleur. Si loin de Redon et de Vannes, a plus de cinquante lieues de ces villes, elle échapperait à toutes les poursuites que les révolutionnaires pourraient éventuellement lancer contre elle.

Jeanne-Vincente écrivit donc aux Colbert-Maulévrier dans ce sens et la réponse revint rapidement, très chaleureuse : les Colbert seraient ravis d'accueillir une Louise en difficulté... Une occasion de resserrer leurs liens, avaient-ils souligné. Cette solidarité familiale et sociale était remarquable.

Sa décision prise, Louise perdit encore quelques semaines à régler plusieurs problèmes avec Yves Le Moigno, le régisseur du Vau de Quip : elle ne savait pas combien de temps elle allait s'éloigner de sa chère propriété. Elle en était si attachée qu'elle avait du mal à s'en arracher. Poussée par sa mère qui s'inquiétait de la voir s'attarder, elle finit par partir au début du mois de juillet 1793. Ses adieux avec Jeanne-Vincente et son petit garçon furent émouvants. En ces temps incertains où le pire était toujours possible, on ne savait jamais lors d'un départ la durée de la séparation et si même elle ne serait pas définitive. Louise comme sa mère, issue d'un milieu protégé où elles avaient été habituées à un ordre social et politique quasi immuable, vivait avec angoisse cette terrible incertitude. Louise, couvrant son enfant de baisers, découvrit qu'elle l'aimait plus qu'elle ne le pensait. Puis elle prit la route à cheval, seule et incognito : il ne fallait surtout pas que les commissaires enquêteurs du directoire puissent savoir qu'elle s'enfuyait ou penser qu'elle partait émigrer. Étaient informés de son départ : sa mère, sa chère amie Marguerite et Yves Le Moigno son régisseur... et amant de sa mère !

La distance qui séparait Maulévrier du Vau de Quip était d'un peu plus de cinquante lieues. Ne pouvant bien sûr pas changer de cheval lors de ses haltes dans les auberges-relais, elle devait ménager sa monture et ne pas effectuer par jour plus de sept à huit lieues ! Elle mit donc une semaine à atteindre la propriété des Colbert. Un trajet pénible, souvent sous la pluie, sans compter le risque que courait une jolie femme à voyager seule sur les grands chemins ! Elle s'arrangea pour se joindre, quand c'était possible, à d'autres voyageurs. Elle avait en outre caché dans les fontes de sa selle deux pistolets... dont elle n'eut pas à se servir.

*

Au terme d'une semaine éprouvante, elle arriva en fin d'après-midi, à la mi-juillet, aux abords du château de Maulévrier : de loin, une impressionnante bâtisse du XVIIe qui avait été donnée en dot par M. de Serrant, lui avait dit sa mère, à son gendre Édouard François de Colbert, le frère du ministre. Louise, au fur et à mesure que sa monture s'en approchait, était saisie d'une appréhension croissante. Elle ne comprenait pas pourquoi les beaux jardins à la française étaient déserts, comme les abords du bâtiment – des lieux qui auraient dû normalement connaître une activité humaine... On s'attendait à voir des domestiques, des laquais, des jardiniers aller et venir, s'activer, peut-être même des gens de la famille apparaître, marcher vers elle, l'accueillir. Une terrible inquiétude s'empara alors d'elle, tandis qu'elle arrivait à proximité de la maison. Un silence inquiétant régnait.

Elle sauta de son cheval et, le tenant par la bride, s'avança à pied jusqu'à la porte d'entrée qui était ouverte et béante sur un intérieur... dévasté ! Cet immense château était vide de toute vie humaine. Le désordre, la saleté y régnaient. Il avait à l'évidence été victime d'un pillage populaire. *Certainement l'œuvre de sympathiques citoyens*, se dit Louise qui, devant ce spectacle, se mit à pleurer. Elle avait fui la méchanceté des révolutionnaires et, au terme d'un voyage fatigant, dangereux, elle retrouvait les pires excès de la

Révolution. Qu'étaient devenus les amis de sa famille, les propriétaires de cette belle demeure ? Avaient-ils été victimes de la vindicte des patriotes ou étaient-ils parvenus à s'enfuir ? Elle restait immobile, sanglotant, la tête serrée contre l'encolure d'Ouragan, son fidèle cheval. C'était une femme forte, mais trop c'était trop ! Faire tout ce périple et trouver au terme, à l'heure où le jour faiblit et la fatigue vous saisit, ce désastre, ce château vidé de ses propriétaires, pillé… c'était insupportable ! Qu'allait-elle devenir alors que les Colbert n'étaient plus là ? Que faire ? Où aller ?

Elle resta encore un moment pétrifiée d'angoisse, puis elle réussit à se ressaisir et gagna le centre du village de Maulévrier. Elle trouva un mauvais relais de poste où elle put retenir au premier étage une chambre mansardée, assez sommaire, et une place pour Ouragan à l'écurie.

Comme elle était descendue pour souper et avalait un insipide bouillon de légumes dans une salle vide, le tenancier vint lui faire la conversation. Il était intrigué par cette belle femme appartenant visiblement à la noblesse et voyageant seule. Louise, prudente, commença par répondre de façon elliptique, lapidaire à ses questions. Mais peu à peu, le bonhomme d'un certain âge lui inspira confiance. Il paraissait plutôt brave et ne craignait pas de critiquer ces soi-disant citoyens qui avaient fait fuir les Colbert et mis à sac leur château.

— Des nobles bien, Madame, des gens généreux que c'étaient… ayant toujours le mot aimable. C'est une honte de s'en être pris à eux !

Louise se risqua à demander à l'homme s'il savait où ils étaient partis. Il parut hésiter avant de lâcher :

— Il se dit dans le pays qu'ils ont émigré en Allemagne et que Monsieur le comte a pris une charge importante auprès de ce qu'on appelle l'*Électeur de Cologne*.

Puis le tenancier, maintenant en confiance, clama sa fureur contre la Constitution civile du clergé, le vol des biens du clergé et les malheurs qui arrivaient aux prêtres fidèles à leur foi chrétienne. Louise, rassurée, lui confia qu'elle était venue à Maulévrier pour séjourner chez les Colbert. Elle lui avoua son désarroi de découvrir leur émigration et leur propriété mise à sac par ces odieux *citoyens*. Elle ne savait que faire, ne voulant pas, ne pouvant pas retourner à Vannes ou à Redon.

Le tenancier lui indiqua alors que les Colbert, le frère de Monsieur le comte, pour être précis, avait fait venir de Lorraine un certain Stofflet, ancien soldat, pour être le garde-chasse de la propriété.

— Il habite encore dans le parc, une maison que vous trouverez facilement, avait-il précisé. Mais il se partage entre Maulévrier et le château du Lavouër, à Neuvy, dans les Mauges, appartenant aux Mabille de La Paumelière. C'est pas un gars de chez nous mais il est bien et respecté dans le pays, même s'il n'est pas très aimable. Vous devriez aller le voir : je sais qu'il est là de passage, sans doute en coup de vent. Il pourra peut-être vous aider. Il a pas les deux pieds dans le même sabot et est proche des Mabille de La Paumelière.

Il se tut un instant avant d'ajouter, l'air mystérieux :

— Je peux guère vous en dire plus. C'est un homme important.

Louise remonta dans sa petite chambre, sinistre. La pluie s'était mise à tomber et, dans cette pièce mansardée, elle en entendait le crépitement. Elle revoyait le château de Maulévrier pillé, dévasté, et se demandait si cela ne risquait pas d'arriver au Vau de Quip. Des images terribles de sa maison violée lui traversaient l'esprit. Elle s'efforça de les chasser, mais les larmes coulaient sur son visage en imaginant son cher Vau de Quip vandalisé. Elle se sentait si seule, abandonnée.

Elle finit par se coucher tout habillée, n'ayant pas le courage ni la force de se changer. De ses vêtements émanait l'odeur du cheval et elle sentait celle de sa propre sueur.

Elle fournit un effort pour ne plus penser à sa propriété et essayer d'être positive. Ce Stofflet dont lui avait parlé le tenancier voudrait-il l'aider, la présenter aux Mabille de La Paumelière ? Elle ne les connaissait pas mais leur nom ne lui était pas étranger. Une solidarité de milieu jouerait-elle ? Accepteraient-ils de l'accueillir quelque temps pour qu'elle puisse se retourner, trouver une solution ? Laquelle serait peut-être de louer un petit appartement à Nantes et de se fondre dans l'anonymat de cette grande ville... Dieu merci, elle n'avait pas de problèmes d'argent dans l'immédiat, ayant pris des louis d'or en quantité suffisante pour tenir un moment.

Les yeux encore humides de larmes, inconfortable dans sa tenue de voyage, elle finit par sombrer dans un sommeil profond. La fatigue du trajet, les émotions, le désespoir l'avaient épuisée.

Stofflet

1793

L'homme se tenait devant la maison, une chaumière à vrai dire, le fusil à l'épaule. Il était grand, robuste, au visage allongé, peu avenant. C'était certainement Jean-Nicolas Stofflet, tel que le lui avait décrit le tenancier ce matin au déjeuner.

Louise s'était levée tôt, après une nuit agitée, coupée de cauchemars et d'insomnies. Elle avait eu la bonne surprise en descendant de sa chambre de trouver dans la salle commune le patron, qui lui avait servi un robuste et campagnard petit déjeuner. Leurs échanges de la veille l'avaient mis en confiance et il lui livra quelques précisions sur ce Stofflet qu'il lui avait recommandé de rencontrer. Le personnage, car c'en était un, était d'origine lorraine et modeste. Il avait servi au régiment Lorraine infanterie royale à Lunéville, commandé par le comte de Colbert-Maulévrier, lequel l'avait recruté comme garde-chasse quand il avait quitté l'armée et rejoint le choletais. C'était un homme intelligent, compétent, travailleur… mais connu pour avoir un caractère rugueux, rabrouant les gens, n'hésitant pas à faire le coup de poing à l'occasion. Il était respecté, mais peu aimé dans le pays.

Allant plus loin dans les confidences, le tenancier lui révéla que ce Stofflet, en dehors de son activité officielle de garde-chasse et des services qu'il rendait aux Mabille de La Paumelière, participait secrètement à l'insurrection vendéenne. Il était l'un des chefs de ces insurgés vendéens qui menaient la vie dure aux républicains, aux *bleus* comme il disait.

— Sous son aspect un peu rude, avait-il conclu, c'est un gars bien et je sais que son équipe de Vendéens l'apprécie pour son audace et son courage.

Louise n'avait pas eu trop de mal à trouver l'habitation du Stofflet en question, au bout du parc du château de Maulévrier. En entendant le bruit des sabots d'Ouragan sur la route menant chez lui, le garde-chasse était vivement sorti de son gîte, le fusil à la main, visiblement prêt à réagir. Voyant qu'il s'agissait seulement d'une dame, il avait remis l'arme à l'épaule et regardait, immobile, la cavalière s'avancer vers lui, le visage fermé, impassible. Louise avait sauté de sa monture et, la tenant par la bride, s'était approchée :

— Monsieur Stofflet ?

Il avait daigné esquisser le début d'un sourire et répondu laconiquement, mais avec politesse, ayant perçu la qualité de Louise :

— Lui-même, Madame, pour vous servir.

En le voyant de près, attirée par cet homme plutôt beau et costaud, mais aussi voulant avoir son aide, elle lui fit son sourire le plus enjôleur :

— Je suis la marquise du Bot du Grégo…

Elle avait curieusement préféré se présenter ainsi plutôt que sous son nom de femme mariée : la vicomtesse de Pontbellanger. Sans doute avait-elle intégré subconsciemment le fait de son divorce – pourtant un divorce de pure convenance !

Il hocha la tête avec respect mais sans paraître le moins du monde sensible aux charmes de son interlocutrice :

— Vous avez de la chance de me trouver là, j'allais partir. Que puis-je pour vous, Madame la marquise ?

Louise comprit qu'il était inutile d'user de ses attraits féminins et s'efforça à être la plus factuelle possible :

— Je viens, Monsieur, vous trouver de la part du maître de poste de Maulévrier…

Stofflet la coupa :

— Louis-Marie Cesbron ?

— Je ne connais pas son nom. C'est le tenancier du cabaret de Maulévrier, le maître de poste.

— Un homme assez corpulent et petit ?

— Oui, Monsieur, tout à fait.

— C'est bien lui ! Un homme respectable, qui a des principes.

Stofflet parut rassuré. Il était visiblement prudent. Louise devina que ses activités avec les insurgés vendéens le rendaient méfiant. Après un temps de silence, il reprit, plus aimable :

— En quoi, Madame la marquise, puis-je vous aider ?

Louise lui expliqua succinctement la fuite de son père, persécuté par des citoyens de Quimper, le départ en exil de son mari pour rejoindre le frère du roi à Coblence puis son départ à Jersey d'où il effectuait des missions entre l'île et la France, à la demande du comte de Puisaye. Elle lui exposa ensuite son propre cas : comment elle avait fui de Bretagne pour échapper aux commissaires du directoire de Vannes, et devait être accueillie à Maulévrier par le comte de Colbert et son épouse. Puis comment elle avait découvert, hier, leur propriété pillée. Le maître de poste lui avait alors indiqué que M. Stofflet était proche des Mabille de La Paumelière, qu'il serait capable sans doute de la mettre en rapport avec eux et que ces gens, dont il lui avait dit grand bien, pourraient peut-être momentanément l'accueillir, le temps qu'elle trouve une solution à sa funeste situation – aller par exemple s'installer à Nantes où elle se fondrait dans la population de cette grande ville.

Stofflet l'avait écoutée en silence, mais au fur et à mesure de son explication le visage du garde-chasse s'était détendu. Il était rassuré, se sentant en pays de connaissance. C'est beaucoup plus aimablement qu'il répondit :

— Vous avez de la chance, je m'apprêtais à partir ce matin pour le Lavouër, la propriété des Mabille de La Paumelière. Je ne suis ici que pour un bref passage, mon quartier général est justement situé au Lavouër et j'avais prévu d'y retourner le plus vite possible. Si vous êtes prête, nous pourrons faire la route ensemble.

Louise ne s'attendait pas à une opportunité si rapide. Elle s'exclama :

— Oh, Monsieur, comment vous remercier ? Je vous en serai infiniment reconnaissante !

— Alors, Madame, ne traînons pas. Laissez-moi juste le temps de seller, brider ma jument, de prendre quelques affaires et je suis à vous.

Il s'arrêta un instant pour regarder Ouragan et déclara, cette fois en souriant, visiblement connaisseur :

— Quelle belle monture vous avez là !

Louise rougit presque devant ce compliment qui la touchait : Ouragan était un cadeau de son père provenant des haras du Léon, que dirigeait avant la Révolution son ami le marquis du Dresnay. Un cheval de selle exceptionnel, issu d'un Limousin, la meilleure race d'équidés de l'époque, venant lui-même du haras de Pompadour : des chevaux que s'arrachaient la noblesse de cour et les régiments de cavalerie légère.

De taille moyenne, agiles et sobres, ils faisaient de merveilleuses montures.

Stofflet s'approcha d'Ouragan et lui flatta l'encolure. Louise regarda son cheval avec affection : il lui avait tenu compagnie pendant ces huit jours éprouvants. *Il est magnifique avec sa robe grise et tellement sensible*, se dit-elle en le voyant adopter Stofflet et marquer un hennissement de plaisir, tandis que le garde-chasse le caressait. Puis ce dernier s'éloigna chercher un léger bagage avant d'aller quérir sa propre monture.

*

Louise ne devait jamais oublier cette journée – un moment de grâce dans sa vie tourmentée.

Le temps s'était levé, magnifique, et un beau soleil faisait briller une nature encore humide de la pluie nocturne. Les deux cavaliers avançaient au botte-à-botte, entourés d'une escouade de dix hommes : la garde rapprochée du chef vendéen, qui avait surgi juste au moment de leur départ. Louise avait admiré l'organisation et la discipline de cette petite troupe de braves paysans montés sur des chevaux du pays et tous armés de fusils. Elle se sentait pour la première fois depuis longtemps vraiment en sécurité.

Discret et silencieux d'abord, Stofflet avait paru se détendre peu à peu. Louise avait eu du mal à le comprendre au début, en raison d'un léger accent de l'Est. Il était d'origine lorraine, lui avait-on dit, mais il lui confia que ses grands-parents étaient venus d'Autriche en France. Soit qu'il parlât plus fort, soit qu'elle s'accoutumât à sa prononciation, elle finit par bien saisir ses propos. Quoiqu'il fût plutôt bel homme et qu'il eût tout pour plaire à la gent féminine, Louise sentit qu'il n'était pas intéressé par un rapport avec elle autre que professionnel. Peut-être était-il mal à l'aise avec les femmes ou tout simplement n'était-il qu'un homme de guerre entouré de sa garde – un homme de conviction se battant pour Dieu et le roi... Elle renonça à regret à toute tentative de séduction même si, privée d'amour depuis un bon moment, elle eût aimé marivauder avec ce beau mâle !

Décidée à être sérieuse, elle s'efforça de mettre ce Stofflet en confiance et y parvint plus vite qu'elle ne le pensait. Il lui confirma que son métier de garde-chasse n'était qu'une simple façade et qu'il était devenu l'un des principaux chefs de l'insurrection vendéenne. Dès les débuts de la Révolution en 1789, il s'était senti en désaccord complet avec les idées nouvelles. Il avait alors trente-sept ans et son passé de soldat l'avait à vie rendu loyal au roi. C'était de surcroît un chrétien fidèle à sa foi. L'évolution politique au fil des mois l'avait horrifié. Tout avait basculé pour lui en février 1793, quand la Convention décréta la levée en masse de trois cent mille hommes. Lorsque les patriotes vinrent à Machecoul, un bourg vendéen, pour tirer au sort les conscrits, la population se révolta et les accueillit à coups de fourches. Puis l'émeute se propagea instantanément et devint un véritable combat entre les paysans et les représentants de la Convention, surnommés les *bleus* en fonction de leur uniforme de cette couleur qui avait remplacé le blanc royal. La rébellion gagna de nombreux villages et il y eut des morts.

Stofflet raconta à une Louise fascinée que, dès la mi-mars, il devait prendre la tête des laboureurs de Maulévrier et des paroisses voisines : il avait l'expérience de l'armée et une autorité naturelle. Il rejoignit un autre chef issu du peuple, Cathelineau, auquel il se rallia et ils s'emparèrent tous deux de Cholet. Dans la foulée, ils prirent de nombreuses autres villes et se saisirent même de Saumur. Mais à la fin juin, l'armée catholique et royale fut défaite à Nantes. Cathelineau, grièvement blessé, mourut le 14 juillet. Après une nouvelle défaite lors de la bataille de Moulin-aux-Chèvres, les Vendéens furent vainqueurs à Châtillon face à l'armée républicaine, commandée par François-Joseph Westermann.

Peu après, Maurice d'Elbée fut nommé généralissime – un temps de réorganisation des *blancs* dont Stofflet profita pour faire un saut à Maulévrier et regagner son quartier général. Il était épuisé, confia-t-il à Louise, après six mois de combats incessants.

Louise lui avoua avoir été séduite par la Révolution à ses débuts, ses idéaux de justice sociale et fiscale, son espoir de voir moderniser le royaume pour arriver à une monarchie adaptée à son époque… La Constitution civile du clergé, la persécution des prêtres, la saisie de ses biens l'avaient choquée, pour ne pas dire révoltée. Les attaques contre la noblesse, dont celle de son père, lui furent insupportables… comme la confiscation des biens des émigrés ! Sa peur enfin, lui dit-elle, fut grande d'avoir à payer par de la prison, ou même une exécution, l'émigration de son mari et maintenant l'engagement de ce dernier au sein de l'armée royale.

Stofflet n'avait jamais été séduit par les idées nouvelles ni souhaité voir s'établir une monarchie comme celle des Anglais. Mais il pouvait comprendre qu'une toute jeune femme inexpérimentée subisse l'influence des opinions à la mode et connaisse un engouement pour le modernisme. Il sut compatir à ses malheurs et la considéra comme totalement de son bord.

À mi-parcours, une halte-repas scella leur entente. Stofflet avait choisi un emplacement sûr où leur troupe était à l'abri des regards. Il avait placé deux hommes en sentinelles chargés de surveiller les abords, tandis que le reste de la troupe s'asseyait à même le sol du petit bois où ils s'étaient installés. Les chevaux avaient été attachés un peu plus loin, gardés par un autre homme.

Louise admira la proximité du chef et de ses compagnons, son autorité indiscutable, sa simplicité aussi : il était issu du même milieu qu'eux, savait leur parler. Ils le respectaient tout en l'appelant avec familiarité par son surnom, *Mistouflet*. Elle devina que, malgré cela, il savait leur inspirer confiance et se faire obéir, pouvant être brutal à l'occasion. Elle ne put s'empêcher de comparer ce chef viril, costaud, avec son vicomte de mari, fin et distingué. Stofflet devinait-il, lui, le militaire d'origine modeste, l'homme proche de la quarantaine, l'émoi qu'il suscitait chez cette toute jeune aristocrate ? En tout cas il n'en laissa rien paraître.

À peine étaient-ils tous installés que des selles surgirent des victuailles : du pain, de la charcuterie, de l'eau. Ce fut un repas chaleureux, à la bonne franquette. Louise était ravie. Elle en oublia ses soucis, ses inquiétudes. Il faisait beau et chaud, presque un peu lourd en ce mois de juillet. Élevée à la campagne, proche des paysans du Vau de Quip, elle aimait ce milieu simple, savait lui parler avec naturel. Elle appréciait d'être la seule femme entourée de tous ces hommes, ces guerriers dont elle sentait, malgré le respect apparent pour la dame qu'elle était, le désir obscur, caché. Elle passa un bon moment.

Après ce repas copieux, dans la torpeur de cet après-midi d'été, Louise luttait contre la tentation du sommeil que faisait naître en elle le balancement régulier de sa monture. Stofflet s'en était aperçu et avait ralenti l'allure. Il était d'ailleurs resté muet depuis un moment. C'était dans sa nature plutôt *taiseuse*, mais il était respectueux de la fatigue de ce petit bout de femme à la forte personnalité. Il en devinait le courage, l'intrépidité pour oser à son âge, belle comme elle était, se lancer sur les grands chemins en pleine période de guerre. Il avait apprécié aussi, quand elle le lui avait expliqué, son attachement terrien, viscéral, à ses propriétés. Un sentiment qu'il admirait, peu fréquent pour les dames de son milieu. Et lui, le dur de dur, ressentait une certaine tendresse à la voir ainsi s'assoupir.

Au Lavouër

Deuxième semestre 1793

Comme la troupe s'approchait du Lavouër, Stofflet, sans doute inconsciemment, s'était mis à presser l'allure, tel le cheval sentant l'écurie. Louise avait donc compris que, depuis la mort de Cathelineau, il jouait un rôle éminent à la tête de l'armée catholique et royale et qu'il avait fait de ce château son quartier général. Les propriétaires, les Mabille de La Paumelière, l'avaient gracieusement mis à sa disposition. Il y avait établi à la fois son centre de commandement et sa base arrière.

Louise ne connaissait pas personnellement ces La Paumelière, mais elle avait entendu souvent parler d'eux : toute la noblesse de l'Ouest se connaissait et, si l'on peut dire, *se situait.* Elle savait que c'était une famille de qualité, ayant eu les honneurs de la cour. Leur propriété du Lavouër avait longtemps appartenu aux Brissac. Elle était passée en 1759 dans la famille des La Paumelière par suite du mariage de Marie Rosalie Victoire de Brissac avec Louis Marie Mabille de La Paumelière – une alliance importante dans l'échelle des valeurs de ce milieu. Leur fils Louis-Charles devait épouser une demoiselle de Cambourg dont le frère, le comte de Cambourg, habitait à quelques lieues du Lavouër, au château du Marais.

Toutes ces précisions avaient été données à Louise par Stofflet, qui lui avait souligné combien ces

La Paumelière étaient bien inscrits dans le pays, et donc utiles pour la cause qu'il servait. Il en avait fait un vibrant éloge : il leur était très reconnaissant de l'avoir hébergé, lui et son état-major. Il avait assuré à la jeune femme qu'ils lui réserveraient un accueil chaleureux. Elle l'espérait, mais elle avait franchi les douves et la belle grille d'entrée avec un léger pincement d'inquiétude. Elle regardait l'imposante demeure bâtie quelques années avant la Révolution, dans le style très classique d'alors, sur des plans dessinés à Versailles, lui avait précisé Stofflet. Ce qui l'avait étonnée : en dépit de ses origines modestes, l'homme était intelligent et beaucoup plus ouvert et curieux qu'on aurait pu s'y attendre de la part d'un ancien garde-chasse. C'était au fond un caractère intéressant, un chef de guerre au courage reconnu par tous, à l'autorité naturelle, indéniable mais parfois très brutale… et dans le même temps un compagnon de voyage que Louise avait apprécié, l'ayant trouvé bien élevé, respectueux et séduisant !

En entendant le bruit de la troupe – celui des sabots d'une douzaine de chevaux sur les pavés de l'allée d'accès, les maîtres de maison étaient sortis sur le perron, impatients sans doute d'accueillir ce Stofflet qu'ils admiraient. Il avait su encadrer et entraîner toute la population locale dont leurs propres gens et les mener au combat contre ces *bleus* abhorrés, et jusqu'à présent avec plutôt du succès. Ils le considéraient sans doute comme un héros. Et Louis-Charles, le maître de maison, faisait partie de son état-major, comme devait le découvrir Louise par la suite.

Arrivée à proximité des La Paumelière, Louise sauta vivement de sa monture et s'avança, souriante, vers eux. Le couple ne parut pas surpris de voir au sein de la troupe que conduisait Stofflet une dame de qualité, de surcroît jeune et jolie – du moins il ne le montra pas. Il faut dire que cette époque révolutionnaire avait chamboulé les bonnes mœurs et qu'il n'était pas rare de voir des femmes rejoindre les *blancs* et à l'occasion faire le coup de feu, voire sabrer les *bleus*. Ces amazones bénéficiaient de l'admiration de leur milieu.

Stofflet avait lui aussi mis pied à terre et présenté Louise. Les La Paumelière connaissaient bien sûr les du Bot du Grégo. Louis-Charles, de la génération du mari de Louise, voyait très bien qui il était : il avait été chevau-léger de la garde ordinaire du roi puis maître de la compagnie noble de l'armée des princes. On était en pays de connaissance, on sympathisa tout de suite.

Anne-Thérèse, la maîtresse de maison, avait un certain charme et était très gaie, malgré les circonstances. Elle était ravie de voir arriver de la compagnie féminine dans cet univers masculin et accueillit chaleureusement Louise. Elle n'avait que neuf ans de plus qu'elle et la voyait telle une jeune cousine. Elle l'installa dans une chambre d'amis proche de la sienne – une jolie pièce dotée d'un cabinet où, après tant de jours, elle put faire une légère toilette. Et Louise se détendit, ayant le sentiment d'être enfin arrivée à bon port.

*

La vie au Lavouër était rythmée par les opérations militaires qui voyaient partir plus ou moins longtemps Stofflet, Louis-Charles et les hommes de troupes pour de durs combats et revenir après à la propriété, telles des bêtes blessées, panser leurs plaies. Mais il y avait aussi parfois des opérations menées par les *bleus* à la recherche des *brigands*. Les habitants de la propriété, aussitôt prévenus, s'égayaient alors dans la campagne, trouvant refuge dans les fermes du domaine. Les *bleus* repartis, l'alerte passée, on regagnait le château et la vie reprenait son cours, animée de quelques réceptions que voisins et amis s'efforçaient de maintenir.

La noblesse locale avait du mal à se passer des mondanités qu'elle avait toujours aimées et auxquelles elle était tant habituée. La chasse, les soupers, les bals faisaient partie de sa vie ! Louise y prenait un plaisir teinté de nostalgie et de tristesse : on évoquait à chaque fois les *relations* qui venaient d'émigrer et, hélas, les morts de plus en plus nombreux, tués au combat ou fusillés par les républicains. On évitait de trop parler d'autres amis qui avaient choisi le camp adverse.

Dès le début de la Révolution, des membres de la noblesse comme La Fayette, Mirabeau ou Barras avaient à Versailles et Paris rejoint les partisans des idées nouvelles. Nombreux s'y étaient brûlé les ailes ou avaient perdu leur vie sur l'échafaud au fur et à mesure que les éléments les plus radicaux s'emparaient du pouvoir. Louise en comptait dans sa propre famille, tel le comte de Kerstrat dont on critiquait la naïveté de croire aux belles paroles des *citoyens*. On trouvait même dans les rangs des armées républicaines certains officiers d'origine noble. Inutile de dire qu'ils étaient vécus comme des traîtres.

Malgré ce climat délétère et angoissant, Louise aimait se rendre à ces soupers et ces bals. Elle avait vingt-trois ans et adorait rire, danser et à l'occasion se faire embrasser et caresser par un beau *ci-devant*. Le sentiment du danger et la conscience de la précarité de son existence renforçaient sa soif de vivre. Elle sentait bien que son attitude choquait un peu Anne-Thérèse de La Paumelière, une femme sérieuse, une épouse fidèle, mais elle n'en avait cure. Elle répondait en riant aux critiques de son amie qui n'insistait pas et finissait par rire avec elle de ses succès auprès de la gent masculine.

Sa mère lui écrivait tous les quinze jours, lui donnant des nouvelles de son petit garçon et du Vau de Quip. Et ce fil ténu mais régulier comptait pour elle.

Elle était au Lavouër depuis un moment déjà quand arriva un personnage particulier, dont on lui avait beaucoup parlé : l'abbé Bernier. Il n'y séjournait pas de façon permanente, mais il y avait sa chambre – une des plus belles de la maison. À l'étonnement de Louise, il se comportait en chef, faisant la pluie et le beau temps dans la propriété.

Elle n'avait jamais beaucoup aimé les gens d'Église, à l'exception du chapelain du Vau de Quip, le père Salaun, dont elle avait toujours respecté la foi et la bonté. C'était la seule personne dont elle avait accepté les remontrances quand il lui soulignait son absence de codes éthiques, la justifiant avec gentillesse par l'exemple déplorable que lui avaient donné ses parents. Elle lui devait les quelques valeurs morales qu'elle s'efforçait de respecter autant que faire se peut. Ce qui n'était pas simple dans cette époque révolutionnaire où son milieu, sa famille et elle-même avaient perdu leurs repères. Le bien, le mal deviennent difficiles à discerner quand on lutte pour sa survie.

Louise était fine et intuitive. Dès sa rencontre avec cet abbé Bernier, elle ne l'avait pas aimé. Son visage large et rond au double menton, où son œil noir pénétrant venait contredire l'affabilité de ses traits, l'avait tout de suite mise en garde : elle avait perçu, sous l'onctuosité ecclésiale, l'ambition de l'homme et son goût du pouvoir. Son intérêt aussi, étonnant chez un prêtre, pour la guerre et les combats. L'abbé à l'évidence avait mis sous sa coupe les La Paumelière et, de façon plus surprenante, Stofflet. Louise avait été sidérée d'entendre ce dernier, d'ordinaire abrupt, tranchant, parler avec humilité à ce curé, lui demander conseil, l'écouter. Bernier se conduisait en chef bien qu'il n'en eût ni le titre ni la légitimité, discutant avec autorité de stratégie et de tactique militaire avec un Stofflet qui l'écoutait *religieusement*.

À son grand regret d'ailleurs, ledit Stofflet, depuis son arrivée au Lavouër, avait coupé tout contact avec elle. Il devait penser avoir fait son devoir en conduisant cette dame auprès des La Paumelière et ne voyait pas d'intérêt à entretenir un commerce avec elle qui l'aurait distrait de sa mission de chef de guerre. Louise pouvait le comprendre, mais regrettait cette attitude de la part d'un homme qu'elle avait apprécié : il avait à l'évidence tourné la page.

Sentant l'admiration générale, la vénération même de tous les habitants du Lavouër pour l'abbé Bernier, Louise se garda bien de montrer l'antipathie instinctive qu'elle éprouvait pour ce personnage. Elle se dit qu'il valait mieux se concilier le prêtre et éviter tout faux pas à son égard : l'individu pouvait sans doute être dangereux. Elle chercha à le mieux connaître et se renseigna discrètement auprès d'Anne-Thérèse sur le parcours de l'abbé.

Étienne-Alexandre Bernier avait trente et un ans et était curé de la paroisse Saint-Laud à Angers, quand arriva la Révolution. Il avait refusé de prêter le serment exigé par la Constitution civile du clergé, mais avait réussi à échapper à la déportation. Dès mars 1793, il devait rejoindre l'armée d'Anjou… et lorsque fut créé le Conseil supérieur des armées vendéennes, il en fit partie. On le considéra bientôt comme l'*apôtre de la Vendée*. Il acquit vite un véritable ascendant sur l'armée catholique et royale. Il donnait des conseils aux généraux tout en s'efforçant habilement de garder un style, un caractère ecclésiastique qui rassurait.

Accueilli à bras ouverts par Louis-Charles et Anne-Thérèse, il prit ses quartiers au Lavouër. Et quand en septembre 1793 d'Elbée, devenu généralissime après la mort de Cathelineau, nomma Jean-Nicolas Stofflet major général, il vit l'occasion en influençant ce dernier de jouer un rôle important dans la conduite de la guerre. Il devint incontournable… et, pensa Louise, *dangereux*.

Et c'est ainsi qu'elle découvrit la nécessité pour elle de pratiquer un double jeu, pour la première fois… et non la dernière ! Charmante, séductrice en diable, elle sut vite se concilier les bonnes grâces de l'abbé Bernier, à la satisfaction générale, tout en prenant peu à peu du recul par rapport aux combats qu'il menait avec Stofflet.

Malgré les victoires initiales des *blancs* face à des forces *bleues* d'abord désorientées, elle acquit vite la conviction que les républicains allaient se ressaisir, envoyer davantage de troupes, s'organiser et que le combat des Vendéens, pour juste et noble qu'il fût, était probablement à terme voué à l'échec. Ces simples paysans souvent mal armés, encadrés par des chefs dont elle avait au Lavouër mesuré un certain amateurisme mais aussi les dissensions, les conflits entre ceux venus du peuple et les officiers issus de l'aristocratie, ne pourraient à terme vaincre les armées de la République, plus fortes, de plus en plus nombreuses et mieux équipées. Et bientôt, les premières défaites des Vendéens vinrent conforter son intuition.

Elle avait une puissante volonté à la fois de survivre et de ne pas être dépouillée de ses biens. Elle prit progressivement ses distances avec l'insurrection. Elle chercha à convaincre les La Paumelière d'être prudents. Elle eut la surprise de découvrir que Louis-Charles était bien conscient des faibles chances de succès des Vendéens. Plusieurs chefs qu'elle eut l'occasion par la suite de rencontrer, dont le marquis de Boisy – bras droit du généralissime d'Elbée –, n'avaient rejoint l'insurrection que par devoir moral, pressés par leurs *gens* qui ne comprenaient pas que leur maître ne vint pas avec eux. C'était un choix noble qui allait les conduire sans doute à leur perte. Ils le savaient, mais un lointain héritage de loyauté médiéval les y obligeait.

Louise tenta encore d'évoquer le sujet avec Anne-Thérèse : elle lui était reconnaissante de l'avoir si chaleureusement accueillie et hébergée. Mais elle se heurta à un mur et fut obligée de battre en retraite, Anne-Thérèse étant aveuglée par les discours belliqueux de l'abbé. Les deux femmes eurent des mots, Mme de La Paumelière traitant sa jeune amie d'opportuniste, Louise la taxant d'inconsciente. Comme elles s'appréciaient mutuellement, elles se réconcilièrent rapidement, mais cet affrontement laissa des traces – d'autant que le jugement qu'elles portaient l'une sur l'autre était au fond réaliste. Anne-Thérèse se battait pour ses convictions, pour Dieu et le roi. Louise ne pensait qu'à sa survie et à garder ses biens. Deux positions inconciliables.

Concernant Louise, une lettre de sa mère arrivée début octobre 1793 devait l'inciter à agir. Jeanne-Vincente l'informait que le directoire de Vannes, supposant que la ci-devant Louise Exupère du Bot, épouse Pontbellanger, avait émigré, venait de prendre la décision de mettre ses biens, et notamment son cher Vau de Quip, sous séquestre. Une nouvelle qui la révolta : on n'allait pas lui enlever sa maison, ses terres – ces lieux où elle avait été élevée, qui comptaient tant pour elle. Son attachement était charnel. Il lui fallait prendre les choses en main. Elle ne se laisserait pas faire ! Quoi qu'elle dût décider, quel qu'en soit le coût même moral… On ne lui volerait pas le Vau de Quip !

Elle pensa qu'elle devrait agir depuis Nantes, la grande ville la plus proche, voir les autorités, les convaincre qu'elle n'était pas une émigrée, mais une honnête citoyenne divorcée de son mari et vivant chez des amis. Elle décida de prendre un pied-à-terre là-bas et d'y faire des démarches pour obtenir la levée du séquestre de ses biens. Elle se dit que c'était aussi une sécurité d'avoir un logement dans une grande ville et de s'y fondre dans l'anonymat, au cas où les choses tourneraient mal au Lavouër… ce qui n'était pas impossible vu l'évolution de la situation : les *bleus* venaient de reprendre la ville de Cholet, ouvrant la voie à une reconquête des Mauges et notamment du bourg de Neuvy, proche de la propriété des La Paumelière.

C'est à cette époque que parvint au Lavouër l'annonce de la mort de la reine Marie-Antoinette – une nouvelle qui ne parut pas frapper outre mesure l'abbé Bernier, Stofflet et ses hommes. Louise savait que les Vendéens se battaient plus pour leur foi que pour la famille royale, et surtout qu'ils refusaient la conscription. La défense de la monarchie venait au second plan et les maladresses de la pauvre reine l'avaient desservie même dans les rangs des partisans de la monarchie. Pour beaucoup, elle était devenue *l'étrangère*, *l'Autrichienne*, et son triste destin n'apitoya pas grand monde dans une région ravagée par la guerre et la brutalité des *bleus*.

Louise éprouva, elle, un certain chagrin. Elle ne pouvait oublier le charmant accueil que lui avait réservé au hameau la reine et les espoirs d'avenir que cette dernière lui avait fait miroiter. Si l'histoire s'était écrite autrement, le destin de Louise eût été bien différent. Son mari aurait été promu au grade supérieur et rappelé à Versailles. Et elle-même aurait fait partie de la petite coterie entourant la reine. Louise avait le cœur serré en revoyant cette mère heureuse dans le décor artificiel du hameau et en imaginant la décapitation de cette femme gracieuse et si raffinée qui s'était retrouvée *chargée de tous les péchés d'Israël* et condamnée à une mort ignominieuse… alors qu'elle avait toujours rêvé de vivre *en particulière*.

Remontée, seule dans sa chambre, Louise pleura amèrement, tant pour la reine que pour ce passé perdu et l'horreur de l'époque où ils devaient vivre, elle et les siens.

Cependant, la situation ne s'arrangeait pas pour les Vendéens. Ils décidèrent de changer de stratégie : La Rochejaquelein et Stofflet, suivis par Louis-Charles, firent traverser la Loire à leurs troupes. L'objectif : atteindre et prendre Laval. Puis ils espéraient pouvoir foncer vers la Normandie et gagner Granville pour y faire jonction avec des troupes anglaises supposées avoir débarqué auparavant dans ce port. C'était un projet audacieux, pour le moins incertain.

Louise cependant avait décidé de gagner la ville de Nantes. Après avoir confié son fidèle Ouragan aux palefreniers du Lavouër, elle avait pris place dans une malle-poste. Elle souhaitait être la plus anonyme possible – tout déplacement, à l'époque, en particulier dans ces contrées en guerre, était dangereux. Mais, anonyme et discrète, elle atteignit Nantes sans incident. Elle espérait y trouver vite un logement puis prendre quelques jours de repos, car tout cela l'avait beaucoup fatiguée. Elle se consacrerait ensuite à la défense de ses biens auprès des pouvoirs républicains. C'est avec un peu de tristesse qu'elle avait quitté ce Lavouër où elle avait été paradoxalement assez heureuse. Elle avait bien aimé aussi cette jolie région des Mauges et avait apprécié de s'être liée avec quelques amis dans la bonne société locale. Elle avait beau se dire que ce n'était qu'une absence momentanée, l'époque était si troublée, si imprévisible qu'on n'était jamais sûr du lendemain. Elle craignait aussi d'avoir du mal à se réacclimater à une vie citadine, surtout dans une ville maintenant aux mains des républicains… ce qui la confortait dans sa conviction du succès à terme des révolutionnaires.

Elle devait d'ailleurs apprendre dans les jours qui suivirent les défaites des Vendéens à Granville et surtout au Mans, puis leur pathétique retraite, qui restera dans l'histoire comme la « virée de Galerne » – comment une énorme colonne hétéroclite, mêlant soldats et civils, avait fui les *bleus* et traversé la Loire en une nuit, faisant plus tard l'admiration de Napoléon… et tout cela se terminant dramatiquement fin décembre à Savenay.

Elle eut alors le sentiment qu'une page se tournait, tant pour elle que pour les Vendéens. Elle espérait maintenant trouver la paix, une certaine sérénité à Nantes. Ce fut la peur qu'elle rencontra, et même la Terreur.

Terreur à Nantes

Fin 1793 – début 1794

En cette fin 1793, Nantes connaissait tous les drames que peut engendrer une guerre civile. La ville avait été prise par les Vendéens, reprise par les républicains. Il y avait eu à chaque fois des morts, des blessés, des prisonniers, des tortures, des exécutions sommaires, des familles déchirées ou décimées... Les hôpitaux regorgeaient de malades et de moribonds, les prisons de détenus. La population comme les responsables redoutaient les épidémies, en particulier le typhus. À cela s'ajoutaient les risques de pénuries alimentaires : nourrir dans ces conditions plus de dix mille prisonniers représentait une charge que messieurs les révolutionnaires répugnaient à assumer.

C'est dans ce cadre que Jean-Baptiste Carrier, ancien procureur d'Aurillac et député du Cantal à la Convention nationale, avait été envoyé à Nantes en septembre 1793 – en vendémiaire an II comme l'on devait dire dorénavant –, faire cesser la révolte vendéenne, selon l'expression du Comité de salut public, *par les moyens les plus extrêmes*. Un message que ce personnage avait, hélas, bien reçu.

Les *bleus* ayant fini par connaître d'importants succès militaires, il ne restait plus comme forces vendéennes que l'armée de Charette contre laquelle des opérations devaient être engagées au début de l'année 1794. En attendant, le sieur Carrier décida d'ordonner une répression impitoyable qui permettrait dans le même temps de vider les prisons pour ne pas avoir à nourrir les nombreux détenus… Horrible calcul ! Il devait écrire au Comité de salut public pour montrer qu'il avait bien compris sa mission :

> *J'enverrai un ordre impératif de mettre à mort, dans tous les pays insurgés, tous les individus de tout sexe qui s'y trouveront indistinctement, et d'achever de tout incendier.*

C'était le lancement d'un génocide où Carrier prit en charge lui-même les opérations dans la ville de Nantes.

Le 4 décembre 1793, ledit Carrier et les principaux membres du comité révolutionnaire de la ville se réunissaient et décidaient de constituer un jury chargé de dresser une liste de proscrits. Et dans un premier temps, un groupe de plus de trois cents noms était établi. Il ne restait plus qu'à ordonner l'exécution. Carrier imagina alors un procédé radical consistant à noyer ces désignés, qu'il appela avec un cynisme odieux le *baptême patriotique*. La solution fut mise en œuvre et les condamnés embarqués sur des barques à fond plat qui furent coulées au milieu de la Loire, au niveau de Chantenay. Les exécutions avaient lieu de nuit par discrétion, mais de façon imprévue les corps se mirent ensuite à flotter en surface aux yeux des Nantais. Les premières victimes furent des prêtres réfractaires. Par la suite, il y eut des nobles, des Vendéens et des détenus de droit commun. Parfois, les soldats pratiquaient ce qu'ils appelaient le *mariage républicain*, qui consistait à attacher nus un homme et une femme. Ces dernières suppliaient qu'on leur laissât une chemise, ce qui leur fut refusé. Leurs vêtements, leurs bijoux, leurs assignats devaient être vendus le lendemain au plus offrant.

De décembre 1793 à février 1794, il y eut entre sept et onze noyades, faisant selon diverses estimations de trois à quatre mille huit cents victimes. Les cadavres devaient polluer l'eau du fleuve, à telle enseigne qu'une ordonnance de police dut interdire de boire l'« eau de la Loire que les cadavres ont infectée ».

Ces noyades contribuèrent donc à aggraver l'épidémie de typhus qui commençait à sévir en ville. De nombreux habitants de Nantes, y compris des républicains, furent horrifiés par ce climat de terreur que faisait régner Carrier et ils accueillirent avec un certain soulagement l'annonce de la mort sur l'échafaud le 16 décembre 1794 de ce triste sire… *Qui vit par l'épée périra par l'épée*, conclurent alors les chrétiens, citant ce proverbe biblique.

*

En se réfugiant à Nantes, Louise ne pensait pas y trouver un tel climat de terreur. Fille d'un marquis recherché par les citoyens de Quimper, femme d'un émigré participant à l'insurrection, amie des La Paumelière et proche de Stofflet, elle avait tout pour être inscrite sans procès sur les listes de Carrier. Elle prit peur : elle n'avait aucune envie de finir ses jours dans la *baignoire nationale*, comme appelaient la Loire les bourreaux révolutionnaires. Elle décida de se cloîtrer dans son pied-à-terre et de ne plus mettre le nez en ville. Elle était consciente que, même déguisée en femme du peuple, son physique et son accent la trahissaient : des siècles d'hérédité aristocratique, une éducation privilégiée, une alimentation abondante et saine lui avaient façonné une apparence qu'elle ne pourrait dissimuler.

Elle avait par chance découvert en arrivant dans son immeuble que la concierge était une brave femme, une chrétienne pratiquante, royaliste de surcroît et bien sûr horrifiée par les agissements des républicains. Thérèse Moreau était une personne entre deux âges issue d'un milieu simple, campagnard, que Louise sut séduire dès leur premier contact. La bonne Thérèse comprit tout de suite les dangers qu'encourait cette dame dont elle devinait le rang : elle lui suggéra de garder la chambre et lui proposa de lui faire ses courses… et même de lui cuisiner ses repas – ce que Louise, habituée à être servie, ne savait pas faire.

Et au fil des jours, les deux femmes, malgré leur écart d'âge et leur grande différence sociale, se lièrent d'amitié. Louise, élevée au Vau de Quip, savait être simple et parler aux petites gens. Thérèse lui voua vite un véritable culte. Elle la tenait au courant de tout ce qui se passait et se disait en ville, qu'elle apprenait en faisant les courses, lui racontant les crimes perpétrés par les républicains. Dieu merci, Louise n'avait pas de problèmes financiers : sa mère, quand elle était au Lavouër, lui avait fait parvenir par un valet de confiance un pécule sur lequel elle vivait depuis, en faisant attention.

*

Louise resta ainsi recluse deux mois durant. Elle trouva le temps très long. Elle lut beaucoup, Thérèse réussissant à lui acheter discrètement quelques livres, évitant d'attirer l'attention.

C'est seulement à la fin février qu'elle osa commencer à s'aventurer un peu en dehors, d'abord prudemment car elle redoutait encore les révolutionnaires, mais surtout l'épidémie de typhus dont il se disait qu'elle avait fait dix mille victimes – ce qui était beaucoup sur une population d'environ quatre-vingt mille habitants.

À la mi-mars, elle décida la mort dans l'âme de rentrer au Lavouër, jugeant que ce n'était pas le moment d'attirer l'attention des républicains en allant réclamer la levée du séquestre frappant ses propriétés. Elle laissa la garde de son logement à la brave Thérèse, s'engageant à revenir quand la situation à Nantes serait plus sûre. Et elle regagna sans encombre les Mauges.

Dès son arrivée au Lavouër, Louise fut frappée par la tristesse perceptible sur les visages des domestiques. Elle devina qu'un drame venait de se produire. Elle en eut la confirmation en retrouvant une Anne-Thérèse en larmes qui lui annonça la mort de son mari : Louis-Charles avait été fait prisonnier et, après un procès expéditif, passé par les armes à Angers le mois précédent. Les deux femmes tombèrent dans les bras l'une de l'autre et sanglotèrent de concert. Louise éprouvait un réel chagrin : elle avait beaucoup apprécié cet homme et trouvait cruelle cette mort à vingt-neuf ans à peine.

Cela dit, Louise pensa que le Lavouër était devenu un endroit dangereux. Les républicains savaient que c'était la propriété de Louis-Charles de La Paumelière et pouvaient penser y trouver un nid de *brigands*... La présence de l'abbé Bernier et de Stofflet n'arrangeait pas les choses. Ce dernier avait appris à Louise que Mme de Colbert était revenue dans sa propriété de Maulévrier, s'étant elle aussi désolidarisé officiellement de son mari, resté, lui, en Allemagne. Elle avait regagné la France quelques mois auparavant et, d'après Stofflet, s'était donné beaucoup de mal pour nettoyer et arranger sa maison très dégradée par les citoyens pillards.

Mme de Colbert accueillit avec joie l'idée de la venue de Louise : elle était très seule dans cette grande demeure et la présence de cette jolie jeune femme pleine de vie allait l'égayer. Elle répondit immédiatement par un message chaleureux à la lettre que Louise lui avait fait porter par un valet. Et celle-ci, après des adieux déchirants, laissa une Anne-Thérèse en pleurs pour prendre la route avec Ouragan. Elle reçut à Maulévrier un accueil charmant de la maîtresse de maison. Les deux femmes se racontèrent longuement leurs vies, tellement pleines de péripéties et de drames en cette période si troublée.

*

Puis la vie reprit son cours, ternie par l'annonce de deuils d'amis et de défaites successives des Vendéens. À fin juin 1794, ayant appris que la situation à Nantes était maintenant apaisée, Louise repartit, toujours en malle-poste, mue par cette volonté de récupérer ses biens. Elle obtint facilement un rendez-vous avec un responsable de l'administration républicaine. L'homme, à son étonnement, la reçut plutôt courtoisement, mais écouta avec scepticisme la plaidoirie de cette ci-devant.

Louise avait pourtant déployé tout son charme pour expliquer qu'elle ne partageait pas les opinions de son mari et qu'elle avait demandé et obtenu le divorce dès le départ de ce dernier pour l'étranger. Le fonctionnaire lui objecta que les femmes d'émigrés demandaient le divorce pour éviter un séquestre éventuel de leurs biens, mais qu'il n'était pas dupe de ces manœuvres. Louise insista sur la réalité des causes de cette séparation et souligna que le séquestre n'aurait dû concerner que les deux seigneuries normandes de son mari, et non ses biens propres à elle. L'homme hocha la tête sans prendre position. Ce n'était peut-être pas de son ressort. Puis il lui demanda où elle se trouvait ces derniers temps. Ce à quoi Louise lui répondit qu'elle se partageait entre un petit logement à Nantes et surtout le Lavouër et Maulévrier, où l'hébergeaient des amis. Le fonctionnaire parut peu convaincu et lui demanda de fournir des attestations écrites de citoyens des communes témoignant qu'elle y était bien domiciliée depuis près d'un an. En le quittant, elle pensa que l'homme ne ferait sans doute rien pour régler son problème.

Elle décida cependant d'obtenir ces attestations dès son retour à Maulévrier, voulant que le dossier fût complet. Mais elle avait compris qu'il lui faudrait s'adresser plus haut dans la hiérarchie républicaine si elle voulait avoir gain de cause… et s'armer de patience, ce qui n'était pas son fort !

Troisième partie

UN GÉNÉRAL RÉVOLUTIONNAIRE BEAU ET VICTORIEUX

« À la guerre, comme en amour,
il n'y a que le corps-à-corps qui donne des résultats. »
Blaise de Monluc (1500-1577)

Lazare Hoche

Fin 1794

Plusieurs mois s'étaient écoulés sans apporter de solution aux problèmes de Louise. Sa vie à Maulévrier durant cette période avait été plutôt calme, agréable même, bien que la jeune femme rongeât son frein, attendant une quelconque opportunité qui lui permettrait de reprendre son combat… mais rêvant aussi d'un retour à une société qui rendrait l'existence plus facile, moins dangereuse et surtout plus amusante ! Elle aimait rire, danser, séduire et s'en sentait privée. Son amie Mme de Colbert était, elle, sérieuse, presque austère. Séparée de son mari resté en Allemagne, elle ne souhaitait pas sortir. Il faut dire que les circonstances ne s'y prêtaient guère et que ces deux aristocrates s'efforçaient de garder profil bas.

Une nouvelle parvenue fin novembre 1794 à Maulévrier lui apprit la nomination au début du mois, à la tête des armées de Cherbourg et de Brest réunies, du fameux général Lazare Hoche – un homme à la réputation brillante, connu pour ses succès militaires et sa modération, et dont on disait que sa mission était de parvenir à *pacifier l'Ouest.* Un grand espoir s'empara de Louise : ce général dont on vantait aussi la prestance pouvait sans doute, si elle parvenait à le rencontrer, l'aider à régler son problème. Elle décida de tout faire pour obtenir une audience et le convaincre de l'aider à défendre sa cause. Elle ne doutait de rien !

Elle prit le parti de regagner vite Nantes. Elle fut accueillie avec joie par la fidèle Thérèse, qui lui raconta les bruits circulant alors. Après la phase d'extrême terreur qui s'était achevée en février 1794, la ville avait pansé doucement ses plaies. La récente nomination de Hoche avait suscité beaucoup d'espoirs chez les modérés. Nantes bruissait d'informations contradictoires. L'on parlait de pourparlers secrets du général avec les Vendéens et les chouans, qui pouvaient éventuellement déboucher sur un cessez-le-feu et, peut-être après, la paix. Le seul point de consensus était l'attente que tous, pour diverses raisons, plaçaient dans ce chef des armées, si jeune, si prometteur. Louise, en proie à son idée fixe, s'efforça d'en savoir plus sur son parcours et de trouver un lien pour l'approcher. Elle pensa à un parent, ce Kerstrat, proche des révolutionnaires, qui le connaissait peut-être. Jean-Hyacinthe de Kerstrat était pour elle un cousin du côté paternel qui, dès 1789, avait opté pour la Révolution, à telle enseigne qu'il s'était engagé dans la garde nationale parisienne. La mère de Louise, dans une lettre récente, lui avait raconté qu'il venait de s'établir pour quelque temps à Nantes. Elle l'avait bien connu dans sa jeunesse lors de ses séjours à Trévarez. Les Kerstrat habitaient non loin de là une jolie propriété, Trohanet, où elle s'était souvent rendue, y retrouvant toute une bande joyeuse : les Penguern, les Kersauson, les Jouan de Kervénoaël... C'était un garçon idéaliste qui avait vite adhéré aux idées nouvelles. Après son mariage, Louise l'avait un peu perdu de vue, son mari Antoine-Henry, royaliste convaincu, ayant du mal à accepter les choix politiques de Jean-Hyacinthe – ce que Louise avait regretté. Moins engagée en politique que son conjoint, plus libérale, Louise aurait volontiers continué à fréquenter ce cousin, un gentil garçon, agréable.

Dès son arrivée à Nantes, elle le contacta et ils se retrouvèrent avec joie. Jean-Hyacinthe avait mal vécu qu'une partie de sa famille et de son milieu lui tournât le dos alors qu'il considérait avoir fait le bon choix pour l'avenir de la France – même s'il déplorait les excès auxquels les révolutionnaires s'étaient livrés. Il les justifiait par l'accouchement difficile d'un nouveau monde. Et comme tout accouchement, disait-il, il se faisait dans la douleur. La radicalisation des révolutionnaires l'avait éloigné davantage de son milieu d'origine. Il se montra particulièrement heureux que Louise renouât avec lui, l'attitude de son mari l'ayant meurtrie alors qu'ils étaient amis avant la Révolution.

Ayant écouté sa cousine avec attention, il comprit son problème et trouva injuste que l'on ait mis ses biens sous séquestre alors qu'elle n'avait pas émigré et qu'elle avait divorcé – ce dont il la félicita. Il lui promit de l'aider. Il ne connaissait pas personnellement Lazare Hoche, mais il avait rencontré un membre de son état-major qui avait comme lui servi dans la garde nationale parisienne. Il pensait que par le truchement de cette relation, il pourrait sans doute obtenir pour Louise une audience.

Louise, pleine d'espoir, dut patienter… et espérer avec une fièvre croissante ce rendez-vous. Croyant toujours à sa bonne étoile, elle s'était convaincue qu'il aurait lieu et voulait le réussir. Elle s'efforça de rassembler toutes les informations possibles sur le général Hoche, sa vie et sa carrière : mieux valait bien le connaître avant de l'entreprendre !

*

Lazare Hoche avait donc été nommé le 1er novembre 1794 commandant en chef de l'armée de l'Ouest. Il était arrivé auréolé d'un prestigieux parcours militaire que même les chefs des *blancs*, pour la plupart d'anciens officiers des armées royales, respectaient et admiraient. Pour être des adversaires de la République, ils n'en restaient pas moins des patriotes et appréciaient l'homme qui avait vaincu les Autrichiens, entraînant leur départ d'Alsace, ainsi que celui des Prussiens. Grâce à lui, la France avait été libérée des occupants et cela comptait, même pour des officiers *blancs*.

Lazare Hoche était courageux, honnête, affable, brillant… et de surcroît très séduisant. Il avait la réputation d'aimer les femmes, dont il obtenait souvent les faveurs… ce qu'appréciaient les aristocrates : bien qu'ennemis, ils étaient les enfants du siècle des Lumières où le marivaudage avait été érigé au rang des beaux-arts. Il était grand, avait des traits fins, des manières parfaites et un sourire au charme certain. On oubliait vite ses origines modestes et que son père avait été palefrenier à la vénerie du roi.

À quatorze ans, il avait été reçu *aide surnuméraire* dans les écuries royales. Il se consacrait le jour à son travail et apprenait la nuit, étudiant dans des livres que lui offrait sa tante, fruitière à Versailles. À seize ans, en octobre 1784, il s'était engagé comme soldat puis avait été admis fusilier dans les Gardes françaises en novembre 1785. Son ascension avait été ensuite fulgurante. En janvier 1792, il obtient le grade d'adjudant sous-officier au 104e régiment d'infanterie. En mai, il passe lieutenant, en septembre il obtient ses galons de capitaine. Après une campagne d'hiver de 1792 à 1793 où il participe à la défense de Thionville, au siège de Namur puis celui de Maastricht, il devient l'aide de camp du général Le Veneur. Il est blessé à la bataille de Neerwinden, mais il y avait montré sa capacité militaire et sa grande bravoure. Le 15 mai, grâce à l'appui de Lazare Carnot, il est nommé adjudant-général chef de bataillon à l'armée du Nord. En août, il est envoyé défendre Dunkerque assiégée par les Anglais : il fait inonder la campagne autour de la ville, opère plusieurs sorties, ce qui oblige l'ennemi à se replier. Le 13 septembre, il est promu général chef de brigade. Il prend ensuite la tête de l'armée de la Moselle comme général de division et le 22 décembre, après avoir traversé avec ses troupes les Vosges, il attaque les Autrichiens à Woerth et Frœschwiller, les met en déroute tandis que ses lieutenants chassent les Prussiens du duc de Brunswick. Hoche est nommé à la tête des deux armées de la Moselle et du Rhin : il lance le 26 décembre une offensive contre les positions ennemies à Wissembourg, à la suite de laquelle les Autrichiens et les Prussiens, battus, évacuent donc l'Alsace.

Entre janvier 1792 et décembre 1793, en vingt-quatre mois, Lazare Hoche est passé de sous-officier à général de division. Il a vingt-cinq ans ! Mais la politique le rattrape. Saint-Just le poursuit de sa haine, craignant que ce général couronné de succès tente de s'emparer du pouvoir : Hoche est arrêté le 20 mars 1794 et ramené à Paris où il est incarcéré aux Carmes et à la Conciergerie. Il risque la mort, la guillotine, car on l'accuse de trahison comme membre du club des Cordeliers, dominé par Danton. Il ne sortira libre que le 4 août, après la chute de Robespierre. Et dès le 1er septembre 1794, il est nommé commandant en chef de l'armée des côtes de Cherbourg. Il va rétablir la discipline, adopter une tactique de mobilité contre la guérilla des chouans et signer le traité de La Jaunaye et les accords de La Mabilais, pratiquant une politique modérée de pacification vis-à-vis des royalistes.

Voilà l’homme prestigieux dont Louise espère le secours. Elle est absolument convaincue que le destin l’a mis sur sa route.

Première rencontre

Fin 1794

La réponse arriva vite, plus rapide que Louise ne l'espérait. Une estafette vint lui apporter à domicile une convocation à se rendre au quartier général des armées républicaines le 24 frimaire an III – le 14 décembre 1794 dans l'ancien calendrier, que Louise ne pouvait s'empêcher d'utiliser encore. Le soldat, vêtu d'un impeccable uniforme bleu, lui précisa que le chef des armées de l'Ouest la recevrait à cinq heures du soir. Et il la prévint qu'elle avait intérêt à être bien à l'heure : le général Hoche, toujours pressé, avait horreur de l'inexactitude. Puis il ajouta en souriant avec un clin d'œil :

— Sauf parfois quand il reçoit une jolie dame !

Louise, ravie de cette convocation, ne put s'empêcher de rire.

Restée seule, elle s'étonna de se sentir aussi excitée à l'idée de rencontrer ce Lazare Hoche – un général révolutionnaire ! Elle ne pouvait s'empêcher de songer à la tenue qu'elle pourrait mettre. La plus séduisante possible, pour plaire à l'homme ! Allait-elle choisir une de ses robes de ci-devant d'avant la Révolution, ou se faire faire d'urgence, chez une modiste de Nantes, un ensemble plus dans l'air du temps ? Son choix était déjà fait. Elle avait une semaine devant elle pour en dénicher une de qualité et obtenir qu'elle tienne les délais. C'était amplement suffisant ! Restait à espérer qu'elle lui proposerait quelque chose à la mode, qui soit à la fois aguichant et convenable, seyant quand même à une femme seule, sérieuse, lâchement abandonnée par son mari émigré et spoliée de ses biens. Elle souhaitait plaire à cet important personnage, tout en l'attendrissant sur sa triste condition.

*

La semaine lui parut interminable et c'est d'un bon pas qu'elle se rendit, en cette fin d'après-midi du 24 frimaire, à l'état-major du chef des armées de l'Ouest. Une Louise bien *pimpelochée*, comme l'on disait dans l'Ancien Régime, et ayant revêtu sous une pèlerine, car il faisait froid en cette mi-décembre, la fameuse robe. La modiste charmante que lui avait indiquée une amie nantaise s'était donné beaucoup de mal et le résultat semblait satisfaisant à Louise. Se regardant dans la glace avant de partir, elle avait l'impression de voir la silhouette d'une déesse grecque. La robe était légère, fluide, un seul lacet sous les seins les mettant en valeur – d'autant plus qu'ils le méritaient, pensait-elle ! L'ensemble était raffiné, ravissant et certainement attirant pour un beau guerrier... Elle était excitée comme une jeune fille se rendant à son premier rendez-vous galant... ce qui n'était pas à proprement parler le cas !

Le quartier général de Hoche à Nantes était installé dans un palais de l'Ancien Régime... et Louise songeait en y pénétrant, après avoir montré patte blanche, que la République était *en meublé* dans la royauté : rien n'avait changé, tant des boiseries que du mobilier. Seul le drapeau tricolore rappelait que la République avait remplacé la monarchie. La jeune femme fut conduite directement dans le salon où le général avait établi son cabinet de travail. Malgré son assurance naturelle, Louise était un peu intimidée en pénétrant dans cette pièce au décor froid et solennel. Mais Lazare Hoche s'était immédiatement levé en la voyant entrer et, faisant le tour de son bureau, s'était avancé vers elle, avenant. La rumeur publique le disait séduisant, Louise le trouva beau. Il était grand, élancé, élégant. Son visage long et mince aux traits réguliers avait beaucoup d'attraits quand ses grands yeux bruns s'égayaient soudain d'un sourire enjôleur. On peinait à imaginer que cet homme à l'abord agréable était également un redoutable guerrier. Il s'était approché d'elle, demandant :

— Que puis-je pour vous, charmante petite citoyenne, ci-devant, je crois, Mme de Pontbellanger ?

Louise, tout de suite à l'aise, sentant inconsciemment derrière l'apparence du personnage important le mâle intéressé par la gent féminine, se mit à rire, de ce rire en cascade qu'elle savait excitant :

— Vous pouvez beaucoup, citoyen général : réparer une injustice !

Et elle avait ajouté, au bord de minauder :

— Et me faire plaisir !

Hoche l'avait regardée amusé, tandis qu'elle reprenait encore :

— Et je ne suis plus Mme de Pontbellanger, ayant divorcé de mon mari lors de son départ en émigration, mais la citoyenne Louise du Bot du Grégo.

— Et comment puis-je faire plaisir à la citoyenne du Bot ?

Louise, mise en confiance, se lança dans l'explication de son cas, de son souhait de faire lever le séquestre qui frappait ses propriétés. Elle s'efforça d'être la plus sympathique possible et d'éviter toute agressivité à l'égard des autorités de la République.

Hoche, devenu sérieux, l'avait écoutée le visage soudain grave.

— Ce que vous me demandez là, citoyenne, est difficile, dangereux même, dans le contexte politique actuel. Je vous rappelle que c'est une loi du 13 ventôse dernier qui a voté la mise sous séquestre des biens des suspects et leur distribution aux indigents. Comme femme d'émigré, vous êtes suspecte. Avant votre venue, j'ai fait étudier votre cas : vous êtes vous-même sur la liste des émigrés !

Louise s'écria vivement :

— Mais je n'ai jamais émigré, c'est un malentendu !

— Il faut le prouver.

— Je le ferai, et par ailleurs j'ai divorcé de mon mari quand il m'a abandonné pour partir en émigration...

— D'aucuns peuvent juger que ce divorce est un acte fallacieux destiné à tromper les honnêtes citoyens. J'ai le regret de vous dire que votre dossier n'est pas bon. La première chose à faire, la plus importante, est d'obtenir votre radiation de la liste des émigrés. Je vais essayer de le faire, mais je prends un risque. J'ai été arrêté et emprisonné pour avoir défendu mon chef, le général Le Veneur de Tillières. J'ai été par la suite acquitté, mais le coup n'est pas passé loin ! Je dois donc être très prudent. Il va falloir que vous me donniez d'abord des preuves que vous n'avez pas vous-même émigré. On ne pourra s'attaquer à la levée du séquestre de vos propriétés qu'après avoir prouvé que vous n'êtes plus suspecte d'émigration.

Louise, agacée, le coupa vivement :

— Je l'ai fait. J'ai fourni de nombreux témoignages de ma présence au Lavouër et à Maulévrier.

Il acquiesça, approbateur :

— C'est bien, mais insuffisant. Votre dossier remontera jusqu'à Paris et il me faudra fournir des preuves tangibles de votre loyauté à la République.

— Mais encore, mon général ? murmura-t-elle, inquiète.

Il sourit, resta un instant silencieux, avant de lâcher doucement :

— Il vous faudra m'accorder une faveur qui restera secrète…

Louise crut comprendre que Hoche lui demandait de devenir sa maîtresse. Elle réagit aussitôt :

— Citoyen général, bien que divorcée, ne croyez pas que je sois une femme légère qui monnaye ses charmes ! Je n'accorde pas mes faveurs en échange d'une simple reconnaissance de mes droits. Je ne suis pas celle que vous semblez croire !

Hoche se mit à rire sans retenue… Et ce faisant, ses traits perdaient le sérieux seyant à ses importantes fonctions et retrouvaient ceux de son âge – vingt-six ans ! Il en avait du mal à parler tellement il riait :

— Citoyenne, vous vous méprenez totalement sur mes intentions… Je ne veux pas attenter à votre vertu, en aucun cas ! Bien sûr je serais très honoré et heureux si vous m'accordiez vos faveurs, mais je ne les sollicite pas. Tel n'était point le sens de mon propos…

Louise, qui avait vingt-quatre ans, se mit à rire à son tour. Ils n'étaient plus, pour un instant, que deux jeunes s'amusant gaiement de ce quiproquo.

Une fois calmés, devenus sérieux, même si ce malentendu avait créé une légère complicité entre eux, Louise se tourna vers lui, cherchant à comprendre :

— Qu'attendez-vous de moi, mon général, quelle faveur puis-je donc vous accorder ?

Hoche la regarda un instant avant de parler et Louise devina qu'il cherchait ses mots. Cela l'inquiéta.

— Voyez-vous, citoyenne, plus que des engagements verbaux de loyauté à l'égard de la République, il faut que par des actes vous la souteniez. Nous sommes engagés dans une lutte contre les Vendéens, les chouans, une lutte sans merci de part et d'autre. J'œuvre, je vous le confie, à essayer de parvenir à la paix par les armes, mais aussi par la négociation. Mais tant que nous n'aurons pas réussi à sceller un accord avec les ennemis de la République, le combat continuera et vous devez vous engager clairement à nos côtés. Votre passé, celui de votre milieu ne plaident pas en votre faveur, vous devez donc me donner des preuves tangibles de votre ralliement à nos côtés.

Un silence s'établit que Louise rompit avec vivacité :

— Qu'attendez-vous de moi ? Vous n'allez quand même pas me demander de trahir des amis proches... ?

Hoche, le visage maintenant fermé, la regarda droit dans les yeux :

— Citoyenne du Bot, je connais le milieu dont vous êtes issue et me doute bien que nombre de vos amis sont proches des *brigands*. Je ne vous demande pas de les trahir, même si comme vous me l'avez dit vous partagez les idéaux de la République...

Il s'arrêta un instant et sa voix se fit grave :

— J'attends de vous que, si vous apprenez des mouvements de troupes envisagés par les Vendéens ou les chouans, des opérations prévues : embuscades, coups de main... vous m'en informiez. Si vous acceptez cette mission, je vous ferai tenir un laissez-passer valable dans tout l'Ouest vous permettant de vous déplacer et de quérir ces informations... Et je prévoirai une procédure établissant une liaison entre nous.

Louise avait écouté en silence, déchirée entre deux sentiments : l'envie très forte d'accepter cette proposition, convaincue que si ce tout-puissant général soutenait sa demande, elle sauverait ses propriétés...

De toute façon, elle en était sûre, les combats des royalistes étaient voués à l'échec ! Autant hâter la paix, ce qui épargnerait des vies, permettrait de revenir à une existence normale... et, pouvait-on espérer, vivre dans un pays réformé, plus moderne, plus juste ! Un rêve après ces horribles années. D'un autre côté, elle éprouvait une certaine honte à l'idée de livrer aux *bleus* des informations sur les mouvements des *blancs* – ces *blancs* dont elle avait été très proche et qui lui avaient fait confiance. Pourrait-elle accomplir cette mission en se limitant au minimum pour être crédible, essayer de naviguer entre les deux camps ?

Hoche, se rendant compte du dilemme où se débattait la jeune femme, reprit la parole doucement :

— Louise, si vous me permettez de vous appeler ainsi, j'ajouterai que si j'ai votre accord, je demanderai immédiatement la suspension du séquestre. Je pense pouvoir l'obtenir. Une mesure bien sûr momentanée en attendant la levée définitive par Paris, mais qui vous permettra de jouir à nouveau et très vite de vos propriétés.

— Très vite ? s'exclama-t-elle.

— Oui, un mois maximum, peut-être même moins ! Vous pourrez alors retrouver vos propriétés, en particulier le Vau de Quip en Allaire et Trévarez à Saint-Goazec qui, si j'ai bien compris, vous sont particulièrement chères.

— Oh, mon Dieu... murmura-t-elle.

Elle resta silencieuse un instant, avant de lâcher doucement :

— Mon général, si vous tenez cet engagement, je suis prête à vous aider...

— Citoyenne, je suis un homme d'honneur. Si j'ai également votre parole, vous retrouverez je l'espère vos propriétés le mois prochain !

— Vous avez ma parole. Je ferai de mon mieux, mais n'exigez pas l'impossible. Ce que vous me demandez là est très difficile. Cela me crée des problèmes de conscience.

— Je peux le comprendre... Je vous fais confiance.

Il se leva et, se dirigeant vers son bureau, il y prit une clochette qu'il agita vigoureusement. La porte de la pièce s'ouvrit et un soldat, son ordonnance sans doute, se présenta, claquant des talons. Louise le reconnut avec amusement – celui-là même qui était venu lui porter la convocation.

— À vos ordres, mon général ! hurla l'ordonnance.

— Martin, tu vas conduire cette dame au bureau de Guérin.

— Bien, mon général.

Ledit Martin sourit à Louise, tandis que son chef la raccompagnait jusqu'à la porte. Avant de la quitter, Hoche lui mit familièrement la main sur l'épaule :

— Au revoir, Louise. Guérin va vous donner le laissez-passer dont je vous ai parlé. Je vous recontacterai dès que j'aurai des nouvelles de votre affaire et nous nous reverrons prochainement. Ce peut être ici à Nantes, à Vannes ou à Quimper. Si d'ici là vous aviez une information importante à me communiquer, envoyez tout de suite un message au colonel Bonté, un officier qui m'est proche et saura me joindre. Vous le joindrez lui-même en lui écrivant à ce quartier général et l'on fera suivre immédiatement. Bonne chance, Louise, et soyez prudente !

Il accompagna ces derniers mots d'une pression de la main et retourna vers son bureau.

Deux minutes plus tard, Louise se retrouvait en face du citoyen Guérin : un fonctionnaire, ou plutôt un gratte-papier tapi derrière une mauvaise table. Elle se présenta et eut la surprise de voir l'homme sortir à l'instant d'un tiroir un document déjà préparé. *Hoche*, se dit Louise avec amertume, *était donc bien sûr de ma réponse*... Elle parcourut rapidement le papier officiel aux armes de la République, qui enjoignait de laisser se déplacer la citoyenne du Bot du Grégo dans tous les départements de l'Ouest de la France. Le document était daté de ce jour, le 24 frimaire an III, et signé de la propre main de Hoche. *Il a une jolie signature*, se dit-elle.

Tandis qu'elle regagnait à pied son domicile, elle s'efforçait de ne pas culpabiliser d'avoir pris cet engagement. Et déjà, elle échafaudait des plans pour trouver comment le tenir. Elle pensa à l'abbé Bernier, toujours bavard, toujours prêt à dévoiler les stratégies qu'il recommandait pour l'armée royale. Comme elle n'aimait guère l'homme, elle se sentait moins gênée de le trahir. Elle ne pouvait aussi s'empêcher de songer à Hoche, si puissant, si séduisant aussi... Elle ressentait encore l'ultime pression amicale qu'il lui avait faite sur l'épaule en l'appelant par son prénom. Et tant pis s'il était jeune marié : elle savait inconsciemment que, s'il le lui demandait, elle lui accorderait ses faveurs. Elle ne put s'empêcher de sourire à cette idée et au quiproquo au fond révélateur de leur possible relation qui les avait bien distraits tous les deux.

Une mission réussie

Début 1795

Louise ne devait revoir Lazare Hoche qu'un mois plus tard. Un laps de temps où, forte de sa liberté de se déplacer à sa guise grâce à ce laissez-passer, elle put aller et venir dans tout l'Ouest – pour le plaisir de rencontrer des proches et amis dont elle avait été privée, mais aussi en quête d'informations pouvant intéresser Hoche et justifier leur accord.

Elle se rendit en priorité au Grégo pour retrouver sa mère et surtout son petit Charles-Félix, âgé maintenant de sept ans. Sa mère, bien que les deux femmes fussent peu liées, lui fit un accueil chaleureux. La séparation avait atténué leurs désaccords et ces retrouvailles, dans cette époque troublée, furent pour elles deux un moment privilégié. Charles-Félix en revanche ne sembla pas reconnaître sa mère et ne manifesta aucune affection – au fond un juste retour des choses qui peina cependant Louise. Elle était assez lucide pour comprendre la réaction d'un enfant qu'elle avait délaissé et se promit de tenter d'être plus présente pour lui… ce qui devait se révéler difficile.

Elle resta une semaine au Grégo puis décida de se rendre au Lavouër, espérant y retrouver l'abbé Bernier et Jean-Nicolas Stofflet, et pouvoir leur soutirer des informations utiles à Hoche. Il lui était indifférent de faire du tort à l'abbé qu'elle n'aimait pas et dont elle soupçonnait l'ambition, pour ne pas dire l'arrivisme. Il n'était pas question en revanche de nuire à Stofflet, qui l'avait aidée. Il allait lui falloir naviguer habilement.

Anne-Thérèse de La Paumelière parut ravie de voir revenir pour quelques jours cette jeune personne pleine de vie qui allait rompre la solitude de son veuvage. Louise lui raconta sa vie à Nantes, la terreur qu'elle y avait connue, le lent retour ensuite à la vie normale. Elle se garda d'évoquer sa rencontre avec Hoche. Elle lui expliqua que ses affaires avançaient et que l'administration républicaine, tenant compte de son dossier en cours et de ses attestations de résidence à Neuvy, lui avait donné un laissez-passer, en attendant la levée du séquestre. Anne-Thérèse ne chercha pas à en savoir davantage et se réjouit pour elle de sa liberté retrouvée.

Louise était depuis dix jours au Lavouër quand Stofflet vint s'y réfugier. Il était seul et semblait désemparé tant physiquement que moralement : il avait maigri, ses joues s'étaient creusées et son visage mal rasé était sombre. Les deux femmes s'efforcèrent de le réconforter, lui servant un repas copieux qu'il avala en silence mais avec avidité. Il finit par leur demander si elles avaient des nouvelles de l'abbé Bernier. Leur réponse négative le désappointa visiblement. Au bout d'un moment, Anne-Thérèse ayant à faire, elle avait quitté la table et Louise était restée seule avec lui. Elle s'efforça de mettre l'homme en confiance, évoquant la terreur à Nantes, le séquestre de ses biens. Elle se montra comme toujours habile et le chef des chouans finit par se détendre auprès de cette femme chaleureuse. La fatigue, le désarroi aussi, la solitude peut-être l'amena à se livrer. Il lui raconta la tragédie de la virée de Galerne, le désastre de Savenay, les défaites qui s'enchaînaient, ses troupes qui se débandaient… Le couvercle semblait s'être levé sur un trop-plein de déceptions, d'illusions perdues, d'amertume. Cet homme d'habitude silencieux devenait soudain prolixe, éprouvant le besoin de s'épancher. Louise s'efforçait de ne pas interrompre ce monologue, se contentant de hocher par moment la tête, de relancer parfois le récit d'une interjection. Elle ne pouvait s'empêcher d'éprouver une certaine pitié pour ce chef, ce *généralissime des armées royales*, dont elle avait dans le passé admiré le combat – un combat qu'elle savait aujourd'hui perdu.

L'amertume de Stofflet se transformait maintenant en colère, tandis qu'il évoquait ses différends avec Charette, le commandant de l'armée catholique et royale du Bas-Poitou et du pays de Retz. Des différends stratégiques concernant la poursuite de la guerre mais aussi, Louise le devinait derrière le discours rationnel, martial, un différend social. Stofflet, un ancien garde-chasse issu du peuple, proche de ses hommes, n'appréciait guère Athanase de Charette, ce grand seigneur aux manières aristocratiques, cet homme léger à ses yeux, entouré de jolies femmes. Il lui reconnaissait une certaine bravoure tout en détestant ses choix militaires qui allaient conduire, il en était sûr, au désastre final. Stofflet avouait maintenant avoir perdu l'espoir de gagner cette guerre et que l'heure était sans doute venue de négocier avec les républicains une paix dans l'honneur.

Louise décida alors de jouer son *va-tout*. Elle interrompit le monologue du chouan pour lui confier avoir rencontré Hoche à Nantes dans le cadre de sa négociation pour lever le séquestre de ses biens. Elle avait trouvé un général modéré, humain, souhaitant la fin de la guerre et une pacification de tout l'Ouest. Hoche lui avait semblé prêt à accorder une amnistie générale aux insurgés et à leur garantir la liberté de pratique religieuse. Stofflet l'avait écoutée avec attention, avant de lui dire :

— Quelques contacts ont déjà été pris avec les républicains, mais si ce que vous dites se révèle exact, je suis prêt à ouvrir des négociations officielles...

Après l'avoir encouragé dans ce sens, Louise le laissa : l'homme, épuisé, souhaitait aller se reposer.

À peine seule, elle se précipita pour aller écrire à Hoche. Elle lui fit un compte rendu détaillé de sa conversation avec Stofflet et insista sur le sentiment qu'elle avait eu du désarroi de l'homme, de sa volonté réelle d'arrêter les hostilités. Elle recommanda au général d'ouvrir aussitôt des pourparlers avec le chef royaliste : *une occasion à ne pas manquer*, osa-t-elle même écrire.

Elle plaça sa lettre dans une enveloppe scellée destinée au colonel Bonté et mis celle-ci dans une autre enveloppe adressée elle à Thérèse, à charge pour elle d'aller remettre en mains propres la missive destinée au colonel Bonté. Elle avait toute confiance en la loyauté de sa domestique. Il ne lui restait plus qu'à attendre la réaction de Lazare – car c'est ainsi qu'*in petto* elle appelait « le général en chef des armées de l'Ouest ». Un Lazare auquel elle repensait plus que l'honnêteté l'autorisait.

*

La réaction de Hoche ne se fit pas attendre. La lettre de Louise lui était parvenue en quatre jours après son envoi, alors qu'il était encore à Nantes, sur le départ pour Quimper. Sa réponse arriva au Lavouër dès le surlendemain, apportée par un émissaire spécial, prétendument envoyé par l'administration républicaine dans le cadre de l'instruction de son dossier.

Le général, dans sa missive, félicitait chaleureusement la *citoyenne Louise du Bot* de l'information précieuse qu'elle lui avait communiquée et qui venait confirmer celles de ses services de renseignement. Elle allait l'amener à officialiser rapidement ses contacts avec Stofflet et à chercher à signer le plus vite possible un accord. Louise, qui s'était sentie mal à l'aise d'avoir livré à Hoche cette conversation intime avec Stofflet, se rassura en pensant qu'elle avait œuvré en faveur de la paix et que son indiscrétion allait épargner bien des vies et des souffrances. Elle retrouva donc bonne conscience et cela l'encouragea à persévérer dans la mission que le général républicain lui avait confiée.

La fin de la lettre de Hoche devait compter surtout pour elle. Il lui enjoignait de venir le retrouver au plus tôt à Quimper, où il allait s'établir, maintenant. Il avait une bonne nouvelle à lui communiquer. Pour ce faire, il lui demandait de prendre contact avec le colonel Bonté – ce que fit Louise en se rendant en toute hâte à Nantes. Bonté la reçut tôt le matin au quartier général des armées républicaines, dans le bureau même de Hoche. De taille moyenne, presque râblé, son corps donnait une impression de force tandis que le visage avenant, souriant, exprimait la sympathie. Il avait un physique certes moins exceptionnel que celui de son chef, mais dans son genre plus humain assez séduisant, en tout cas aux yeux de Louise.

Il expliqua en quelques mots à celle-ci les desiderata du général. Ce dernier voulait rencontrer la citoyenne du Bot à Quimper dans trois jours en fin d'après-midi. Pour des raisons de sécurité – celle de Louise, Hoche lui demandait de le retrouver habillée de façon très discrète à son domicile quimpérois. Il trouvait trop dangereux de la faire venir à son quartier général, où de nombreuses personnes pourraient la reconnaître. Bonté ajouta qu'il mettait à disposition de la jeune femme une voiture légère et rapide et si elle le souhaitait, pour sa protection, une escorte de hussards qui l'accompagnerait à cheval. Louise, ravie, remercia chaudement le colonel et accepta sa proposition. Elle regagna vite son appartement, prit quelques affaires, notamment de quoi être élégante pour revoir *Lazare*. En tout début d'après-midi, la voiture et son escorte, six superbes cavaliers en tenue de hussards, se rangeaient devant le domicile de la citoyenne du Bot, à l'étonnement des voisins.

Louise, après avoir embrassé une Thérèse émue, donna l'ordre du départ. Et fouette cocher, le convoi s'ébranla et quitta *à bride abattue* la cité nantaise.

*

Louise devait garder le souvenir d'un voyage épuisant. La jeune femme et son train mirent deux jours et demi à parcourir les quarante-huit lieues de Nantes à Quimper. Des heures à être secouée, à connaître des arrivées tardives, des départs matinaux. L'ordre de mission du général en chef des armées de l'Ouest faisait merveille, ouvrant les portes des auberges-relais de poste. Pour le reste, le chef de l'escorte, le maréchal des logis Rousseau, un homme peu bavard mais efficace, assurait l'organisation matérielle, réglant la question des étapes, des chevaux… Louise, habituée à gérer sa vie, se sentait prise en main sans possibilité de discussion. Elle se résigna au rôle de colis – un colis pour lequel le général avait visiblement donné des instructions comminatoires.

Elle arriva à Quimper le 25 nivôse dans la soirée. Elle se sentait sale et fatiguée. Dieu merci, Rousseau l'avait conduite à une bonne adresse : le palais de l'Évêché, qui avait été racheté en 1792 par le sieur Jacques Bonnaire, propriétaire du Lion d'or, qui en avait fait un établissement de qualité. Le général lui avait réservé un appartement vaste, propre et meublé avec recherche. Louise put enfin faire sa toilette, s'offrir un souper agréable et passer une longue nuit réparatrice. Elle se sentait prête, en se réveillant détendue, à revoir Lazare Hoche.

Amour, amour, quand tu nous tiens...

15 janvier 1795

La nuit était tombée tôt. Au mitan de ce mois de nivôse, à six heures du soir, il faisait sombre dans cette rue de Kéréon que Louise connaissait bien. Elle était souvent venue à Quimper depuis Trévarez et avait toujours aimé cette petite voie animée, où l'on trouvait aussi de beaux hôtels particuliers, hélas désertés par leurs propriétaires partis à l'étranger.

Elle suivait Martin, l'ordonnance du général Hoche. Il marchait d'un pas martial et elle peinait derrière lui : les jolies chaussures à petits talons qu'elle étrennait pour l'occasion lui rendaient la marche difficile sur les pavés inégaux. Elle pestait contre le jeune militaire, se demandant s'il ne le faisait pas exprès. Les rares passants qu'ils croisaient regardaient avec curiosité ce militaire fringant dans son bel uniforme et cette femme emmitouflée dans une lourde cape, au visage caché par la capuche, qui trottait derrière lui.

Martin était venu la chercher à cinq heures et demie au palais de l'Évêché. Elle n'était pas prête, n'ayant pas fini de se préparer. C'était une faiblesse dont elle était coutumière. Elle se dépêchait, s'en voulant de ce retard : elle se souvenait que, lors de leur première rencontre, Martin lui avait dit combien Hoche détestait l'inexactitude. Mais c'était plus fort qu'elle : chaque fois qu'elle se regardait dans le miroir, elle cherchait à améliorer son œuvre encore à l'ancienne mode – la blancheur de son teint, la disposition d'une mouche... Elle se savait belle, mais voulait l'être le plus possible pour plaire à Hoche. Son objectif officiel était d'obtenir son appui total dans son interminable combat pour ses propriétés. Lucide cependant, elle se demandait si elle ne cherchait pas aussi à séduire cet homme très attirant... Une deuxième nature, chez elle ! Et cette incertitude sur la réalité de ses objectifs l'excitait.

En descendant à la réception de l'établissement, elle avait tout de suite reconnu Martin dans le militaire qui l'attendait pour la conduire au domicile du général. En la voyant arriver, le soldat l'avait saluée respectueusement mais Louise avait noté dans son œil malicieux un petit éclair d'ironie amusée, comme s'il était complice... *Ce garçon*, songea-t-elle, *est peut-être habitué aux bonnes fortunes de son chef !* Et cette pensée lui fut un instant désagréable. Mais elle s'empressa de l'écarter et répondit d'un sourire au salut de Martin.

*

Rien ne signalait à l'attention du public le domicile de Hoche, n'eût été la présence de deux factionnaires assurant sa sécurité devant la porte d'un petit hôtel du bout de la rue de Kéréon. Une bâtisse du siècle précédent, l'ancienne résidence d'une famille de ci-devant nobles partie en émigration et dont Louise ne sut jamais le nom complet : des Tanguy de Ker-quelque chose. Les pauvres gens avaient fui sans doute rapidement, car dès l'entrée on avait le sentiment désagréable de pénétrer chez autrui : tout ou presque était resté en l'état ! Hoche n'avait modifié que ses appartements du premier étage, leur donnant une simplicité virile et républicaine.

Un domestique accueillit aimablement Louise. L'homme était poli et très Ancien Régime. *Pour être révolutionnaire, Hoche sait vivre!* se dit-elle avec amusement. Ce n'était pas le *sans-culotte* grossier et sans éducation. Le général était issu d'un milieu simple, il avait eu pourtant l'intelligence d'apprendre quelques règles essentielles de bienséance, sans tomber dans les afféteries de l'aristocratie versaillaise. Le valet, un flambeau à la main, conduisit Louise au premier et lui demanda de patienter un moment dans un salon aux jolies boiseries, mais nu et meublé de quelques vieux sièges à caractère utilitaire : la décoration n'était à l'évidence pas la préoccupation du maître céans. Un chandelier placé sur une commode éclairait mal la pièce.

L'attente ne fut pas longue, le temps pour Louise cependant de se dégager de sa capuche sans se décoiffer, puis d'ôter sa cape qu'elle posa sur une chaise voisine, tandis qu'elle s'asseyait dans un fauteuil ancien dit *à la reine*. Sa couturière nantaise lui avait fait une autre robe, toujours à la mode – une tunique blanche en laine à manches longues et à taille haute qu'elle portait avec une grande écharpe blanche. Un ensemble qui, cette fois encore, mettait en valeur ses seins. Elle aurait aimé porter l'un de ces petits chapeaux ou bonnets en vogue. La nécessité, à la demande de Hoche, de dissimuler son visage sous la capuche, avait rendu la chose difficile, mais laissait libre ses beaux cheveux auburn. Elle avait enfin acheté, toujours à Nantes avant son rendez-vous avec le sieur Bonté, une de ces bourses en taffetas assorti à sa robe qu'on appelait un *réticule* et qu'elle trouvait très élégante.

Elle avait eu à peine l'opportunité de prendre une pose avantageuse qu'une porte face à elle s'ouvrit dans la boiserie et que Hoche apparut – plus séduisant encore que dans son souvenir. Il était élancé et donnait immédiatement une impression de force et de vitalité, tandis que son visage exprimait, lui, un charme souriant, surprenant chez un tel chef de guerre. Il était de surcroît élégant, habillé d'un ensemble près du corps dans les bleu canard, entre vert et bleu, d'une veste de la même teinte, mais dont les grands revers étaient rehaussés de broderies d'or. De jolies bottes en cuir souple de couleur noire lui arrivaient à mi-mollet, assorties au foulard de son cou, noir également. Il portait, comme on le faisait désormais, ses cheveux longs libres et bien coiffés, mais grisonnants malgré son jeune âge – ce qui adoucissait encore des traits pourtant déjà affables.

Il s'était avancé vers Louise :

— Comment va ma belle citoyenne du Bot ? Venez dans mon cabinet, on y sera mieux pour échanger.

Et déjà il lui prenait la main et l'aidait à se lever. Puis, découvrant la cape et la bourse posées sur le fauteuil voisin, il lui avait conseillé :

— Vous devriez laisser vos affaires où elles sont. Vous n'en aurez pas besoin dans l'immédiat. Vous les reprendrez plus tard.

Louise le suivit et il s'effaça avec courtoisie pour la laisser entrer dans une pièce qui était à l'évidence son bureau. Un feu joyeux dansait dans une grande cheminée de granit, tandis qu'un chandelier éclairait une table encombrée de dossiers. L'un d'eux était ouvert et le fauteuil repoussé en arrière laissait deviner que l'occupant venait de quitter son travail.

Hoche lui fit signe de s'asseoir dans un canapé proche de l'âtre, ce qu'elle apprécia : il faisait froid et sa tenue, pour seyante qu'elle fût, n'était guère chaude.

Il régnait dans la pièce de taille modeste une douce tiédeur et elle se détendit. Le général, après l'avoir installée, était retourné à sa table. Il avait consulté un instant le dossier ouvert et en avait extrait un document, puis était revenu vers Louise.

— Citoyenne du Bot, avant de vous remettre ce certificat qui, je le pense, devrait momentanément vous satisfaire, nous allons en parler. Je voudrais vous exprimer mes remerciements pour l'information que vous m'avez fait tenir.

Hoche s'était adossé à la cheminée à quelques pas d'elle et lui souriait. Louise crut percevoir son odeur au-delà de celle du feu de bois – un mélange d'un fort effluve de cheval et d'une senteur masculine... Elle en éprouva un léger trouble, comme si elle avait commis une indiscrétion.

Cependant, le général républicain poursuivait :

— Grâce à vous, j'ai fait immédiatement reprendre un contact avec Stofflet, qui a réservé un bon accueil à mes émissaires. Je dois le voir seul à seul très prochainement en secret ! J'ai bon espoir d'arriver vite à un accord avec lui. Je crois l'homme droit, capable de tenir ses engagements. Je suis moins sûr de ses lieutenants et ses troupes... Si, en partie grâce à vous, nous pouvions parvenir à une paix durable, je vous en serais, citoyenne, infiniment reconnaissant... et la République aussi !

Il termina sa phrase par un léger sourire et vint s'asseoir sur le canapé à côté d'elle, tenant toujours le document à la main. Il reprit :

— Et maintenant, venons-en à vos affaires... Permettez-moi d'abord de vous demander si je puis vous appeler Louise. Je trouve ce *citoyenne du Bot* à la longue un peu pompeux !

Louise se mit à rire :

— Vous êtes non seulement autorisé, mon général, c'est même un ordre !

Un sourire fugitif et amusé éclaira ses traits avant qu'ils ne retrouvent leur sérieux naturel :

— Il ne vous a pas échappé, ma belle Louise, que la situation politique est actuellement un peu difficile… et que nous ne devons pas prendre de risques, ni l'un ni l'autre. Vous avez su sans doute que j'ai été incarcéré pendant quatre mois, soupçonné de menées contre-révolutionnaires, et n'ai été libéré qu'après la chute de Robespierre, le 9 thermidor dernier. Depuis, les choses vont plutôt dans le sens de la raison, mais il nous faut rester prudents… ne pas vouloir forcer l'allure. J'ai eu l'occasion d'évoquer votre cause avec un membre de la Convention, de passage dans la région. Je l'ai vu ici même il y a quelques jours. Je me suis porté garant de votre loyauté à la République et lui ai demandé comment faire avancer votre affaire. Je lui ai souligné en même temps le rôle que vous avez joué auprès de Stofflet et son importance pour la recherche d'une pacification de l'Ouest. Il m'a suggéré de procéder en deux temps. Tout d'abord, m'a-t-il dit : « La citoyenne du Bot doit constituer un dossier le plus solide possible qui suivra la longue voie administrative. Cependant, en reconnaissance du service rendu, on pourra lui obtenir un certificat provisoire qui ne lèvera pas le séquestre mais lui permettra de jouir immédiatement de ses deux propriétés – une forme d'usufruit en attendant la levée officielle du séquestre. Entre-temps, citoyen général, elle va devoir continuer à témoigner de ses sentiments républicains en vous communiquant des informations sur les Vendéens et les brigands chouans.

Faites bien attention, général, à ne pas être accusé de favoritisme, ce qui peut être considéré comme une forme de corruption. Rappelez-vous ce qui est arrivé à Fabre d'Églantine… » Voilà, ma chère amie, mot pour mot ce que m'a dit ce membre de la Convention qui partage mes idées et m'est donc favorable. J'ai donc fait établir sur-le-champ un document qu'il a aussitôt signé, puis j'ai donné mes instructions pour qu'à Quimper et à Vannes on soit prêt à vous laisser le libre usage de Trévarez et du Vau de Quip.

Il marqua un temps de silence avant de remettre à Louise le fameux certificat, dont la jeune femme s'empara, si l'on peut dire, avec avidité. Elle le parcourut puis regarda soigneusement les signatures, les cachets. Ayant ainsi vérifié que l'acte paraissait totalement en règle, elle se tourna, émue, vers le général :

— Comment vous remercier ? Vous n'imaginez pas ma joie, mon bonheur de pouvoir jouir à nouveau de ces deux propriétés que j'aime, où j'ai été élevée, où j'ai toujours vécu… Oui, comment vous remercier ?

Il sourit, se rapprocha d'elle et lui passa le bras le long du cou :

— En me donnant en guise de récompense un petit baiser ?

Elle ne s'attendait pas à un assaut aussi rapide, aussi direct, mais se laissa faire et lui tendit les lèvres. Le baiser ne fut pas petit mais long et profond et Louise, subjuguée, se laissa aller entre les bras de cet homme qu'elle désirait confusément depuis leur première rencontre.

Il desserra doucement son étreinte, lui sourit et, la prenant par la main, la fit lever :

— Venez, Louise, nous serons mieux dans ma chambre et moins à risque d'être découverts…

Il ouvrit une porte dans la boiserie qu'elle n'avait pas remarquée et l'entraîna dans une pièce plus petite, plus intime, où brûlait également un feu de bois. Elle se laissa faire et se retrouva aussitôt de nouveau dans ses bras, tandis qu'il commençait à la déshabiller.

*

La nuit était tombée depuis longtemps quand Hoche fit reconduire Louise au palais des Évêques. Une Louise fatiguée mais comblée par les assauts du fougueux général auxquels elle avait cédé, pour ne pas dire répondu avec une égale ardeur : ils n'étaient pas bien vieux ni l'un ni l'autre. Leur relation fut très vite accordée : un mélange de tendresse et de violent désir physique dans une impudeur partagée. Louise fut étonnée de découvrir cependant beaucoup de délicatesse de la part de ce grand guerrier, dans les travaux d'approche d'une place pourtant déjà prête à se rendre. Ils s'aimèrent à plusieurs reprises au cours des trois heures qu'ils passèrent ensemble. Ils se quittèrent apaisés mais non rassasiés. Alors qu'elle reprenait ses affaires dans le salon, il l'embrassa encore et lui fit promettre de revenir le lendemain, un peu plus tôt si possible pour qu'ils jouissent davantage de leur temps…

De retour à son hôtel, Louise se sentait un peu perdue par tout ce qui venait de lui arriver – l'obtention de ce certificat qui répondait dans l'immédiat à ses vœux, même s'il n'était pas encore définitif, et surtout ses amours passionnées avec Lazare Hoche. Elle se fit servir un souper léger qu'elle prit seule dans sa chambre, savourant ce tour imprévu du destin. Car elle se rendait bien compte qu'en cédant à la passion physique qu'elle éprouvait pour le beau général républicain, sa vie prenait un chemin sans retour.

Elle se leva tard le lendemain et alla se promener quelque temps dans les rues de Quimper, une ville qu'elle aimait. Le ciel était clair, le froid vif et cette marche lui firent du bien, lui permettant de remettre un peu d'ordre dans ses idées. Elle était assez lucide sur ses sentiments, sur son désir, pour assumer cette passion, s'y donner corps et âme tout en sachant que Hoche était marié et que cette aventure était a priori sans grand avenir. Autant la vivre intensément… et en tirer tous les bénéfices matériels possibles ! Elle vécut les heures qui suivirent dans une impatience croissante de retrouver Lazare, comme elle l'appelait maintenant, ne pouvant s'empêcher de penser sans cesse à lui.

L'heure du choix

27-28 nivôse an III : 16-17 janvier 1795

La deuxième nuit fut plus réussie encore. Leurs corps étaient maintenant accordés à l'unisson, leur entente parfaite. Lazare Hoche semblait très épris de *sa petite Lise*, comme il l'appelait. Elle se laissait aller à des bonheurs successifs : dans sa courte carrière amoureuse, elle avait connu plusieurs hommes – un mari, son bel officier de marine et quelques amants de passage, mais aucun d'eux, même le bel enseigne, ne l'avait rendue si heureuse, ne l'avait séduite à ce point. Il faut dire que Lazare Hoche avait tout pour plaire à la gent féminine. Au-delà d'être une figure illustre de la République, un héros ayant chassé hors de France Autrichiens et Prussiens, il était le charme même : il était gai, fin, plein d'esprit et simple de rapport. C'était un merveilleux amant : les nombreuses bonnes fortunes qu'il avait connues lui avaient donné une grande expérience des choses de l'amour et il savait se montrer soucieux du plaisir de sa partenaire avant de rechercher le sien. Louise avait l'impression de vivre un rêve.

Après le déduit, alors que leurs deux corps étaient encore pantelants, il avait fait monter dans sa chambre un souper léger et raffiné qu'ils avaient partagé – un de ces dîners aux chandelles qui ravit le cœur d'une femme amoureuse… et Louise l'était ! Plus encore qu'elle ne le pensait.

Le repas fini, il avait dès ce soir-là commencé à évoquer son passé, à livrer les raisons de son engagement, sa vision peut-être idéalisée de la République. Louise écoutait subjuguée cet homme illustre lui raconter sa petite enfance dans un milieu simple, sa vie à Versailles où son père était palefrenier à la vénerie royale – son admiration pour ce père et sa frustration en sentant l'arrogance, le mépris des grands seigneurs à son égard. Un sentiment de révolte qui n'avait fait que croître au fil des ans, tandis que ses lectures la nuit, encouragées par une tante, lui ouvraient l'esprit et lui faisaient comprendre le mélange d'injustice et d'inefficacité qui régnait à la cour. Louise, en l'écoutant, retrouvait les propres discours de son père quand il revenait à Trévarez à l'issue des séances de la loge maçonnique. Mais à la différence du marquis du Bot du Grégo dont la vie, le comportement n'était guère en cohérence avec ses idées généreuses, celles de Lazare Hoche avaient toujours été dans le droit fil de ses principes et de sa volonté de participer à la régénération de son pays – du royaume d'abord car, au début, il le croyait réformable, puis de la Nation quand il avait acquis la certitude que le poids du passé, le caractère sacré du roi, l'intransigeance de la haute noblesse, rendraient une évolution en douceur impossible. Seuls, s'était-il dit, une République et des hommes neufs pourraient changer les choses. Il était convaincant et Louise comprit sa démarche et son itinéraire.

Quand ils se quittèrent, tard ce soir-là, car ils s'étaient encore aimés après le souper, Hoche annonça à son amante que le lendemain serait, hélas, le dernier jour où ils pourraient se voir à Quimper. Il devait malheureusement reprendre le surlendemain la route et son existence par monts et par vaux... Ils resteraient en liaison, lui dit-il, par le truchement du colonel Bonté et se verraient chaque fois que ce serait possible. Puis il avait souri :

— Ma mie, comme dit la chanson des dragons, j'ai le cœur à l'aise quand vous êtes près de moi.

Comme elle avait répondu en serrant son corps contre le sien, il avait dit doucement, presque avec timidité :

— Ma petite Lise, je voudrais vous demander une faveur. Accepteriez-vous demain de rester ici la nuit durant et de dormir dans mes bras ?

Émue, elle l'avait embrassé et avait murmuré :

— Bien sûr, mon amour !

La journée du lendemain avait paru à Louise interminable. Pour la première fois de sa vie, elle se savait vraiment amoureuse. Il y avait bien sûr en arrière-plan de leur relation sa volonté d'utiliser la position éminente de Lazare dans la galaxie révolutionnaire, pour retrouver la jouissance de ses propriétés, mais ce n'était plus à ses yeux primordial. Elle aimait la bonté de son amant, sa personnalité attachante, son corps, sa merveilleuse façon de l'aimer. Elle avait hâte de le retrouver, de passer encore cette soirée avec lui, de dormir dans ses bras, mais en même temps elle s'angoissait à l'idée de la séparation qui suivrait. Des questions l'assaillaient… Continueraient-ils à se voir ou n'avait-elle été pour lui qu'une passade d'un homme à femmes ? Avait-il, en bon acteur, déroulé pour elle un scénario bien réglé tel celui d'une pièce de théâtre ? Se jouait-il d'elle ? Il paraissait pourtant si sincère… Était-il vraiment épris, comme son attitude semblait l'indiquer ? Le doute persistait ! Quels sentiments éprouvait-il pour sa jeune épouse, presque une enfant, avec laquelle il avait convolé à peine deux ans auparavant ? Elle se demandait si elle n'était pas pour lui qu'un agent de renseignement qu'il cherchait à s'attacher par les liens de l'amour. Mais dans le même temps, il paraissait si honnête, tellement épris ! Que penser, que croire... ?

Ces interrogations la taraudaient tandis qu'elle arpentait les quais de l'Odet, ce petit fleuve tranquille, cherchant à se calmer, à se prendre en main. Elle si lucide habituellement, si maîtresse de ses sentiments, si contrôlée, avait maintenant l'impression que son destin allait lui échapper.

Elle s'étonnait de se conduire comme une soubrette dans une pièce de M. de Marivaux ! Ce n'était pourtant pas son genre... et cette constatation renforçait encore le sentiment qu'elle aimait *pour de bon*, comme aurait dit son petit Charles-Félix.

La fin d'après-midi vint enfin. Elle ne put s'empêcher d'arriver en avance et dut attendre une demi-heure l'arrivée du beau Lazare – lequel, devant quitter Quimper le lendemain, avait dû régler encore quelques questions avant de quitter son quartier général. Il demanda à Louise de lui pardonner ce retard avec beaucoup d'urbanité. Fille de marquis, issue d'une famille de la haute et riche aristocratie bretonne, elle continuait à s'étonner de voir ce simple roturier s'exprimer et se conduire avec tant de civilités. Elle l'en admirait d'autant plus. Lui, devinant pour partie ses réflexions de ci-devant, s'en amusait... Mais l'heure n'était pas aux politesses : ils étaient affamés l'un et l'autre de leurs corps. Ils se perdirent bien vite dans une tornade de passion.

Après s'être aimés à plusieurs reprises, Louise s'émerveillant de la fougue de son amant, ils se reposèrent sur le lit, adossés à de grands coussins recouverts d'une jolie toile des Indes. Ils reprirent la conversation de la veille tandis qu'elle le regardait avec amour expliquer son engagement aux côtés des républicains.

— La mèche qui a mis feu à ma colère, ma petite Lise, je vous le redis, c'est la condition de mon père. Il valait mieux qu'un rôle de palefrenier, objet de mépris des grands seigneurs de la cour. C'était un homme bon, fin, intelligent et très habile de ses mains. Mais sa naissance lui interdisait de pouvoir sortir de sa condition. Enfant puis adolescent, j'en étais conscient et peiné pour lui... et d'une certaine façon cela me révoltait !

Il se tut un instant, perdu dans ses pensées, puis il reprit avec véhémence :

— Il n'y aurait pas eu la Révolution, j'aurais fini moi-même au mieux sous-officier... Je m'en rendais bien compte ! Mais les idées nouvelles ont triomphé et en deux ans, de façon incroyable, je suis passé de sous-officier à général !

Il prit l'air modeste :

— J'ai eu de la chance, ma mie ! Mais permettez-moi cependant de penser que j'ai apporté à la nation des victoires et bouté l'ennemi au-delà de nos frontières... Des victoires qu'une vieille baderne de ducs ou de marquis de l'Ancien Régime aurait été sans doute bien en peine de remporter !

Elle songea qu'il avait raison tout en lui caressant doucement le torse avec tendresse. Elle ne se souvenait pas d'avoir été si heureuse de sa vie.

— Que serait devenue la France sans vous, mon beau Lazare ?

Il haussa les épaules :

— Qui sait ? Le roi aurait négocié avec son beau-frère, l'empereur d'Autriche, et nous aurions sans doute perdu l'Alsace...

Il reprit plus sérieusement :

— L'un des grands acquis de la Révolution est de permettre à tout citoyen d'accéder à des postes en fonction de ses mérites et non de sa naissance. Ce n'est que justice, mais c'est aussi de l'efficacité ! Une chance pour le pays : la possibilité de faire accéder aux responsabilités des talents potentiels qui eussent autrement été perdus ! Ce fut mon cas, il y en aura bien d'autres. La roture est un réservoir de talents.

Elle le regarda avec passion, se pencha vers lui et l'embrassa :

— Je t'adore, mon beau général !

Il se mit à rire :

— Citoyenne, le brave abbé qui s'efforçait d'évangéliser les petits mécréants versaillais que nous étions nous reprenait toujours en nous disant sévèrement : *on n'adore que Dieu !*

— Et le brave abbé Salaun, le chapelain du Vau de Quip, me disait exactement la même chose !

Prenant l'air faussement sérieux, Hoche lui demanda :

— A-t-on le droit d'adorer l'*Être suprême* que l'on a fêté il y a moins d'un an, le 20 prairial dernier ?

Ils rirent de bon cœur, puis le général reprit avec conviction :

— Mais la Révolution a apporté bien plus que cette égalité des chances. Dans un royaume vermoulu, sans aucune unité ni logique administrative, elle a rendu cohérent l'impôt, payable en fonction du revenu, elle a supprimé les droits féodaux, mais aussi les péages et droits de douane… Elle a unifié les systèmes de mesure avec le mètre, le système décimal, des unités communes comme le gramme, le litre… Elle a créé les départements, rénové la justice, posé le principe de la présomption d'innocence, simplifié l'organisation des tribunaux…

Il s'arrêta un instant, craignant de l'ennuyer, puis reprit plus calmement :

— Ma belle Louise, je m'emballe ! Mais je suis convaincu de l'apport essentiel de la Révolution à un pays qui finissait par être paralysé par des systèmes incohérents, différents d'une région à l'autre.

Louise lui sourit avec admiration :

— Tout cela est vrai et était si nécessaire. Mon père et ses amis maçons en rêvaient, ne savaient comment s'y prendre !

— Et vous, citoyenne ? Où en êtes-vous à l'égard de la République ? Ma chérie, dites-moi la vérité. Quelle qu'elle soit, je suis prêt à l'entendre…

Elle hésita un bon moment avant de répondre :

— C'est compliqué, mon bel amour. J'étais très jeune, je venais d'avoir dix-neuf ans quand la Révolution a commencé. J'avais depuis un certain temps déjà adhéré aux idées nouvelles que Monsieur mon père évoquait devant moi : l'égalité des chances, l'allègement des charges, des impôts de toutes sortes, des corvées, la suppression de tous ces droits féodaux qui frappaient les laboureurs que je côtoyais et appréciais au Vau de Quip. En un mot, en écoutant le marquis mon père, je rêvais de voir le royaume se moderniser à l'instar du royaume d'Angleterre. Puis j'ai rencontré la reine à Versailles. Contrairement aux libelles, aux pamphlets qui circulaient, j'ai découvert une femme qui aurait aimé mener une existence simple avec ses enfants, près de la nature, loin de la cour… Elle m'a alors confié qu'elle aurait souhaité vivre *en particulière*, selon son expression. Marie-Antoinette a certainement commis des fautes, été légère, inconsciente, maladroite, mais je peux vous assurer que ce n'était pas quelqu'un de foncièrement mauvais.

Hoche, le visage fermé, ne répondit pas. Louise reprit :

— Quand les révolutionnaires ont commencé à s'en prendre à la famille royale, puis bientôt à mon père, qui a dû fuir à l'étranger comme nombre de mes connaissances, j'ai pris mes distances avec ces gens, ces citoyens dont je n'aimais pas la haine, la violence. Mais dans le même temps, j'appréciais les réformes entreprises... J'étais tiraillée entre un mari et ses amis qui commençaient à lutter les armes à la main contre la Révolution, me faisant moi-même participer, je vous l'avouerai, à des actions séditieuses... et mes propres sentiments qui m'inclinaient vers les réformes. Mais pourquoi fallait-il que tout cela se fît dans une telle violence ?

Le général la coupa :

— Ce n'est pas à une femme que j'apprendrai que tout accouchement se fait dans la douleur ! Je suis le premier à déplorer les excès, les déchaînements de haine, de violence ! J'en ai moi-même souffert, ayant été arrêté et emprisonné à deux reprises, échappant de peu à la lame de la guillotine... Louise ! Nous sommes en train d'accoucher d'un ordre nouveau, d'unse République qui sera à terme juste et exemplaire aux yeux du monde entier...

— Mais Lazare, comment par exemple justifier ce Carrier et ses abominables noyades ?

— Elles sont injustifiables et Carrier a fini par être lui-même guillotiné, le 26 frimaire an II, après Robespierre.

Ils restèrent silencieux tous deux un instant, avant que Hoche ne poursuive :

— Je crois que le pire est passé et que la République va enfin pouvoir se bâtir à terme dans la concorde et, je l'espère un jour, la fraternité. Ma mission est claire : ramener la paix. J'espère pouvoir la signer en partie grâce à vous avec Stofflet, puis avec d'autres. Il faut laisser aux gens la liberté de conscience, la pratique d'une religion s'ils le souhaitent. J'ai été frappé de constater que la mort du roi puis de la reine n'a entraîné aucune réaction particulière dans l'Ouest. Seuls les ci-devant aristocrates ont un peu réagi !

— Moi aussi, Lazare, j'en ai été étonnée, et je dois dire, ayant connu la reine, un peu attristée…

— Louise, l'Ouest ne s'est pas révolté pour le roi mais pour la liberté de conscience, la pratique religieuse et l'arrêt de la persécution des prêtres… et de surcroît contre la conscription ! Si je rassure les honnêtes gens dans ces domaines, ils accepteront de déposer les armes. Restera entière la question des émigrés et des autres membres de la famille royale qui voudront continuer à comploter depuis l'étranger pour abattre la jeune république et rétablir l'ordre ancien… leur monarchie vermoulue et dépassée ! Mais c'est un autre problème que nous réglerons par la suite, chaque chose en son temps…

Louise l'avait écouté, subjuguée : il semblait si sûr de l'avenir, si rationnel, tellement convaincant. Il répondait à toutes ses interrogations. Elle murmura impulsivement :

— Lazare, mon chéri, si vraiment l'époque de la terreur, de la guillotine, des noyades est révolue, si l'on peut jouir de ses biens dans une nation apaisée, je suis alors totalement à vos côtés et prête à vous aider pour rétablir la paix !

— Même si cela vous conduit à choisir clairement mon camp, celui des républicains, en cas de poursuite de la guerre ?

— Oui, je pense comme vous que ces conflits ont trop duré et que les combats sont maintenant stériles, sans issue. Il faut les faire cesser, par la négociation ou la force. Je vous fais confiance et vous serai loyale… totalement loyale !

Hoche l'attira à lui et le couple s'embrassa longuement, comme pour sceller à la fois leur union sentimentale et ce pacte politique qu'ils venaient de passer.

Ils soupèrent plus tard, de nouveau aux chandelles, avant de s'aimer encore. Louise ne devait jamais oublier cette soirée, et surtout cette nuit. Lazare Hoche s'endormit vite dans ses bras, tandis qu'elle restait éveillée. Voir ce grand chef de guerre serré contre elle, ronflant légèrement, l'attendrissait à l'extrême. Elle n'osait pas bouger de peur de briser ce moment de grâce où l'homme exceptionnel s'abandonnait comme un enfant. Elle repensait aussi à l'engagement qu'elle avait pris de se rallier clairement au parti de la République. Elle se réjouissait de l'avoir fait comme un don à cet amant qui, en quelques jours, avait changé le cours de sa vie. Et comme toutes les amantes passionnées, elle se prenait à espérer que leur amour puisse durer toujours. Peut-être se lasserait-il de cette petite oie blanche qu'il avait épousée deux ans auparavant, et finirait-il par lier sa vie à la sienne !

Engagements

Janvier 1795

Louise s'était crue forte : elle pensait avoir la maîtrise de ses sentiments. Il n'en était rien. Dans les jours qui suivirent, puis les semaines, elle ne vécut que dans l'attente d'un signe de son amant. Sa volonté de récupérer la jouissance de ses biens était passée au second plan, alors même qu'elle était à l'origine de sa rencontre avec le beau Lazare. Elle était prête à tout pour le revoir, connaître à nouveau ce bonheur physique qu'ils avaient partagé... mais aussi ces moments de grâce où cet homme brillant et tout-puissant lui livrait sans détour son passé, les raisons de son engagement politique et son idéal.

Voulant le satisfaire et espérant ainsi conserver son amour, elle s'impliqua fortement dans la mission qu'il lui avait confiée – obtenir le maximum d'informations sur les plans, les projets des chouans et des Vendéens – et participer ainsi, se disait-elle pour se justifier, au succès de la pacification que souhaitaient la Convention et son amant.

Au cours de ce premier semestre 1795, Louise voyagea donc beaucoup, essentiellement dans l'Ouest, et même quand cela se révéla nécessaire jusqu'à Paris. Forte du précieux document officiel portant la signature d'un membre du Directoire, qui lui permettait de se déplacer où elle voulait, elle alla rendre visite aux nombreux *ci-devant* résidant aux alentours de Nantes, Cholet, Redon, Vannes et Quimper. Elle était infatigable, dopée par ses sentiments pour Hoche, voulant lui plaire et espérant qu'il réagirait favorablement à son activité. Au passage, elle en profita pour s'arrêter dans ses principales propriétés, s'assurer de leur état et signifier tant à son personnel qu'aux autorités locales qu'elle en était toujours la patronne. Les gens, même les plus sectaires, l'avaient toujours respectée, et ceux dont elle était proche l'avaient appréciée. Elle était compétente, concrète et sans arrogance – un trait de caractère dont on lui savait gré, compte tenu de ses origines.

Ce document portant la signature d'un haut personnage de la République lui valait aussi la considération de la part des citoyens et il se disait dans les officines et les chaumières qu'elle était protégée par Hoche. Un puissant sésame, dans l'environnement politique de 1795.

Elle eut la bonne surprise de trouver Trévarez et le Vau de Quip dans une situation satisfaisante – surtout le Vau de Quip, où le régisseur Le Moigno avait eu à cœur de faire respecter par tous la propriété.

Louise prit un grand plaisir à retrouver ces lieux auxquels elle était si attachée. Elle avait la conviction maintenant qu'avec l'appui de Hoche, cette levée de séquestre deviendrait un jour définitive. Cela l'amena à retourner à Nantes et à Neuvy pour réunir les pièces nécessaires à l'avancement de son dossier.

Au cours de tous ces déplacements, elle réussit à s'arrêter à deux reprises pour quelques jours de repos au Grégo auprès de sa mère. Elle souhaitait aussi se rapprocher de son fils, qu'elle se reprochait de négliger. Malgré ses efforts sincères, peut-être maladroits, elle ne parvint pas à créer un climat de tendresse avec son petit garçon. Charles-Félix considérait Jeanne-Vincente comme sa vraie mère et se dérobait aux baisers et aux caresses que Louise tentait de lui prodiguer. Elle sortait à chaque fois meurtrie de ces rencontres et en gardait un fort sentiment de culpabilité. Une certaine jalousie aussi à l'égard de sa mère qui captait, consciemment ou non, l'affection de son fils. Elle ne faisait rien en tout cas pour favoriser la relation entre Charles-Félix et Louise.

Cette dernière finit par en prendre tristement son parti et multiplia les voyages… Des voyages qui lui servaient d'alibi : elle prétendait se battre pour *récupérer* ses biens dont la République l'avait dépossédée – un argument que la *bonne société* de l'Ouest pouvait comprendre. Elle renouait ainsi des contacts avec nombre de relations qu'elle avait perdues de vue au cours de ces dernières années. Les gens l'accueillaient à bras ouverts et compatissaient à ses malheurs. Elle était mondaine, jolie, affable. Elle excellait à se lier, à faire parler les uns et les autres, à prendre des nouvelles soi-disant sous le sceau du secret des maris, des fils, des cousins… Elle arriva ainsi sans trop de difficultés à établir un tableau assez précis des choix politiques de nombreux hommes de la région, de leur itinéraire depuis le début de la Révolution, de leur engagement, et même de leur localisation actuelle et de leur état d'esprit. Comme elle était brillante, elle était capable de réaliser des synthèses qui devaient se révéler très utiles à Hoche.

Obnubilée par ses sentiments et la volonté de lui plaire, prise aussi au jeu passionnant de l'espionnage, elle ne se rendait pas compte – ou ne voulait pas le savoir – qu'il y avait dans son comportement un abus de confiance. Elle profitait de l'amitié de ses amies, de la confiance qu'elles lui témoignaient pour leur soutirer ces renseignements qui pouvaient mettre la vie de leurs proches en danger. Elle souhaitait sincèrement la paix et voulait participer à l'extinction des derniers foyers de révolte dont elle jugeait le combat maintenant perdu.

Par le truchement du brave colonel Bonté ou de ses adjoints, elle envoyait régulièrement les renseignements qu'elle récoltait à Hoche. Il la remerciait par de brèves et chaleureuses missives, toujours par le même canal, des missives qui la transportaient de bonheur. Et comme toutes les amoureuses, elle doutait par moments, se demandant si la chaleur de ces messages n'était que de la reconnaissance pour son travail et une incitation à continuer... Et puis, son optimisme naturel reprenant le dessus, elle se mettait à rêver de nouveau à leurs futures rencontres. Elle faisait des vœux, s'engageant par exemple à donner de l'argent aux pauvres s'il l'appelait d'ici la fin du mois...

*

Réalisation de ces vœux ou hasard des déplacements de Hoche, le colonel Bonté lui transmit un message de son chef dans une lettre scellée et cachetée où le général lui donnait rendez-vous pour une nuit galante au début du mois de février 1795 à Nantes, là même où ils s'étaient rencontrés pour la première fois.

Louise retrouva son amant avec un bonheur indicible. Hoche était toujours aussi séduisant ! Elle eut le sentiment de l'avoir quitté la veille, effaçant d'un coup ces jours, ces semaines de séparation. Elle eut l'impression de reprendre le fil de leur relation, là où ils l'avaient laissé. Et le beau général, s'enhardissant, lui fit connaître des bonheurs physiques qu'elle n'imaginait même pas !

Au-delà de cette entente physique, elle aimait l'homme – ce mélange de qualités militaires et de délicatesse dans les rapports humains. Elle était fascinée par son intelligence et sa gentillesse à lui faire partager son idéal et les raisons de son engagement politique beaucoup plus modéré que ceux de nombreux républicains. Il l'aidait à ouvrir les yeux sur l'injustice et l'inefficacité flagrante de cette société de l'Ancien Régime dont elle était issue. Elle voulait à ses côtés participer à l'éclosion d'une nation nouvelle, à la mise en place de toutes ces réformes qui allaient permettre d'accoucher progressivement d'un monde moderne, efficace et juste ! Réformes politiques, administratives, organisationnelles, fiscales… Elle comprenait mieux le sens de la création des départements, de la préparation du système métrique, etc., qui viendrait remplacer la multiplicité des découpages géographiques et l'anarchie des systèmes de mesure différents selon les régions, souvent à quelques lieues près, mais permettrait aussi d'abroger l'injustice des impôts, des taxes, des dîmes, des astreintes médiévales…

À partir du moment où la liberté de pensée était assurée, comme celle de pratiquer sa religion avec un clergé indépendant – ce que lui avait garanti son amant –, elle ne souhaitait plus qu'une chose : la paix, lui donnant la possibilité de vivre libre et heureuse sur ses terres en retrouvant ses racines.

Après ces retrouvailles passionnées, ils soupèrent ensemble, devisant agréablement. Hoche lui confia que des accords allaient être signés prochainement avec les généraux vendéens, Charette et Sapinaud. Cette nouvelle justifia aux yeux de Louise son action et conforta ses espoirs de paix. Elle regardait avec admiration son grand homme, fière d'avoir pu l'aider. Ils dormirent cette fois encore ensemble.

La confirmation, dix jours plus tard, de la signature d'un traité, au manoir de La Jaunaye, l'encouragea à poursuivre son action aux côtés des républicains.

Ils devaient se retrouver à nouveau à la mi-mars. Entre-temps, Louise avait continué à lui envoyer des messages chaque semaine *via* le colonel Bonté – toutes les informations qu'elle avait pu glaner… –, y joignant des mots d'amour, un sentiment qu'elle ne lui cachait plus et qu'il semblait apprécier. Il était convenu qu'au cas où elle aurait pu avoir besoin de le voir d'urgence, le fidèle Bonté lui fournirait chevaux, voiture et cohorte.

Ce rendez-vous du début du mois de germinal eut lieu à la demande de Louise au Vau de Quip : elle rêvait de faire connaître à son amant ces lieux qui comptaient tant pour elle ! Afin de sauver les apparences, il arriva comme à l'improviste avec sa garde rapprochée et réquisitionna les communs pour loger ses hommes. Il s'installa lui-même dans la chambre principale du manoir au premier étage. Louise lui céda la place, jouant le jeu, et alla s'installer dans la pièce voisine… ce qui ne trompa sans doute pas grand monde, en tout cas pas Yves Le Moigno. Le régisseur connaissait sa patronne ! Louise se souviendra toujours de cette nuit qu'ils passèrent dans *sa propriété de cœur*… entre autres ce moment où, serrés l'un contre l'autre à la fenêtre de sa chambre, ils avaient regardé en silence la nuit descendre sur l'étang et la pleine lune se lever lentement.

Ce fut ce soir-là que Lazare lui offrit ce beau camée, taillé à son image, qu'elle s'engagea à porter sur son sein. Ce cadeau l'émut profondément, comme une marque d'amour, comme une alliance. Un cadeau auquel elle ne s'attendait pas. Elle le savait marié, *sans doute par convention*, se disait-elle. Elle était consciente du caractère interdit de leur relation. Elle vivait son bonheur dans l'instant mais ce camée lui conférait une dimension plus pérenne. Quand il lui eut attaché le bijou autour du cou, elle l'enserra dans ses bras et l'embrassa passionnément. Avant qu'il ne reparte le lendemain, elle l'amena au petit matin quelques instants au bord de l'étang, heureuse de partager avec lui cet endroit qu'elle aimait. Il repartit peu après, prenant la direction de Rennes. Elle regarda le cœur serré le beau général et son train s'éloigner bruyamment, tandis qu'un nuage de poussière les suivait. Elle entendit un moment le bruit des sabots et de la calèche.

Puis le silence revint, troublé seulement par les sons familiers de la campagne : le chant du coq, le hennissement d'un cheval, les hurlements d'Yves Le Moigno secouant un jeune trop lent à son goût… Elle remonta lentement dans sa chambre et se mit à pleurer : quand reverrait-elle Lazare ? Combien de temps dureraient leurs amours ?

Une paix précaire

Avril-mai 1795

Louise n'eut guère de nouvelles de Lazare Hoche dans les semaines qui suivirent. Il l'avait prévenue qu'il serait dans de difficiles négociations avec les chouans. Elle avait beau en savoir les raisons, l'absence de lettres ou de simples messages de son amant la minait. Elle espérait tous les jours voir arriver le courrier tant désiré et, quand le soir venait sans avoir apporté le moindre mot, elle se couchait désespérée. Bien que peu pratiquante, elle promettait à la Sainte Vierge et à tous les saints, avant de s'endormir, de dire des neuvaines si le lendemain arrivait un signe de son généralissime !

Les pourparlers de paix avec le représentant des chouans étaient compliqués. Le négociateur était un certain Pierre Dezoteux, qui se faisait appeler le *baron de Cormatin*, ayant épousé la baronne de Cormatin… dont il avait sans vergogne pris le titre et le nom ! Un aventurier qui avait réussi à être nommé major-général des armées catholiques et royales de Bretagne. À ce titre, il avait donc engagé des négociations avec les républicains dans le cadre de la politique de pacification voulue par la Convention et menée par Hoche. Cormatin n'avait la confiance d'aucun des principaux chefs chouans… et encore moins celle de Hoche ! Cependant, chacun souhaitant un armistice, les pourparlers avaient abouti le 20 avril 1795, les accords étant signés à La Mabilais, un manoir proche de Rennes.

Dans un bref message à Louise, Hoche lui dit sa satisfaction d'avoir obtenu une paix, dont il craignait cependant qu'elle ne fût précaire, ayant senti les véhémences et des arrière-pensées de la part de plusieurs chefs chouans. Il lui avouait avoir lui-même des doutes sur ce baron de Cormatin dont il soupçonnait la duplicité. Il suggérait à Louise de repartir d'ici la mi-mai pour Nantes et de remettre une supplique au représentant Bodin pour demander officiellement, une fois encore, la levée du séquestre de ses biens. Les circonstances politiques actuelles et ces accords de La Mabilais rendaient sans doute possible une issue favorable à sa demande. Il allait écrire à Bodin qu'il connaissait bien, pour appuyer sa démarche, ce qui, pensait-il, devrait faire avancer les choses.

Il terminait sa lettre en lui disant que sa femme l'avait rejoint momentanément à Rennes... mais il avait ajouté que *sa petite Lise* lui manquait beaucoup. Il allait devoir s'installer pour quelque temps à Quimper : il essaierait de venir passer une nuit voire un peu plus à Trévarez, malgré la distance.

À la réception de ce message, Louise fut à la fois heureuse et malade de jalousie : elle savait Lazare marié, mais la perspective de le savoir auprès de sa femme, cette petite oie blanche à peine pubère, la mettait hors d'elle ! Elle essaya de n'y plus penser et de vivre dans l'attente de leur rencontre à Trévarez. Pourrait-il s'échapper, se demandait-elle, faire ces vingt lieues aller et retour ? Devait-elle lui proposer de se rendre elle-même à Quimper, au risque de l'irriter ? Elle décida de rester à Trévarez et de jouer les Pénélope en attendant son Ulysse. Elle s'arma de patience, s'efforçant de ne pas douter de la sincérité des sentiments de son amant, et se laissa aller à son bonheur de retrouver son domaine.

Elle n'était pas là depuis plus d'une semaine quand arriva une lettre de sa mère qui la perturba. Jeanne-Vincente lui déclarait avoir revu par hasard la veille à Vannes son ex-mari, Antoine-Henry de Pontbellanger. Elle avait eu l'immense surprise de tomber sur lui à proximité de son appartement. Elle lui avait aussitôt proposé de venir prendre chez elle un rafraîchissement, ce qu'il avait accepté avec un plaisir évident. Il lui avait alors raconté qu'il venait d'échapper à la guillotine grâce aux accords de La Mabilais... Et comme elle s'étonnait, il lui avait narré son parcours depuis son départ du Vau de Quip en 1792. Un récit qu'elle voulait elle-même transmettre à Louise : Antoine-Henry était après tout son ancien mari et surtout le père du jeune Charles-Félix.

*

Comme Louise le savait, Antoine-Henry n'était guère resté à Coblence et avait rejoint Jersey, voulant continuer à servir la cause royaliste. Il pensait pouvoir y être plus utile qu'en Allemagne. Il y avait retrouvé nombre de ses amis émigrés, dont beaucoup venaient de Bretagne – notamment son propre beau-père, l'ex-mari de Jeanne-Vincente, Charles du Bot du Grégo. Ce dernier semblait s'être bien adapté à la vie dans l'île anglo-normande. Antoine-Henry pensait faire plaisir à la mère de Louise en lui donnant des nouvelles de son ancien conjoint, mais la dame avait tiré un trait depuis longtemps sur sa vie conjugale et fit comprendre rapidement au vicomte de Pontbellanger que la conversation prenait un tour qui l'indisposait. Il en revint donc à l'évocation de son propre parcours...

Après quelques semaines passées à prendre ses marques dans l'île, il avait rencontré le prince de

Bouillon et s'était placé sous ses ordres. Le prince de Bouillon s'appelait en fait Philip Dauvergne. Natif de Jersey, il était anglais et servait depuis plusieurs années dans la Royal Navy, où il avait connu une carrière rapide, participant à la guerre d'Amérique et à de nombreux combats maritimes. Les hasards d'une vie aventureuse avaient amené le *commodore* Dauvergne à rencontrer Godefroy de La Tour d'Auvergne, duc de Bouillon – une petite principauté perdue quelque part entre la France, la Belgique et le Luxembourg. Ce grand seigneur n'avait pas de postérité et s'en désolait. Philip Dauvergne sut lui plaire et le duc se mit en tête de l'adopter pour lui transmettre son duché. Dauvergne commença par casser son nom en *d'Auvergne* puis le duc chargea des généalogistes d'établir une filiation, prétendant que ce d'Auvergne appartenait à une branche lointaine de son illustre famille... Vraie ou fausse, cette parenté devait permettre au duc d'adopter le sieur Dauvergne. Les habitants de Jersey s'enorgueillirent de voir l'un des leurs devenir prince de Bouillon et le roi d'Angleterre entérina l'opération.

Philippe d'Auvergne était un brillant officier de marine, mais aussi un scientifique averti. La Navy fit confiance à cet homme exceptionnel et lui donna pour mission la défense de l'île, menacée par les révolutionnaires français. Il lui fut demandé en outre de mettre sur pied un réseau d'espionnage pour fournir à la Couronne *des informations sur les mouvements hostiles de l'ennemi*. Vu les sommes qui lui furent allouées pour recruter des espions sur le continent, on peut penser que l'on attachait à Londres beaucoup d'importance à son action !

En lien avec cette dernière mission, il devait fournir des armes aux chouans : fusils, munitions... Lesquelles seraient livrées en Bretagne, de nuit, en évitant les garde-côtes et les nombreuses patrouilles républicaines. Les émigrés étaient au courant du rôle éminent que jouait le prince de Bouillon et beaucoup d'officiers le harcelaient pour obtenir d'être débarqués en France et pouvoir rejoindre les chouans : il devait ainsi faire face aux sollicitations pressantes de ces Français et engager des dépenses importantes pour entretenir tous ces gens en attente de leur transfert en Bretagne. Enfin, la Couronne lui avait demandé d'apporter son soutien aux familles de ces émigrés qui à Jersey se retrouvaient dépourvues de tout. Le roi Georges III, avec élégance, se faisait un devoir de leur venir en aide.

Le vicomte de Pontbellanger était donc venu trouver le prince de Bouillon et s'était placé sous ses ordres. Sans barguigner, l'Anglais l'avait chargé d'assurer la liaison entre Jersey et les chouans de Bretagne – une mission qui convenait tout à fait à cet homme d'action qui rêvait de servir Dieu et son roi.

Malgré le danger, il s'était rendu à plusieurs reprises à Saint-Cast, rejoignant clandestinement les chefs royalistes. C'est ainsi qu'en janvier 1794, débarquant une fois de plus sur le continent en compagnie d'un certain Prigent porteur d'un courrier du gouvernement anglais destiné au commandant en chef des armées royales de Bretagne, le prince Talmont, ils s'étaient tous deux perdus dans une forêt proche de Laval. Le hasard avait voulu qu'ils tombent sur une petite unité de chouans commandée par le comte Joseph de Puisaye, lequel s'était emparé dudit courrier, se prétendant être le chef des fameuses armées. Ce devait être le début du rôle que s'attribua Puisaye ! Un rôle qui se révéla par la suite funeste à la cause des chouans et des émigrés… Ce fut lui qui investit Cormatin à ses hautes fonctions.

Antoine-Henry, cependant, en multipliant ces allers et retours courageux entre Jersey et le continent, finit par se faire capturer avec Prigent à Saint-Briac par un groupe de républicains. Son compte était bon et il était destiné à périr sur l'échafaud quand intervinrent les accords de La Mabilais, cet armistice signé par Cormatin avec le général Lazare Hoche du côté républicain, permettant la libération des prisonniers... dont le ci-devant vicomte de Pontbellanger ! Après le traité de La Jaunaye, conclu avec Athanase de Charette, on pouvait espérer voir le calme revenir.

Louise était trop heureuse que son ex-mari, le père de son fils, ait échappé à la guillotine, mais ce retour d'Antoine-Henry l'inquiétait. À vrai dire, elle ne lui avait jamais pardonné ce départ pour l'émigration auquel elle était opposée et qui avait eu des conséquences funestes, l'amenant, elle, à fuir le Vau de Quip et à perdre ses biens. *Antoine-Henry*, pensait-elle, *serait resté calmement en Bretagne qu'il n'aurait sans doute pas été inquiété* : la famille maternelle de Louise était aimée dans le pays de Redon et les révolutionnaires l'auraient probablement laissé tranquille comme ils l'avaient fait avec Jeanne-Vincente. Aux yeux de Louise, il avait commis au nom de Dieu et du roi une grosse erreur dont personne ne lui saurait gré, mais qui avait gâché la vie des siens. *Un irresponsable*, pensait-elle ! Et maintenant qu'elle aimait Hoche et avait adhéré à ses idées politiques, elle n'avait aucune envie de le revoir. La page conjugale était pour elle tournée et ses engagements aux antipodes de ceux de son ex-mari. Elle priait le Ciel que la paix précaire résultant des accords de La Jaunaye et de La Mabilais ne soit pas remise en cause, risquant de la placer dans le camp adverse du père de Charles-Félix.

Dieu merci, sa mère ne lui donnait aucune indication sur les projets immédiats d'Antoine-Henry. Le connaissant, il ne risquait guère de se rendre à Trévarez, la propriété d'une femme l'ayant délaissé ! Il était orgueilleux et cherchait certainement à l'éviter et, de toute façon, elle allait sous peu partir pour Nantes. En revanche, qu'adviendrait-il si la guerre reprenait et qu'à la demande de Hoche elle devait le rejoindre à Vannes ou Quimper, tous lieux où le vicomte de Pontbellanger pouvait être amené à séjourner ? Elle ne voulait en aucun cas prendre le risque de le rencontrer.

*

Le 26 floréal, 15 mai dans l'ancien calendrier, elle fit ses préparatifs pour prendre la route le lendemain pour Nantes, triste de n'avoir pas eu la visite escomptée de Hoche. Dans un mot tendre, il lui avait expliqué son impossibilité de venir la voir. Comme elle bouclait ses bagages, un curieux personnage débarqua à Trévarez sans s'être fait le moins du monde annoncer. En d'autres temps, elle se serait offusquée de ce sans-gêne, mais en cette époque troublée elle décida de ne pas se formaliser et de s'inquiéter plutôt des motifs de sa démarche. L'homme se présenta comme Louis Joseph de Margadel – « le chevalier de Margadel », avait-il précisé avec emphase. Il devait avoir à peu près son âge, avait un physique médiocre, pas de nature à intéresser Louise : taille moyenne, déjà un peu d'embonpoint, des traits quelconques. Il parlait en revanche d'abondance, avec aisance, pratiquant nombre de circonlocutions. Elle eût préféré qu'il s'exprimât sans détour mais finit par saisir qu'il ne voulait dévoiler qu'avec prudence l'objet de sa visite.

Elle comprit peu à peu qu'il appartenait à l'Agence royaliste de Paris, une officine de renseignements dont on parlait à mots couverts dans la société bretonne. Elle était dirigée par un certain abbé Brottier. Elle avait été fondée par le comte d'Antraigues en 1790 et s'était appelée ensuite la *Manufacture*. L'agence avait *éclairé* d'abord l'Espagne puis différentes puissances européennes, fournissant des renseignements sur le pouvoir révolutionnaire récoltés par ses nombreux agents. Le comte d'Artois et surtout le comte de Provence s'y étaient intéressés rapidement. Le réseau avait été très influent jusqu'en 1795 mais, les républicains s'étant renforcés et organisés pour lutter contre l'espionnage, la Manufacture perdit progressivement de l'intérêt aux yeux de ses clients et de faux rapports établis par d'Antraigues finirent par le discréditer. Mais Louise ne pouvait alors le savoir…

Le chevalier de Margadel n'en finissait plus de tourner autour du pot, à telle enseigne que Louise s'écria :

— Mais enfin, Monsieur le chevalier, parlons clair : que me voulez-vous ? Qu'attendez-vous de moi ?

L'homme, surpris de cette réaction quelque peu abrupte, parut un instant déstabilisé, avant de lâcher :

— Je viens vous voir de la part de Charles-Édouard de La Haye-Saint-Hilaire, que vous aviez bien connu, je crois, au temps de l'Association bretonne, quand votre mari et vous-mêmes harceliez les révolutionnaires… ici même ou dans la forêt de Laz !

Louise le coupa :

— C'est de l'histoire ancienne. Beaucoup d'eau a coulé, hélas, depuis sous les ponts, Monsieur le chevalier.

— Hélas oui… Mais les gens d'honneur restent attachés à la vraie foi et fidèles à la royauté.

Elle murmura avec prudence, le visage fermé :

— Certes...

Son interlocuteur sourit, prit une profonde inspiration et sembla vouloir enfin parler clair :

— Il nous est revenu que vous avez vos entrées auprès du général Hoche.

Louise réagit promptement :

— Vos entrées ? Comme vous y allez, Monsieur ! Un bien grand mot... Vous savez peut-être que mes propriétés ont fait l'objet d'une mesure de séquestre tout à fait injuste. Un mien cousin, Jean-Hyacinthe de Kerstrat, m'a donné une introduction auprès du général Hoche, que j'ai vu à deux reprises. Un homme de qualité, bien que républicain. Il m'a écoutée avec attention, a convenu que cette mesure de séquestre était inique et m'a promis de m'aider à recouvrir la pleine propriété de mes biens... et je m'apprête demain à prendre la route et me rendre à Nantes pour présenter une pétition à M. Bodin, laquelle a été appuyée par un message du général Hoche. Est-ce cela, Monsieur, que l'on peut appeler *avoir des entrées* ? Comme vous y allez !

Le chevalier sourit :

— Pardonnez-moi, Madame, si je vous ai blessée. Telle n'était point mon intention...

Il s'arrêta un instant avant de reprendre :

— Je voulais dire par là que vous connaissez le général et qu'il vous a réservé un bon accueil. Vous le verrez sans doute pour le remercier si votre demande aboutit. Et d'ailleurs, dans le contexte actuel de recherche d'apaisement, c'est plutôt souhaitable d'entretenir des rapports aimables avec des républicains modérés qui, comme le général, souhaitent la paix. C'est d'ailleurs le souhait également de M. le comte de Provence.

Louise se contenta d'approuver de la tête, tandis que Margadel poursuivait :

— Nous apprécierions, et quand je dis *nous* c'est la Manufacture et surtout Mgr le comte de Provence, qu'à l'occasion d'un prochain contact avec le général Hoche, vous puissiez sonder ses intentions réelles. Souhaite-t-il réellement la paix ? Est-il prêt à envisager une réconciliation nationale sous une forme à définir ? Voilà, Madame, ce que nous aimerions de votre part, si comme nous le pensons vous êtes restée attachée à votre foi et à une forme de monarchie plus libérale que celle de l'Ancien Régime.

Louise réfléchit vite. Les choses étaient claires : la Manufacture lui demandait de travailler pour elle et le comte de Provence. Refuser serait être cataloguée républicaine – dangereux, dans ce contexte politique imprévisible. Elle ne souhaitait pas trahir Lazare Hoche qu'elle aimait, mais quel inconvénient y aurait-il à transmettre des renseignements sans grande portée, permettant de la dédouaner aux yeux des royalistes modérés ? Sa décision était prise. Elle resta un moment silencieuse avant de déclarer d'une voix plus basse :

— Dites à monseigneur que je suis prête à l'aider, tout en sachant que si je le revois, je crains que le général Hoche ne me livre pas de grands secrets, mais seulement des détails de sa vie quotidienne…

— Nous n'en demandons pas plus, Madame. Merci de votre aide. Monseigneur saura l'apprécier…

Ils se sourirent et Louise, fine mouche, pensa qu'il était important de se montrer d'ores et déjà coopérative. Elle évoqua rapidement les doutes du général sur la personnalité du baron de Cormatin et quant à la volonté de paix des chouans. Elle lui confia le regretter car elle pensait le général sincèrement attaché à la pacification et au retour d'une situation apaisée.

Ils se quittèrent en très bons termes, après avoir défini une procédure de communication entre eux. Louise pensa avoir pris une assurance pour l'avenir à moindre risque.

La guerre reprend

Mai-juillet 1795

À partir de la mi-mai 1795, l'engrenage inexorable de la violence reprit. En Morbihan d'abord, Sébastien de Silz, chef des chouans de ce département, avait signé à regret le traité de La Mabilais. Il ne tint pas ses hommes qui, en dépit des accords, devaient capturer plusieurs soldats républicains et les mener à Grand-Champ où les *rebelles* avaient leur quartier général.

Dans le même temps, Hoche, à la suite de l'arrestation près de Ploërmel d'un messager de Cormatin, découvre des documents compromettants prouvant que le baron jouait un double jeu. Il le fait immédiatement arrêter alors qu'il se trouve chez Philippe-Albert Bollet, député du Pas-de-Calais, un des négociateurs du traité de La Jaunaye avec Charette. Cormatin, pris donc en flagrant délit, est emprisonné au château de Ham.

Hoche comprend qu'il a été floué et décide alors de rompre la trêve. Il donne l'ordre d'attaquer les officiers chouans du Morbihan. Les généraux républicains, Romand et Josnet, rassemblent des troupes à Vannes et font route dans la nuit du 27 au 28 mai vers Grand-Champ et le château de Penhoët où est situé le quartier général de Silz. Les chouans sont sans méfiance. Le combat commence à trois heures du matin, les sentinelles, surprises, sont éliminées, les chouans prennent la fuite. Sébastien de Silz se met à la tête de ses hommes mais il est blessé dès le début du combat et meurt ensuite. Après la déroute des chouans, les républicains s'emparent du château, où ils délivrent quarante-quatre des leurs retenus prisonniers, puis pillent le bourg.

Le 1er juin, Hoche annonce à ses troupes la relance de la guerre… et le 10 juin, Charette de son côté reprend les armes.

*

Louise, à Nantes, était effondrée. Sans nouvelles de Hoche, trop occupé sans doute par la reprise des hostilités, elle était perdue. La nouvelle donne politique comme le silence de Hoche la désespérait. Elle passait des heures sur son lit à broyer du noir, au grand dam de Thérèse. Les informations leur parvenaient par bribes et ne permettaient guère de se faire une opinion objective de la situation. Louise avait vraiment cru que la paix allait être définitive, acceptée par les deux camps. Elle était convaincue de la volonté pacificatrice sincère de la Convention et de sa mise en œuvre par son grand homme.

Elle en voulait énormément à ces chouans irresponsables comme à son propre milieu aristocratique de n'avoir pas su profiter de la main tendue des républicains plus modérés et qui avaient accepté de faire d'importantes concessions, notamment dans des articles secrets du traité de La Jaunaye. *Finira-t-on un jour*, se disait-elle, *par sortir de cette guerre civile patricide, qui ruine le pays et me prive de la jouissance de mes propriétés ? Et tout cela pour quoi ?*

Elle est persuadée de la victoire à terme des *bleus*, leurs troupes étant plus nombreuses, mieux équipées et armées, et surtout encadrées par des officiers professionnels. Les bandes de Vendéens ou de chouans, malgré leur courage, n'avaient que peu de chances de gagner ! Cette reprise des combats engendrera des morts, des blessés, de la souffrance, des divisions, de la haine…

Elle a choisi son camp – celui de la raison et de l'amour. Mais son ex-mari, ses cousins, ses amis sont dans l'autre. Nombre d'entre eux vont être blessés, tués, leurs manoirs, leurs hôtels de nouveau pillés, incendiés, détruits… Si cette reprise de la guerre se confirme, c'est une terrible tempête qui va tout ravager, et son cœur se serre à cette idée. Elle risque de ne guère voir son amant, trop pris par la guerre !

Selon son habitude, elle analyse la situation avec une certaine lucidité. Elle va continuer son travail de renseignement pour aider Hoche à vaincre et sortir au plus vite de cette malheureuse guerre sans issue… et lui permettre, à elle, de le retrouver, espérant que lui-même ne soit ni blessé ni tué. Les combats risquant de durer, elle se dit aussi qu'il lui faut poursuivre la procédure de levée du séquestre de ses biens. Les choses peuvent changer ! Elle doit profiter de l'appui que les républicains sont prêts à lui apporter. Il peut ne pas durer…

Avant de s'installer officiellement à Nantes, elle avait fait un saut rapide à Maulévrier au début du mois. Une petite manœuvre qui lui avait permis d'aller se présenter le 27 prairial (le 15 juin) à l'administration nantaise pour se faire enregistrer sur la liste des *Vendéens qui rentrent au sein de la République en exécution de la loi du 12 frimaire*. Elle prétendit être arrivée à Nantes *il y a environ un mois*, mais qu'étant malade, elle n'avait pu se présenter avant ce jour.

Et dans la foulée de ce mensonge opportun, elle avait fait remettre une pétition au représentant Bodin qui, averti par Hoche, l'avait bien accueillie. Une pétition qu'elle avait soigneusement préparée et dont le résultat lui avait paru très convaincant en la relisant :

Liberté, Égalité,

Expose Louise du Bot du Grégo, femme d'Amphernet dit de Pontbellanger, qu'âgée de quinze ans elle a eu le malheur de lier son sort à celui d'un homme qui n'a pas moins oublié ce qu'il devait à la nature qu'à la patrie. Il y a quatre ans que son mari l'a abandonnée entièrement. Son malheur a été d'autant plus grand que, suspecte comme femme d'émigré, elle a été obligée de quitter son domicile ordinaire et qu'on lui a fait supporter une faute qu'elle n'avait pas voulu partager. Elle a été obligée de vivre errante et cachée, pour se soustraire aux malheurs de tout genre qui la menaçaient. Depuis l'époque du départ de ses parents, on n'a pas entendu parler d'elle. On la crut rebelle à la patrie et on l'a mise sur la liste des individus qui étaient allés chercher, chez les puissants étrangers, des secours pour porter le fer et le feu dans leur pays. Le hasard des circonstances la plaça à Maulévrier, à l'époque de l'insurrection, un parent lui ayant donné l'asile dans cette commune. Elle a eu le nouveau chagrin d'être retenue par la guerre qui se manifesta dans la Vendée, ainsi que le constatent les certificats qui lui ont été délivrés par les ci-devant chefs vendéens et chouans. Après le passage de la Loire, elle est encore restée dans le pays occupé par ces derniers. Attendant toujours avec impatience l'occasion de rentrer en sûreté dans le sein de la République, aussitôt que les arrêtés bienfaisants des représentants du peuple relatifs à la pacification

des Vendéens et des chouans lui sont parvenus, elle s'est empressée d'en profiter. Dès que sa santé affaiblie par les peines et les fatigues le lui a permis, elle s'est présentée à la municipalité de Nantes pour y faire sa déclaration de se soumettre aux lois de la République.
Au moyen de cette soumission, conformément aux arrêtés pris le 29 pluviôse an III par les représentants du peuple, elle doit être à l'abri de toute recherche pour le passé, elle doit avoir également mainlevée du séquestre mis sur ses biens, même quand elle serait inscrite sur la liste des émigrés. Les mêmes arrêtés disent encore qu'elle rentre dans ses biens, meubles et immeubles, par sa seule soumission aux lois de la République.
Ce triple point doit d'autant moins souffrir de difficultés que l'arrêté du Comité de salut public du 9 prairial dernier porte qu'on punira ceux qui ne tiendront ce qu'ils ont promis, de vivre soumis aux lois, mais dit en même temps que les conditions des traités faits avec les Vendéens et les chouans seront ponctuellement exécutées et que toute contravention à ces arrêtés sera sévèrement réprimée.
Pleine de confiance dans l'humanité et la justice du représentant en mission dans cette ville, l'exposante demande qu'il lui soit donné pleine et entière mainlevée du séquestre mis sur ses biens, meubles et immeubles. C'est pour elle et pour son enfant.

*

Dix jours après la remise de cette supplique au représentant Bodin, la nouvelle parvint à Nantes du mouillage dans la baie de Quiberon d'une forte escadre anglaise. Outre neuf navires de guerre et soixante navires de transport, la flotte était accompagnée du

HMS *Lark*, un sloop de vingt-deux canons, de deux cotres, six canonniers et de deux lougres. Il se disait que cette *armada* amenait à son bord des milliers d'émigrés qui allaient débarquer.

On apprit également que le 21 juin, une flotte républicaine française, sous le commandement de l'amiral Louis Thomas Villaret de Joyeuse, avait bien tenté de prendre en chasse les navires britanniques mais avait dû se réfugier à Lorient après avoir été mise en déroute par les Anglais, leur laissant la maîtrise de la mer.

L'annonce de l'arrivée de cette escadre au large des côtes bretonnes affola Louise. Elle avait peu d'informations précises mais il ne fallait pas être grand clerc pour deviner qu'il s'agissait d'une opération d'envergure, prélude à un débarquement d'un fort contingent d'émigrés qui chercheraient à faire jonction avec les Vendéens et les chouans ! On allait à l'évidence vers une importante confrontation militaire entre les forces républicaines et les royalistes, réconfortés par ce soudain renfort d'émigrés et peut-être de troupes anglaises.

C'était de nouveau la guerre, une guerre sans doute de grande ampleur. Quelle en serait l'issue ? Les républicains pourraient-ils être battus et la Bretagne être reprise par les royalistes – prélude alors à une reconquête de la France ? Ces pensées se bousculaient dans la tête de Louise. Qu'allait-il advenir de Hoche ? Saurait-il faire face à des forces peut-être supérieures en nombre aux siennes ? Aurait-il la vie sauve ? C'en était-il fait de la République, de ses valeurs, de ses réformes auxquelles elle avait adhéré ? Que deviendrait sa pétition dans l'ouragan qui se dessinait ? Et elle-même, que devait-elle faire ? À quel saint se vouer, dans ce contexte dramatiquement imprévisible ? Que décider, où aller ?

Elle se mit à pleurer : de peur, d'incertitude, de rage... À Nantes, la population était en pleine effervescence. Les uns et les autres oubliaient toute prudence. Des relations de Louise qui avaient jusqu'à présent masqué leurs opinions exultaient, voyaient déjà la monarchie revenir. D'autres, proches des républicains, affichaient des mines sombres, craignant pour l'avenir de la République. En toile de fond, une ambiance martiale s'instaurait : des troupes rejoignaient la ville, tandis que la garde nationale se préparait à devoir le cas échéant la défendre.

Et bien sûr, des rumeurs, de fausses nouvelles circulaient, alimentant l'espoir des uns, le désarroi des autres. On ne pouvait guère se fier aux gazettes et chacun prétendait avoir reçu une information assurément fiable.

C'est dans cette ambiance délétère que, deux jours après l'arrivée de la flotte britannique, le 27 juin, on apprenait cette fois de façon certaine que les émigrés avaient commencé à débarquer, à Carnac.

Quatrième partie

L'HEURE DES CHOIX

« En politique, le choix est rarement entre le bien et le mal
mais entre le pire et le moindre mal. »

Machiavel (1469-1527)

« Mieux vaut choisir sa vie
que la subir. »

Marie de Solemne

Quiberon

Juin-juillet 1795

À l'annonce du débarquement des émigrés, Louise prit vite sa décision : elle allait regagner le Morbihan et s'installer dans l'hôtel familial de Vannes. Une lettre récente de sa mère l'avait informée de sa volonté de ne plus quitter le Grégo : elle s'y sentait en sécurité et heureuse avec son petit-fils chéri, Charles-Félix. Louise, en y réfléchissant, se convainquit que, les royalistes occupant Carnac, les combats se dérouleraient à proximité de la côte, qui n'était jamais qu'à sept lieues de Vannes. Hoche, nécessairement, n'en serait pas loin : elle voulait pouvoir être à ses côtés en cas de besoin et éventuellement l'aider en lui livrant des informations. Il était évident que l'aristocratie bretonne allait être en ébullition !

La plupart des familles comptaient des émigrés dans leurs rangs : la joie de retrouver les siens et l'espoir d'une victoire sur ces républicains haïs devaient être dans tous les cœurs ! Ce beau monde enthousiasmé ne pourrait qu'échanger, évoquer leurs soucis, lâcher les informations vraies ou fausses en leur possession. Ce serait bien le diable si elle ne glanait pas des renseignements auprès de ses relations vannetaises sur leurs maris, leurs fils, leurs cousins et leurs projets. D'autant que ce milieu qu'elle connaissait bien pour y appartenir était mondain mais aussi courageux, souvent téméraire, parfois imprudent... et les épouses, les mères admiratives de leurs héros, de leurs hauts faits, ne craindraient pas de les évoquer devant Louise. Ces renseignements qu'elle leur soutirerait pourraient se révéler très utiles au cher Lazare et à la défense de la République – son camp, maintenant.

Elle prit immédiatement contact avec le colonel Bonté, lequel s'apprêtait aussi à rejoindre *dare-dare* le Morbihan. Il lui proposa de prendre place à ses côtés et de bénéficier de la protection de son escorte. Il comprenait d'autant mieux la démarche de Louise que lui-même accourait à la demande du *général*, comme il appelait Hoche, pour prendre la tête d'un régiment de cavalerie. Malgré les facilités dont disposait le colonel, ils mirent deux jours pour parcourir les vingt-quatre lieues séparant Nantes de Vannes. En dépit de l'inconfort et de la fatigue, ce déplacement marqua le début d'une amitié. Le commandant admirait la petite et sensuelle *Lise*, chasse gardée de son patron, et celle-ci n'était pas insensible au charme viril de son compagnon de voyage...

Ils arrivèrent à Vannes le 29 juin en fin d'après-midi pour trouver une ville encore plus en effervescence que Nantes. Le front était proche et l'activité militaire intense. Des cavaliers – lanciers, dragons, hussards, cuirassiers –, des fantassins de différents régiments, des gardes mobiles se regroupaient, s'agitaient au milieu de badauds inquiets. On aurait dit une ruche soudain dérangée. Le tout, dans le vacarme du bruit des chevaux, des hurlements des cochers, des roues des prolonges d'artillerie. La voiture de Bonté réussit à grand-peine à se frayer un chemin jusqu'à l'hôtel de Louise, où le colonel l'abandonna pour aller rejoindre d'urgence le quartier général des forces républicaines.

Louise fut chaleureusement accueillie par le couple qui gardait l'hôtel familial – de braves gens au service des Bot du Grégo de longue date. Ils aimaient particulièrement Louise qui avait *la façon* avec les petites gens. Leur accueil lui fit chaud au cœur. Rompue de fatigue, elle dormit dix heures, en dépit de cet environnement incertain.

Dès le lendemain matin, elle voulut aller aux nouvelles, mais aucune source d'information officielle n'était là pour l'éclairer. Elle chercha alors à se renseigner en interrogeant toute personne susceptible de lui fournir quelques précisions sur les événements : d'un fonctionnaire de la mairie à un officier venant du front rencontré par hasard, de ses gardiens aux commerçants du voisinage... et bien sûr de plusieurs dames de la bonne société terrées dans leurs hôtels. Elle put se faire une opinion très approximative de la situation au troisième jour du débarquement des émigrés.

Les forces royalistes semblaient rencontrer des problèmes de commandement entre deux hommes qui prétendaient chacun diriger les opérations et ne s'entendaient pas. Le comte Joseph de Puisaye avait été officiellement nommé lieutenant général du royaume par le comte d'Artois, dont on attendait la venue dans les jours à venir. Le maréchal de camp d'Hervilly contestait son autorité, le soupçonnant d'être proche des Anglais et non réellement au service des Bourbon. Le premier voulait après le débarquement une action rapide pour profiter de la désorganisation des républicains. Mais le comte Charles d'Hervilly s'y opposa, ayant reçu des instructions de l'Agence royaliste de Paris, proche du comte de Provence, qui lui prêchait la prudence, compte tenu des soupçons pesant sur Puisaye. Une journée avait été ainsi inutilement perdue !

Cependant, les républicains avaient immédiatement réagi : un détachement commandé par l'adjudant-général Romand avait tenté d'attaquer les royalistes, mais Vincent de Tinténiac, un chef prestigieux, avait réussi à les chasser et à planter sa chemise blanche en guise de drapeau sur le tumulus Saint-Michel. Un geste qui avait enthousiasmé les chouans, arrivant en masse à l'annonce du débarquement.

Les choses se présentaient donc plutôt bien pour les *blancs* quand un élément inattendu vint créer dès le début un fort malaise et des divisions dans le camp royaliste – et de façon étonnante au sein même d'une partie de la population vannetaise. Le 28 juin, le lendemain du débarquement, une messe avait été célébrée sur la plage de Carnac par l'évêque de Dol, accompagné de quarante prêtres – un office en hommage à Louis XVIII dont on venait d'apprendre la mort, destiné aussi à galvaniser les troupes. Mais le comte d'Hervilly, tenant d'une monarchie absolue, refusa de se mêler aux chouans et la majorité des émigrés allèrent assister à une messe entre eux à l'église de Carnac – ce qui fut très mal perçu, bien sûr, par les chouans ! Une véritable gifle…

La nouvelle de cette ségrégation se sut très vite à Vannes, où les réactions furent vives également. Les petites gens, même républicains, furent scandalisés par cette attitude méprisante des émigrés. Les familles de l'aristocratie vannetaise et même du Morbihan approuvèrent en majorité ce choix de leurs proches : *On n'allait quand même pas se mêler à des roturiers !* Quelques-unes cependant, plus lucides, jugèrent que d'Hervilly avait commis une lourde faute, susceptible de créer une fracture entre les chouans et les émigrés. Le climat n'était déjà pas bon, entre les deux parties.

Les émigrés, pour l'essentiel des officiers professionnels ayant servi dans les armées royales, n'appréciaient guère les chouans – ces bandes de paysans, de rustres indisciplinés qui, bien souvent, à peine un combat terminé, retournaient à leur ferme nourrir les bêtes ou faire les foins. Ces officiers venant de l'émigration, issus tous de la noblesse, rêvaient de troupes organisées, obéissant à leurs ordres au doigt et à l'œil... et chacun à sa place !

Quant aux chouans, ils avaient été dès le premier jour sur la réserve devant ces *nobles* arrivant de l'étranger, ne connaissant pas le terrain ni le type de guerre pratiquée, et de surcroît distants et prétentieux ! Ils avaient l'habitude de chefs comme Cadoudal ou Stofflet, des gars issus de leur milieu et proches d'eux, sachant se battre contre les *bleus*.

*

Louise apprit dès son arrivée à Vannes que Hoche s'y trouvait. Elle fut très déçue qu'il ne lui fît pas signe. Elle l'avait tant espéré ! Peut-être n'était-elle pour lui qu'une passade, sa jeune femme comptant seule ? Une crise de désespoir la submergea à cette pensée. Elle se sentait terriblement seule. Elle n'avait plus de mari, des parents tous deux lointains, un enfant qui par sa faute ne lui était pas attaché. Elle se mit à pleurer. Longuement. Elle finit par se ressaisir et se raisonna en se disant que le général des forces républicaines avait forcément à l'heure actuelle bien d'autres soucis en tête que leurs amours. C'était pour lui une question de survie ! Elle allait tout faire pour lui rendre service, il saurait être reconnaissant.

Elle avait été choquée par la décision des émigrés de ne pas se mélanger aux chouans et d'assister à une messe différente de la leur. Cela la conforta dans son choix d'avoir rejoint le camp des républicains. Les gens de son milieu d'origine ne saisiraient jamais la mentalité du peuple. Elle connaissait trop la sensibilité des populations rurales du Vau de Quip, de Trévarez, du Grégo pour ne pas imaginer la blessure profonde qui leur avait été infligée. Elle savait que parlant d'elle, on disait : *La Louise, elle est pas fière !* Elle s'en réjouissait. *Ils n'ont rien compris*, se dit-elle en pensant à l'aristocratie locale, *ils ne comprendront jamais !*

Elle écrivit un compte rendu rapide de la situation à Hoche, pensant que cet argument psychologique pourrait l'aider. Avant de se séparer de Bonté, ils avaient mis au point le système lui permettant de continuer à communiquer avec le général. Bonté, partant en première ligne, ne pouvait plus l'assurer. Il lui avait donné le nom d'un sous-officier, un certain Kermilin, travaillant au quartier général, qui saurait transmettre ses messages à Hoche. Elle prit la résolution de lui écrire tous les trois jours, espérant sans trop y croire que le beau Lazare lui répondrait. Son prétexte : lui envoyer une brève note lui donnant des renseignements précis, ou plus simplement lui décrivant l'ambiance, le moral des milieux royalistes.

Cette reprise de la guerre, ce débarquement lui paraissait hautement condamnable, alors que l'on avait été au bord de la paix et que certains articles secrets des accords envisageaient même la possibilité d'un retour à la monarchie – constitutionnelle, bien sûr ! Et il se disait que le comte de Provence, futur Louis XVIII depuis la mort du dauphin, avait été hostile à la rupture des pourparlers et à ce débarquement des émigrés. Les gens de l'Agence royale, proche du prince, partageaient ce point de vue, mais n'avaient pas pour le moment pris contact avec la *vicomtesse de Pontbellanger*, comme ils continuaient à l'appeler.

Dans les jours qui suivirent, les combats s'intensifièrent. Toujours difficile pour Louise de se faire une idée exacte de la situation : les rumeurs les plus folles circulaient et, en dehors de déclarations des autorités républicaines forcément sujettes à caution, il était impossible de trouver des sources sûres, objectives, d'informations.

Le bruit courait que les forces chouannes, grossies par des renforts de la région, avaient été portées en quelques jours à quinze mille hommes, mais que de son côté le général Hoche faisait venir des troupes des différentes garnisons républicaines : Nantes, Quimper, Brest, Rennes.

Louise apprit que les chouans s'étaient emparés de quelques petites villes ou bourgs abandonnés à la hâte par les républicains, mais ne purent aller bien loin. Hoche, disposant maintenant des renforts venant de toute l'armée de l'Ouest, parvint vite à les reprendre, tandis que les émigrés restaient toujours l'arme au pied à Carnac !

Les chouans cependant avaient réussi à prendre le fort de Penthièvre, appelé par les révolutionnaires *fort Sans-Culotte*. La contre-offensive de Hoche fut foudroyante : ses généraux Humbert, Valletaux et Lemoine attaquèrent Erdeven, Ploemel et Carnac. D'Hervilly se décida enfin à envoyer au combat deux régiments. La bataille devint générale, intense et chaotique : trente mille civils se trouvèrent pris entre les lignes des deux camps ! La nuit mit fin momentanément aux combats, mais au matin du 7 juillet, les royalistes décidèrent de faire retraite sur la presqu'île de Quiberon et de s'abriter dans le fort de Penthièvre, dans des conditions difficiles, pressés par l'offensive des *bleus*.

Le 8 juillet, Puisaye parvint à convaincre d'Hervilly de lancer une contre-attaque pour reprendre Sainte-Barbe, à l'entrée de la presqu'île. Les républicains, d'abord surpris, répliquèrent avec de l'artillerie. La confusion fut vite à son comble. D'Hervilly ordonna à ses troupes de faire retraite et Puisaye dut faire de même. Peu d'hommes avaient été tués lors de l'affrontement, mais Sainte-Barbe restait aux mains des républicains et la presqu'île était verrouillée. C'est ce qui se disait à Vannes.

Louise eut la grande joie le 9 juillet de recevoir enfin un mot bref mais tendre de son amant, où il lui demandait de l'excuser de ne pas pouvoir lui faire signe ni la voir… et il terminait sa missive par ces deux phrases :

Ma petite Lise, les Anglo-émigrés-chouans sont ainsi que des rats, enfermés dans Quiberon où l'armée les tient bloqués. J'ai l'espoir que dans quelques jours nous en serons quittes.

L'armée rouge

Mi-juillet 1795

La situation restait cependant incertaine. Louise passait par des phases alternatives d'enthousiasme et d'abattement. Mais voilà qu'un espoir se levait dans les milieux aristocratiques qu'elle fréquentait à la recherche de renseignements, espoir qui l'inquiétait grandement. Il se disait dans les salons vannetais et des environs que les royalistes allaient lancer une contre-attaque de grande envergure et prendre à revers les troupes de Hoche, massées à l'entrée de la presqu'île de Quiberon qu'elles verrouillaient.

Décidée à en savoir davantage, elle accrut son activité mondaine. Elle avait bien sûr enlevé de sa gorge le camée représentant son amant et proférait haut et fort des opinions favorables aux chouans et aux émigrés. Elle citait souvent le rôle de son mari, engagé aux côtés de ces derniers. Elle prétendait l'admirer beaucoup et souffrait de leur séparation. Un double jeu qui ne la troublait pas outre mesure. Elle avait choisi son camp : celui de Lazare Hoche et des idées nouvelles. Elle considérait que son action participait à la guerre menée par les républicains pour rétablir la paix et l'ordre civil. Elle se vivait amoureuse et patriote… sans jamais perdre de vue son objectif de retrouver la pleine possession de ses propriétés. Tout au plus éprouvait-elle parfois un léger trouble, vite dominé quand une de ses amies lui livrait des informations pouvant mettre en danger un être cher !

Elle élargit beaucoup son champ d'action, parcourant des lieues à cheval ou en voiture pour aller voir le plus de ci-devant possible – ce qui n'était pas aisé dans une région en guerre, où routes et chemins étaient souvent envahis par les transports de troupes convergeant vers la presqu'île de Quiberon. Elle finissait même par mélanger un peu toutes ces dames visitées qui ne paraissaient pas s'étonner outre mesure de la voir débarquer dans leur hôtel ou leur manoir sous des prétextes souvent futiles. L'époque était si perturbée que l'on ne se posait guère de questions…

Elle devait aussi rencontrer mesdames de Talhouët-Bonamour, de Lantivy, de Rotalier, de Guernisac mère et fille, Joséphine de Kercadio – la fiancée du chevalier de Boishardy –, Mme Le Gris-Duval… pour n'en citer que quelques-unes dont elle se souviendrait plus tard, quand la rumeur publique l'accuserait de trahison.

Au travers de ces multiples rencontres féminines, de ces confidences, elle réussit à se faire une idée à la fois de ce qui se passait et, plus important, de ce qui se tramait. Il se disait donc que Vincent de Tinténiac, à la tête d'une division de plus de trois mille hommes, avait comme objectif de prendre les lignes ennemies à revers. Sa division avait été débarquée par les Anglais dans la presqu'île de Rhuys, désertée alors par les républicains : la route semblait libre pour une manœuvre permettant de prendre en tenaille Hoche et ses troupes. Tinténiac allait se diriger à marche forcée vers Quiberon tout en ralliant au passage de nouvelles recrues. Un piège mortel se dessinait pour Hoche… Elle s'empressa de lui écrire pour l'en informer, tout en lui livrant ce qu'elle avait pu apprendre des maris, des fils de ces bonnes dames qu'elle rencontrait et qui se livraient sans méfiance à la charmante vicomtesse de Pontbellanger! Hoche lui répondit dès le lendemain par le truchement de Kermilin :

Vos renseignements me sont précieux, ma petite Lise, et j'apprécie votre diligence à me les faire porter. J'avais deviné la manœuvre du chevalier de Tinténiac – vous me la confirmez, c'est important. Vous me dites connaître Mme de Talhouët-Bonamour, pourriez-vous m'obtenir quelques informations sur les faits et gestes de son mari : Louis, ci-devant marquis de Talhouët-Bonamour ? Je m'intéresse à lui.
Dès que je pourrai me libérer, je chercherai à vous rencontrer, ma petite Lise ! Mais convenez que les circonstances ne se prêtent guère à nos amours. Patience, ma belle, nous finirons bien par gagner aussi en ce domaine. Adieu, ma belle chérie !

Louise, émue par la chaleur de la missive, la replia lentement. Assise dans une bergère de sa chambre, elle réfléchissait à la meilleure façon d'aider son héros républicain. Dehors, il faisait beau et chaud, et elle était optimiste. Avoir des informations sur Louis de Talhouët-Bonamour ne serait pas difficile. Des liens de parenté entre les du Bot du Grégo et les Talhouët suffisaient à justifier son intérêt pour le devenir de son cousin, Louis. L'épouse de ce dernier se livrerait certainement à elle sans méfiance, appréciant même que son amie soit ainsi concernée par le sort de son mari.

En revanche, les intentions du chevalier de Tinténiac, que ses hommes surnommaient le *Loup blanc*, étaient moins faciles à percer. Louise avait également un lien de parenté avec le général royaliste mais il était insuffisant pour lui permettre de se rapprocher de lui. Il allait lui falloir trouver un proche du *Loup blanc* pour tenter de le faire parler. Dieu merci, on bavardait beaucoup dans les milieux royalistes, au-delà de toute prudence. Mais qui pouvait soupçonner la charmante vicomtesse de Pontbellanger, dont le mari était disait-on apprécié par Puisaye ! Elle se leva et, s'approchant de la cheminée vide de tout bois à cette époque de l'année, elle brûla soigneusement la lettre de Hoche : pas question qu'un tiers puisse par malheur la trouver et la lire ! Puis elle alla se préparer, s'apprêtant à partir en chasse. Elle se prit à espérer que Hoche, satisfait de ses services, finirait par trouver un moment pour venir la rejoindre. À espérer aussi que la Convention, reconnaissante de son action, lèverait enfin le séquestre de ses biens.

*

La chance lui sourit en fin d'après-midi : un ecclésiastique, un certain abbé Boutouillie, se présenta à la porte de son hôtel et demanda audience. Louise ne le connaissant pas, elle hésitait à le laisser entrer. L'époque portait à la méfiance. La curiosité l'emportant, elle le reçut dans son salon. Le prêtre était plutôt bel homme, avait une apparence ouverte, rassurante. Elle se détendit et comprit après quelques échanges qu'il appartenait à l'Agence de Paris. Sa visite faisait suite au premier contact qu'elle avait eu avec leur émissaire le mois précédent, le chevalier de Margadel.

L'abbé était à l'évidence mondain – dans la tradition des hommes d'Église de l'Ancien Régime. Il semblait ravi de deviser avec cette jolie femme appartenant de surcroît à l'une des meilleures familles de Bretagne.

Cependant, sous l'onction ecclésiastique perçait l'homme d'action qui en vint vite aux faits :

— Vous avez rencontré récemment le chevalier de Margadel. Nous connaissons, Madame, votre proximité avec le général Hoche...

Louise le coupa vivement :

— Le mot « proximité », Monsieur l'abbé, est tout à fait inapproprié, excessif ! J'ai été amenée à rencontrer le général sur le conseil de mon cousin Jean-Hyacinthe de Kerstrat. Je cherchais à obtenir la levée du séquestre injuste de mes biens. Il m'a reçue très courtoisement et je dois avouer que, ne partageant ni les mêmes idées ni les mêmes valeurs, nous nous sommes tout de même bien entendus. J'ai trouvé un homme courtois, ouvert et plutôt bien élevé compte tenu de ses modestes origines.

Elle s'arrêta et reprit, une lueur de malice dans le regard :

— Et j'ai eu le sentiment, Monsieur l'abbé, qu'il n'était pas insensible au charme féminin...

L'abbé sourit, très homme de cour et sans doute amateur lui-même de femmes :

— Comment ne pas le comprendre en vous voyant, Madame !

Louise ne releva pas le compliment et baissa modestement la tête – très femme honnête ! Elle ajouta, en regardant cette fois l'ecclésiastique bien dans les yeux :

— Il est resté tout à fait correct. Je vous le redis, c'est un homme bien élevé. J'ajouterai après cet entretien avec lui avoir bon espoir que j'aurai un vrai appui de sa part. J'espère que justice me sera rendue et mes biens restitués. Il a semblé bien comprendre l'iniquité des reproches que me font les pouvoirs publics actuels et s'est engagé à m'aider à la réparer. Nous nous sommes quittés en bons termes et je lui ai dit que je serais disposée à le revoir si cela se révélait nécessaire.

Après un court instant, elle reprit, craignant que ses propos ne prêtent à confusion :

— Nécessaire à l'avancement de mon dossier !

L'abbé sourit finement :

— Je l'avais bien entendu ainsi. Dans quel état d'esprit l'avez-vous trouvé ? Comment s'est-il comporté ?

— Il a été très aimable. Je vous avouerai, Monsieur l'abbé, qu'il est charmant ! Pas du tout le monstre que d'aucuns dépeignent.

— Il est charmant, comme vous l'avez souligné, avec les femmes… mais il peut être impitoyable lors des combats avec les nôtres. Il donne souvent l'ordre à ses troupes de ne pas faire de quartier, d'attaquer à la baïonnette et d'exécuter immédiatement les prisonniers. Un individu sans pitié aucune…

Louise se rembrunit. Elle avait envie de réagir vivement, de prendre la défense de son amant. Elle sut se contenir et répondre doucement :

— C'est cette guerre civile entre Français qui est odieuse. J'imagine que les nôtres ne sont guère plus capables de pitié que les républicains. Quand j'habitais chez les Colbert à Maulévrier, j'ai entendu Stofflet évoquer des scènes horribles, des sévices infligés aux *bleus*, que la morale et notre foi chrétienne réprouvent…

L'abbé opina du chef, ne souhaitant pas à l'évidence polémiquer. Il ajouta d'un ton légèrement confit :

— Certes, tout cela est condamnable. L'œuvre de Satan dans le cœur des hommes…

Louise approuva de la tête avant de reprendre, prenant l'air positif :

— Pour répondre de façon plus précise à votre question, je vous dirais que le général m'a semblé très déçu. J'ai cru comprendre qu'il avait douté dès le début de la bonne fois des chouans et des émigrés lors de la signature des accords et des traités. Mais il avait espéré que ces accords, ces traités seraient respectés et que, la paix étant rétablie, celle-ci serait durable, les populations épuisées par ces années de guerre faisant pression sur les combattants pour qu'ils ne reprennent pas les armes. Il m'a dit qu'il vivait comme un échec personnel la reprise de la guerre, contrevenant à la mission que les politiques lui avaient confiée. Je crois sincère son désir de concorde. Il pense que les royalistes ont commis une faute lourde et qu'ils le paieront cher. Il est convaincu que la victoire finale lui appartiendra et qu'elle sera proche…

— C'est hélas, Madame, le sentiment aussi de monseigneur le comte de Provence et celui de l'Agence de Paris. Monseigneur souhaiterait également la paix. Malheureusement, son frère le comte d'Artois rêve, lui, d'un retour irréaliste à l'Ancien Régime et d'une lutte à outrance, sans merci. Avant-hier, le chevalier de Tinténiac a débarqué, secondé par votre mari le vicomte de Pontbellanger.

Louise s'écria vivement, le coupant :

— Mon mari seconde le chevalier ! ?

— Vous ne le saviez pas ?

— À vrai dire, non… Mon mari est très secret sur ses activités militaires, craignant que des fuites puissent survenir. Et le connaissant, j'évite de lui poser des questions auxquelles il ne pourrait ou ne voudrait répondre.

Un silence s'ensuivit. Louise était gênée. L'abbé évita de paraître étonné de cette ignorance conjugale et reprit benoîtement :

— Oui, Tinténiac, Pontbellanger et l'armée rouge s'avancent vers Baud pour se diriger ensuite vers

Quiberon, selon les consignes de M. de Puisaye. Nous pensons, et quand je vous dis *nous* c'est le comité de Paris et monseigneur le comte de Provence, qu'il serait plus sage que ces troupes se dirigeassent vers Saint-Brieuc pour accueillir un second débarquement d'émigrés et sans doute des renforts anglais, comme Pitt l'a laissé entendre. Ce qui permettrait de créer un deuxième front, obligeant les républicains à alléger, à dégarnir le blocus de Quiberon… et à accepter à nouveau d'ouvrir des pourparlers de paix.

Louise, passionnée par cette information, hocha la tête :

— Je n'ai pas, Monsieur l'abbé, vous l'imaginez bien, de connaissances particulières dans l'art de la guerre, mais cela me paraît relever du simple bon sens. Ces divergences de vues sont affligeantes et très préjudiciables au succès de notre cause… et j'ajouterai : préjudiciables à la paix !

L'abbé lui sourit, l'air approbatif. Louise se dit qu'il avait l'air content de leur entretien. Elle ne lui avait pourtant pas livré grand-chose, ne souhaitant pas faire le moindre tort à son amant !

Il se leva, la dominant de sa taille imposante. Elle prit l'air modeste et lui proposa :

— Puis-je vous offrir, Monsieur l'abbé, quelque rafraîchissement ? Ce mois de juillet est vraiment chaud !

— Je vous remercie, Madame, mais je ne peux rester plus longtemps en votre agréable compagnie, ce que j'aurais infiniment aimé, croyez-le bien ! Mais si vous ne m'en tenez pas rigueur, je vais me retirer : d'autres missions pressantes m'attendent. Je vous remercie de l'information que vous m'avez communiquée : connaître l'état d'esprit du général Hoche est important. Je ne désespère pas que nous parvenions à nous entendre avec lui, quand les épées auront regagné les fourreaux ! Si grâce à Dieu, dont je suis l'humble serviteur, vous veniez à connaître d'autres sujets dignes d'intérêt, communiquez-les au chevalier de Margadel qui vous a indiqué où laisser vos messages le cas échéant.

— Je n'y manquerai pas ! Que Dieu vous ait en Sa sainte garde, mon père.

— Merci ma fille. Que Dieu vous ait également en Sa sainte garde... répondit le prêtre en la bénissant.

*

L'abbé Boutouillie à peine parti, Louise rédigea un court message à Hoche pour l'informer de la teneur de son entretien avec l'ecclésiastique, qu'elle donna à un valet pour qu'il le porte à Kermilin. Puis elle se rendit dans sa chambre et se détendit un petit moment dans son siège favori, une *duchesse brisée*. Elle était en proie à une certaine fébrilité et voulait mettre si possible de l'ordre dans ses idées. L'annonce de la présence d'Antoine-Henry aux côtés du chevalier de Tinténiac la perturbait : il se trouvait à l'évidence dans le camp adverse. Elle redoutait de le rencontrer, n'ayant plus rien de commun avec lui, mais ne souhaitait pas cependant lui nuire. Comment concilier sa mission d'informatrice de Hoche sans lui livrer de renseignement sur l'armée rouge, dont le vicomte de Pontbellanger était le commandant en second ? Dieu que sa vie était complexe, ces guerres civiles pouvaient engendrer des situations inextricables !

Par la fenêtre grande ouverte, lui parvenaient assourdis les bruits de la ville, le roulement des carrosses sur les pavés, le claquement des sabots des chevaux, les cris des cochers... Il faisait un temps superbe, une belle journée d'été. Un pigeon vint se poser sur la légère grille du balcon. Tout invitait à la paix, à une communion avec la nature. Une puissante nostalgie la saisit : elle rêvait d'être au Vau de Quip, de se faire seller sa monture favorite – Ouragan –, et d'aller faire le tour de ses terres, de parler avec ses gens de la fenaison, de la récolte à venir… Comment se présentait-elle cette année ? Quand allait-on battre ? Les larmes lui montèrent aux yeux : c'était trop injuste qu'on lui ait volé son Vau de Quip, sa terre ! Elle voulait à tout prix les recouvrer… Tant pis pour Antoine-Henry s'il avait choisi le mauvais camp, celui de la guerre ! Elle devait aider maintenant Hoche à gagner, à imposer la paix, pour qu'elle puisse récupérer ses biens. C'était une envie charnelle qu'elle éprouvait… sans compter son amour pour le beau Lazare.

Elle se leva, bien décidée maintenant à tout faire pour que son amant pacifie la Bretagne et que les braves gens puissent jouir tranquillement de leurs biens, de cette nature du Bon Dieu. *Alea jacta est*, se dit-elle, se rappelant ses humanités et son précepteur, le bon abbé Salaun.

Le lendemain matin à la pointe du jour, Kermilin vint lui apporter la réponse de Hoche – le bref mot d'un chef de guerre en pleine action :

Ma belle amie, votre message d'hier m'a été des plus utile, venant corroborer mes propres informations. Je serai à Vannes demain en fin d'après-midi. Je passerai vous voir un court moment à l'heure du souper. Je vous serais infiniment reconnaissant si vous pouviez m'apporter alors quelques lumières complémentaires sur les intentions de ce Tinténiac et de sa bande de chouans. Je vous prie de croire, ma très chère petite Lise, à l'expression de mes sentiments passionnés.

Lazare

Coëtlogon

14-18 juillet 1795

Ce furent deux journées mémorables mais harassantes. Dès réception de la missive de Hoche, Louise était passée aux actes. Après avoir bien réfléchi, elle avait fait porter un message au chevalier de Margadel par le truchement de l'intermédiaire dont ils étaient convenus, au risque que le chevalier ne se posât de questions sur sa relation avec le général – un chef de guerre en pleine campagne, cherchant à rencontrer une dame !

Monsieur le chevalier, le général Lazare Hoche en route pour Quiberon me mande de le recevoir quelques instants à son passage à propos de mon dossier de séquestre. Je pense qu'il serait utile que nous en parlions au préalable. Pouvons-nous nous voir aujourd'hui, ne serait-ce qu'un court moment ?

Cette bouteille étant jetée à la mer, elle décida de faire une tournée-éclair de ses connaissances les plus proches des émigrés ou des chouans, celles dont les maris, les fils, les gendres servaient dans les rangs royalistes. Ce serait bien le diable si ce large filet ne ramenait pas quelques poissons pouvant intéresser Lazare !

Elle alla aussitôt se préparer, s'habillant de façon plus discrète qu'à l'accoutumée. Ce n'était pas le moment, à un tournant décisif de la guerre, de se montrer trop belle, trop futile aux yeux des personnes qu'elle allait rencontrer. Elle mit une tenue modeste, dans les tons gris, comme il sied à l'épouse d'un combattant risquant sa vie. Et tandis que sa voiture s'ébranlait, elle se laissa aller sur la banquette, toute à la joie de retrouver le lendemain Lazare, ne serait-ce qu'un court instant.

Ce fut une matinée et un après-midi décevants. Aucune information intéressante ne lui fut communiquée. Elle dut subir les jérémiades d'épouses et de mères inquiètes, conscientes que la partie était loin d'être gagnée.

La bonne surprise devait intervenir en fin de soirée, quand un homme envoyé par le chevalier de Margadel se présenta à son hôtel. Louise l'accueillit avec chaleur. Elle l'informa du contenu du message du général Hoche, de son souhait de passer chez elle en se rendant à Quiberon, convaincu que Tinténiac cherchait à le prendre de travers.

— Excellent, s'écria l'homme, un certain Pierre-Louis de Kerméhat, qu'elle trouva familier et vulgaire. C'est exactement, chère Madame, ce que nous souhaitons lui faire croire !

Il s'arrêta un instant et fit une sorte de clin d'œil qui se voulait complice, ce qui agaça Louise. Elle ne le montra pas, attendant la suite. Kerméhat reprit :

— Nous venons de transmettre au chevalier de Tinténiac un ordre formel de l'agence de Paris de faire route vers la côte nord. Il lui a été enjoint de se porter d'abord au château de Coëtlogon, afin de recevoir de nouvelles instructions…

Il sourit, prenant l'air important :

— Et vous, chère Madame, puisque vous allez voir Hoche, essayez de le faire parler, de le pousser à préciser ses intentions !

Louise acquiesça de la tête :

— Je ferai de mon mieux. Vous savez, le général Hoche est assez secret, je doute qu'il me livre ses projets… mais après tout, on ne sait jamais !

— Nous comptons sur vous.

Louise sourit, se gardant de montrer l'importance qu'elle attachait à cette information : Tinténiac allait se rendre à Coëtlogon ! Une nouvelle qui allait grandement aider Lazare… qui lui en serait reconnaissant.

Elle prit congé avec beaucoup d'urbanité de ce Kerméhat qui n'en méritait pas tant, le remerciant de lui avoir rendu visite. Lequel lui dit de son côté combien le renseignement qu'elle lui avait communiqué allait intéresser le chevalier de Margadel. Savoir que Hoche allait concentrer ses troupes à l'entrée de la presqu'île de Quiberon était important !

Se retrouvant seule, elle fit partir aussitôt un court message pour informer Hoche de ce qu'elle venait d'apprendre, lui signalant qu'elle allait toutefois s'efforcer d'examiner la véracité de ce renseignement.

Et dès le lendemain matin, elle reprenait son circuit de visites auprès des épouses dont les maris appartenaient à l'armée rouge, au prétexte de les informer du rendez-vous de Coëtlogon révélé par l'Agence de Paris.

Les nouvelles circulaient vite dans ce milieu restreint de l'aristocratie morbihannaise. La plupart des dames que Louise devait rencontrer savaient déjà que le chevalier de Tinténiac ainsi que leurs maris allaient se rendre au château de Coëtlogon. Un dîner y était même envisagé par la propriétaire, Mme de Guernisac, pour permettre à la gent féminine de retrouver ses hommes – et à ces derniers de connaître le légitime *repos du guerrier*. Une pause d'un soir bien méritée ! On demanda à Louise si elle souhaitait participer à ce repas et y retrouver elle aussi son mari. Prise de court, elle prétexta une impossibilité : elle n'avait aucune envie de revoir Antoine-Henry… et pour cause !

Détentrice de cet important secret, elle attendit avec impatience la fin de la journée et sa rencontre avec Hoche. Elle s'était *pimpelochée*, parfumée, avait revêtu une robe qui mettait en valeur ses jeunes seins. Son excitation était à son comble quand arriva le beau Lazare, sans discrétion aucune. Le bruit de sa voiture, de son escorte nombreuse attira l'attention de tout le quartier, mais Louise n'en avait cure, toute à la joie de retrouver son amant. Lequel monta quatre à quatre les marches de l'escalier dès qu'il l'aperçut sur le palier du premier étage. Lui saisissant la main, il l'attira dans sa chambre dont la porte était restée grande ouverte. La refermant d'une poussée, il prit Louise dans ses bras, la couvrant de baisers, murmurant :

— Ma petite Lise, tu m'as manqué, tu sais !

Louise se colla contre lui. Il sentait le chaud, la sueur de l'homme d'action, du grand guerrier qu'il était. Elle répondit à ses caresses, excitée par son odeur, sa force, sa virilité, le caressant à son tour. Il la bascula sur le lit… et la prit *à la hussarde* !

À peine son *affaire* terminée qu'il se rhabillait, à l'évidence pressé. Louise aurait aimé le garder un bon moment dans ses bras, échanger tendrement avec lui, mais elle avait bien compris qu'elle ne pouvait le retarder. Et déjà, finissant de reboutonner son habit, il lui demandait :

— Ma belle chérie, qu'avez-vous encore appris qui pourrait m'aider ?

Elle lui fit une synthèse rapide des informations qu'elle avait récoltées, lui confirmant que Tinténiac allait marcher vers le nord, sans doute vers Saint-Brieuc.

Elle l'informa du dîner prévu à Coëtlogon vers le 17 ou 18 juillet, auquel participeraient certaines épouses des officiers de l'armée rouge. Hoche l'avait écoutée, silencieux, concentré, approuvant de la tête. Il conclut, quand elle eut fini :

— Merci, ma Lise chérie, un travail utile que vous avez fait là. Nous avions bien compris que le chevalier de Tinténiac, de son propre chef ou plus vraisemblablement sur ordre, semblait avoir renoncé à se diriger vers la presqu'île de Quiberon pour marcher au nord. Une grossière erreur de sa part. S'il avait pris mes troupes à revers à l'entrée de la presqu'île, nous aurions connu une situation très délicate ! Quant à ce dîner, à cette halte à Coëtlogon, cela me paraît très vraisemblable…

Après avoir hésité un instant, Louise lâcha :

— Vous savez, je fais cela par amour pour vous, mais j'ai un peu honte en pensant que mon ex-mari, le père de mon fils, risque de s'y trouver et d'être tué !

Hoche l'attira dans ses bras puis, prenant du recul, il la tint par les épaules :

— Ma mie, vous n'avez fait que confirmer une information que m'avaient donnée mes services de renseignement. De toute façon, mes troupes suivent à quelques heures d'écart la marche de Tinténiac. S'il devait s'arrêter pour passer la nuit à Coëtlogon ou un peu plus loin, nous lui serions tombés dessus alors qu'il aurait baissé sa garde !

Il la regarda avec tendresse un instant avant d'ajouter :

— Vous avez bien fait de ne pas accepter cette invitation à dîner. Vous risquiez de vous trouver dans une situation délicate et surtout au milieu d'un combat meurtrier.

Il se tut puis s'écarta doucement et lui sourit :

— Ma belle chérie, je dois y aller. Vous imaginez bien le devoir qui m'attend... Merci pour ces informations qui me sont précieuses. Vos sentiments encore plus ! Je vous quitte à regret mais le devoir, la République m'appellent. Je ne peux m'attarder. Vous le comprenez bien. Dès que nous aurons vaincu et rétabli la paix, nous nous reverrons à loisir.

Il sourit à nouveau, ajoutant :

— Et malgré mes soucis, je n'oublie pas bien sûr le suivi de votre dossier qui est en bonne voie !

Ils s'embrassèrent puis il s'arracha à leur étreinte et gagna le palier. Il se retourna une ultime fois, lui fit un signe de la main, un sourire encore, et il commença à descendre rapidement le grand escalier de l'hôtel du Grégo.

Elle entendit le bruit des bottes sur les marches et presque immédiatement ensuite ceux de son *train* – sa voiture et l'escorte –, qui résonnaient dans la petite rue. Puis un grand silence. Elle alla s'étendre sur son lit et ferma les yeux. Elle percevait toujours la forte odeur de l'homme sur elle et son corps de femme ressentait lui encore l'intensité du plaisir qu'elle avait connu. Elle ne tarda pas à s'endormir.

*

Dans les jours qui suivirent la bataille de Coëtlogon, Louise apprit peu à peu le déroulement de cette nuit fatidique. Le 18 juillet, les chouans et les hommes de la division de Loudéac gagnaient le château de Coëtlogon : une impressionnante forteresse médiévale perdue au fond d'une forêt. Les troupes épuisées par ces derniers jours de marche forcée furent heureuses de pouvoir prendre quelque repos. Le soir venu, les officiers émigrés rejoignirent pour dîner Mme de Guernisac et sa fille, leur amie Mlle de Boishardy et plusieurs autres femmes de la bonne société – ce fameux repas dont on parlait imprudemment dans la région depuis près d'une semaine. Les officiers chouans avaient, eux, choisi selon leur habitude de dîner avec leurs hommes, qui étaient installés dans les jardins de la propriété.

Dans la soirée, Vincent de Tinténiac apprit qu'il devait se rendre à Châtelaudren pour appuyer un débarquement de troupes anglaises. Comme il s'y préparait à la fin du repas, une attaque républicaine survenait soudain, prenant par surprise des chouans alors totalement impréparés. Ces derniers réussirent à se reprendre et à repousser l'ennemi mais Tinténiac, qui dès le début de l'engagement s'était porté en avant, avait été mortellement blessé. Un drame !

Louise avait appris aussi que les royalistes s'étaient immédiatement réunis pour désigner un nouveau chef. Les chouans voulaient nommer Cadoudal, mais les émigrés majoritaires avaient choisi d'élire... son mari, le vicomte de Pontbellanger ! Ce dernier, aussitôt élu, avait ordonné de poursuivre la marche vers Saint-Brieuc. Elle n'en savait guère plus et se terrait dans son hôtel. Elle commençait à faire l'objet de critiques dans les chaumières et les manoirs royalistes de la région : on l'accusait de trahison ! La *vox populi* avait rapproché les visites qu'elle avait effectuées les jours précédents, ses questions parfois indiscrètes... et le bref passage de Hoche à son domicile. De là à conclure qu'elle lui avait livré les informations qu'elle avait glanées, le pas avait été franchi. Fait aggravant : son absence au dîner de Coëtlogon ! La supposée traîtresse s'était bien gardée de venir rejoindre son mari, sachant d'avance qu'une attaque allait s'y produire. Il se dit qu'elle avait pris le risque d'envoyer à la mort son époux pour être libre d'aimer Hoche à sa guise…

Ces accusations hélas fondées que des amis proches lui rapportèrent lui furent douloureuses, lui paraissant d'autant plus injustes que Hoche de toute façon était décidé à attaquer l'armée rouge à Coëtlogon ou ailleurs. Elle ne se sentait guère coupable et trouvait ces reproches infondés : le repentir n'était pas dans son caractère. Elle traçait son sillon sans trop de scrupules.

Les quelques jours qui suivirent lui furent malaisés. À ce sentiment d'injustice d'être mise au ban d'une partie de son milieu, s'ajoutait la tristesse d'être séparée de son amant. Elle avait adoré leur dernière rencontre : la brutalité amoureuse du désir de Lazare l'avait terriblement excitée, mais l'absence de tendresse ensuite l'avait par contraste un peu choquée. Elle trouvait son absence cruelle et pensait sans cesse à lui.

Les critiques s'intensifiaient, elle prit peur et pensa que sa vie pouvait être en danger. Elle se dit qu'il fallait au plus vite *prendre le large* ! Elle envoya, toujours par le truchement de Kermilin, un court message à Hoche, lui expliquant les faits, puis fit rapidement ses bagages et prit la route de son cher Vau de Quip. Elle voulait y faire une brève escale pour s'assurer de la situation, passer ensuite au Grégo voir sa mère et embrasser son fils… Après, elle chercherait à se fondre dans l'anonymat d'une grande ville : Nantes, ou pourquoi pas Paris ?

Déboires royalistes

Fin juillet – novembre 1795

Louise avait en définitive opté pour Nantes, l'important pour elle étant de disparaître du paysage au plus vite. Elle était passée en coup de vent au Vau de Quip pour s'assurer que le régisseur tenait toujours bien la propriété et lui promettre un retour prochain. Elle avait ensuite rejoint le Grégo où sa mère, pour une fois, l'avait accueillie avec chaleur… à la différence du petit Charles-Félix, toujours en retrait, pour ne pas dire hostile.

Louise, sous le sceau du secret, s'était livrée à sa mère – n'évoquant pas sa liaison avec Hoche mais son rôle d'informatrice. Jeanne-Vincente, qui avait de l'estime pour le général républicain et qu'une médiocre appréciation de son gendre Charles-Henri, l'avait félicitée pour son action. Mais elle avait conseillé à sa fille de tout de suite se cacher à Nantes : elle était trop connue à Redon et à Vannes pour pouvoir rester longtemps incognito au Grégo et ne pas craindre des représailles des royalistes locaux. Nantes, lui avait-elle dit, ne devrait être qu'une étape avant de filer à Paris. Écoutant ces sages conseils, Louise prit le chemin de Nantes et parcourut en trois jours les douze lieues du trajet. Thérèse l'accueillit avec joie avant d'aller immédiatement porter un message au quartier général des républicains, destiné à Hoche, l'informant de l'arrivée de sa patronne à Nantes… tandis que cette dernière se terrait dans son appartement.

Après l'intense activité de ces derniers jours, ce repos forcé lui fit physiquement du bien, mais elle éprouva le contrecoup psychologique de la tension accumulée. Trop, c'était trop ! Trop dur à supporter : sans nouvelles de Hoche, se mettant à douter quant à la réalité de ses sentiments, dépourvue d'un mari, privée de l'affection de son père, peu attachée à son fils unique, en rupture de ban à l'égard d'un milieu où elle ne se reconnaissait plus… Malgré les erreurs de la jeune République, les abominations commises en son nom – l'usage abusif de la guillotine, les noyades de Carrier, les exécutions sommaires… –, elle adhérait aux idées nouvelles. Elle eût préféré bien sûr une monarchie libérale, démocratique, mais Hoche l'avait convaincue qu'il valait mieux faire table rase de ce passé d'injustice, d'inégalités, et bâtir à neuf. Il l'avait assurée aussi que la République respecterait la propriété privée et, dès lors qu'elle réussirait à prouver sa loyauté, elle retrouverait ses biens.

En même temps, elle ne pouvait s'empêcher d'éprouver une forme de malaise à l'idée qu'on puisse la soupçonner d'avoir trahi, et que tout son milieu allait lui tourner le dos. Hoche avait tenté de la consoler en lui disant que la jeune République avait été bâtie ou rejointe par de très nombreux ci-devant comme elle. Il lui avait cité en souriant le *comte* de Mirabeau, le *vicomte* Paul de Barras, Lafayette, Choderlos de Laclos et même Jean-Marie Sotin de La Coindière, l'actuel ministre de la Police… ce qui sur le moment avait un peu rassuré Louise.

Mais, maintenant seule dans cet appartement, elle se sentait si malheureuse qu'elle se mit à pleurer. Thérèse, qui ignorait la cause de ce chagrin, s'efforçait de la consoler en la serrant sur son gros corsage. Et Louise se laissait aller à aimer cette tendresse populaire qui ne lui demandait pas de compte, ne la jugeait pas.

*

Les échos des combats parvenaient en décalé aux oreilles de Louise. Parfois presque instantanément, souvent bien après l'événement. Sa seule source d'informations était Thérèse, qui glanait des renseignements au marché ou en s'entretenant avec d'autres domestiques, et n'eut pas de mal à apprendre la chute du fort de Penthièvre, que les révolutionnaires avaient rebaptisé le *fort Sans-Culotte*, ce qui la faisait bien rire. Elle continuait à lui donner son ancien nom.

La citadelle était défendue par plus de quatre mille hommes et soutenue par les tirs des navires britanniques. Lors d'un violent orage, elle était tombée aux mains des *bleus*, le 2 thermidor (20 juillet) au soir. Les partisans des républicains évoquaient avec admiration comment l'adjudant-général Jacques Mesnage avait mené une action audacieuse… après avoir contourné le fort du côté inattendu de la mer et en avoir fait escalader les murailles par ses hommes. Il avait apporté la victoire à Hoche, qui l'avait nommé sur-le-champ général de brigade.

Le comte de Puisaye, tirant les conclusions de cette défaite des royalistes et jugeant la situation désespérée, avait peu glorieusement rembarqué avec ses troupes sur un navire britannique, tandis que deux mille cinq cents émigrés et chouans avaient pu être évacués à l'aide de chaloupes anglaises. Sombreuil et ses hommes, restés seuls et acculés au bout de la presqu'île, avaient tenté une ultime résistance à Port-Haliguen. Dès le 3 thermidor (21 juillet), Hoche et Sombreuil entamèrent des négociations. Ce dernier capitula, sous la promesse, disait-on, que lui-même et ses hommes auraient la vie sauve. Promesse que les révolutionnaires ne devaient pas tenir… Une triste tache sur la mémoire glorieuse de Hoche. Les suites de l'affaire de Coëtlogon, dans laquelle Louise se sentait davantage impliquée, mirent plus longtemps à être connues dans la région nantaise, et jamais de façon très claire ni précise.

Il se disait à Nantes que Pontbellanger avait été nommé par l'Agence de Paris *commandant de l'armée royale et chrétienne* pour la Basse-Bretagne. D'aucuns n'avaient pas compris pourquoi il n'avait pas marché tout de suite sur Quiberon pour prendre à revers Hoche et venir en aide aux émigrés et aux chouans en difficulté. D'autres leur répondaient qu'en se dirigeant vers le nord, il n'avait fait qu'obéir aux ordres de ladite Agence : il s'agissait de mener une action à Saint-Brieuc et Saint-Malo pour favoriser un éventuel débarquement anglais sur la côte nord. Bref, personne n'y voyait clair ! Et encore moins sur ce qui devait se passer les jours suivants…

On sut que Pontbellanger et ses troupes avaient donc marché au nord, s'emparant des villes de Quintin et de Châtelaudren et les rançonnant. La nouvelle du désastre de Quiberon leur serait parvenue le 25 thermidor (23 juillet), alors même que les généraux républicains Chabot et Champeaux s'apprêtaient à marcher sur Quintin, tandis que les troupes de Hoche, fortes de leur victoire, allaient elles aussi gagner les Côtes-du-Nord. Panique dans le camp royaliste ! Les chouans, reprochant aux officiers émigrés de les avoir menés dans un piège, les prenaient à partie, les menaçant de se débander… Ambiance !

Louise avait connu Stofflet puis Hoche. Les deux hommes, se battant dans des camps opposés, étaient l'un et l'autre d'origine populaire. Elle avait pu se rendre compte de leur proximité avec la troupe – le commandement direct, le partage quotidien avec leurs soldats. Elle devinait combien la relation de son ex-mari avec les chouans sous ses ordres pouvait être ardue. Le vicomte de Pontbellanger, fils de marquis, était typiquement un officier de l'Ancien Régime. Fin, élégant, courageux certes, mais éloigné de ces *rustres du Morbihan* indisciplinés et pratiquant une guerre de partisans qui lui était étrangère.

L'incompréhension entre un Antoine-Henry distant, presque méprisant, et ses troupes, devait être totale. Elle expliquait pourquoi, dès le 27 thermidor (25 juillet), les chouans avaient retiré ces uniformes rouges anglais qu'ils n'appréciaient pas et décidé d'abandonner ces chefs qu'ils ne reconnaissaient pas, pour rentrer chez eux. Les émigrés avaient tenté alors de regagner la côte nord, espérant pouvoir de là rejoindre l'Angleterre.

La suite était encore plus confuse et paraissait peu crédible à Louise : bien que n'aimant plus son mari, elle le considérait comme un homme d'honneur, incapable d'une vilénie, de déloyauté et d'une quelconque indélicatesse... On racontait toujours à Nantes qu'un conflit violent avait opposé Cadoudal, chef des chouans, à Pontbellanger, qui avait amené ce dernier à céder le commandement à Cadoudal et à disparaître avec les officiers de son état-major. Pontbellanger devait accuser Cadoudal d'insubordination et de lui avoir rendu impossible l'exercice de son commandement. Cadoudal, de son côté, reprochait à Pontbellanger son indécision et, ce qui était beaucoup plus grave, sa fuite avec son état-major, en emportant les fonds de l'armée. Un conseil de guerre des officiers chouans aurait alors traité Pontbellanger de déserteur et requis une peine en conséquence... la mort! Peine qui, Dieu merci, ne fut jamais exécutée. Tout cela était désolant!

Louise ne devait connaître le vraisemblable destin de son ex-mari que beaucoup plus tard. Dans l'immédiat, elle ignorait son sort, n'entendait que des rumeurs plus ou moins bienveillantes, invérifiables, mais qui lui étaient désagréables.

*

Quelques semaines après la triste affaire de Coëtlogon, Nantes se mit de nouveau à bruisser de rumeurs inquiétantes. Il se disait qu'une escadre anglaise serait arrivée à l'île d'Houat et y aurait débarqué des troupes émigrées avec à leur tête le comte d'Artois, le frère de Louis XVI. Le prince aurait retrouvé sur l'île des rescapés de l'expédition de Quiberon et aurait fait célébrer un office à la mémoire des royalistes morts au combat ou fusillés. Le bruit courait que le comte d'Artois aurait renoncé à débarquer en Bretagne, l'un des survivants de l'affaire de Quiberon, M. de La Roche-Bernard, l'ayant averti qu'il ne fallait plus compter sur cette province, terrorisée après l'échec de Quiberon. Plusieurs jours avaient été perdus à Houat à tergiverser, le comte d'Artois voulant tester divers plans d'action.

Le prince, en définitive, avait opté pour un débarquement en Vendée, espérant pouvoir joindre ses forces aux vingt-cinq mille hommes annoncés par François de Charette et peut-être à ceux de Stofflet, bien que la mésentente des deux hommes fût patente...

Louise commença à s'inquiéter fortement, se demandant quel parti prendre: rester à Nantes, fuir à

Paris ? Quelle serait la réaction des royalistes si d'aventure ils étaient victorieux, face à elle qu'on accusait d'être à l'origine de l'affaire de Coëtlogon ? Un billet succinct de Hoche, porté par le fidèle Kermilin, vint la rassurer : ce diable d'homme, malgré ses écrasantes responsabilités actuelles, les énormes enjeux, avait pu deviner les angoisses de Louise. Elle lut et relut le message, visiblement écrit à la hâte :

Ma belle amie, mes hommes viennent de faire subir une défaite cuisante à Saint-Cyr aux troupes de M. de Charette... qui ne sont plus en état de gagner la côte et de faire jonction avec les forces royalistes, conduites par ce Bourbon. Elles ont dû se replier dans le bocage. Je vais rejoindre Les Sables-d'Olonne avec quatre cents cavaliers et suis très optimiste : le comte d'Artois et sa cour sont des amateurs ! J'ai proposé à la Convention de capturer le prince : ce serait une belle prise pour la République ! J'ai bon espoir que dans quelques jours nous serons quittes de ces Anglo-émigrés. Ne vous inquiétez donc point. Dès que cette affaire sera bien réglée, je m'efforcerai de passer vous voir et vous dire quelques belles galanteries à ma façon.
Je suis, ma petite Lise, en attendant, votre très humble et très épris serviteur !

Lazare

Les prédictions de Hoche se réalisèrent : Charette ne put gagner la côte et faire sa jonction avec les forces anglo-émigrées du comte d'Artois. Des émissaires, disait-on, s'étaient succédé à l'île d'Yeu, portant des messages contradictoires de Cadoudal, de Puisaye, de Charette, de Stofflet : appelant le prince à débarquer en Vendée, en Bretagne... Ce dernier ne savait quel parti prendre. Il gardait encore confiance, mais son entourage et le corps expéditionnaire se décourageaient. Les vents d'autan balayaient l'île, un plateau de granit. Les soldats sous leur tente souffraient du froid, de la pluie, du manque de vivres. La population se révélait de plus en plus hostile, tandis que la mer devenait menaçante et que les Britanniques faisaient pression pour arrêter l'opération. Tels étaient les bruits qui se colportaient à Nantes, rassurant quelque peu les républicains… et Louise ! On parlait aussi des dissensions entre le comte d'Artois et le comte de Puisaye, entre ledit Puisaye et Charette, entre ce dernier et Stofflet… *Un beau panier de crabes*, pensait Louise.

On apprit que ces différents émissaires reçurent de vagues promesses du comte d'Artois puis furent éconduits… avant que celui-ci ne fasse remettre à Charette par le comte Grignon de Pouzauges une épée d'honneur, supposée être le témoignage de son admiration, sur la lame de laquelle était gravée l'inscription « Je ne cède jamais ». Les républicains, l'ayant su, en firent des gorges chaudes, tandis que le malheureux Charette, blême de rage, s'écriait :

— Allez dire à vos chefs que vous m'avez apporté mon arrêt de mort !

Le 21 novembre 1795, trois émissaires vinrent lui remettre une lettre du prince lui indiquant les raisons pour lesquelles il n'avait pu débarquer, imputant la responsabilité de cette défection aux Britanniques. Et tandis que le comte d'Artois et sa cour cinglaient tranquillement vers l'Angleterre, le malheureux François Athanase de Charette se trouvait face à son destin : son seul choix, comme il l'avait dit à l'émissaire du prince, était de *périr les armes à la main*.

Hoche allait maintenant pouvoir continuer son œuvre de pacification. Louise espérait revoir rapidement son amant et était dans l'attente de poursuivre son travail de renseignement, rendu plus difficile par son isolement et l'hostilité de son milieu. Elle ne devait apprendre que beaucoup plus tard l'implication de son père dans l'affaire de l'île d'Yeu. Le vieux marquis, s'ennuyant à Jersey, et gêné de son inaction quand tous ses amis émigrés militaient pour *Dieu et le roi*, avait voulu accompagner le comte d'Artois – ce qui plus tard lui sera reproché…

Promesses et doutes

Fin 1795

L'échec du débarquement de l'île d'Yeu avait apaisé les inquiétudes de Louise. Les dissensions des chefs royalistes la choquaient et l'ancraient dans sa conviction d'une victoire finale des républicains. Ce qu'elle savait du comte d'Artois le rendait à ses yeux antipathique, voire méprisable. Sa gestion de l'affaire de l'île d'Yeu lui avait parue pitoyable.

En revanche, ayant rencontré et aidé les gens de la Manufacture, elle avait plutôt une bonne image du comte de Provence. On pouvait espérer, vu les dires de ses équipes, que les orages passés et le bon sens revenant, ce prince-là, habile et libéral, pourrait peut-être devenir le monarque capable de faire la synthèse des valeurs républicaines et monarchiques – ce qui avait toujours été son rêve secret.

Dans l'immédiat, elle voulait tenter de reprendre son activité de renseignement au bénéfice de Lazare Hoche. Elle espérait toujours qu'en contrepartie, grâce à son aide, les instances suprêmes de la République accepteraient de régler son statut personnel et de lever le séquestre de ses biens – ses droits et sa bonne foi étant enfin reconnus !

Concernant sa relation amoureuse, ces mois passés plus ou moins recluse dans ce petit logement nantais avaient été éprouvants. Elle restait très éprise de son beau général mais les doutes l'assaillaient. Dès le début de sa liaison, leur accord tant physique que sentimental, pensait-elle, l'avait conduite à espérer connaître le grand amour. Sa solitude durant des mois, l'annonce de la naissance d'une fille que son amant avait eue avec sa femme l'avaient beaucoup perturbée. Elle tentait de se convaincre qu'il s'agissait d'un mariage de raison et que cet homme éminent, comme tous les personnages historiques, voulait assurer sa pérennité... mais qu'elle resterait sa *dame de cœur*.

Leur rencontre à Vannes l'avait rendue heureuse bien sûr, tant elle était chargée d'érotisme. Mais avec le recul du temps, elle en avait gardé un souvenir mitigé. Comme il le lui avait dit, il l'avait prise *à la hussarde*. Elle comprenait qu'en pleine action il ne disposât guère de temps à lui consacrer, mais en y repensant, elle aurait aimé connaître de sa part plus de tendresse, plus d'élégance dans leurs amours : elle avait été un peu peinée sans le lui dire de son manque de délicatesse à son égard. Elle se sentait comme une citadelle déjà conquise, qui ne requérait plus d'effort particulier pour être investie à nouveau. Elle avait trouvé aussi qu'il était plus préoccupé de son propre plaisir que du sien. Elle en avait été un peu frustrée mais ne lui avait rien dit.

Et les quelques billets qu'il lui avait adressés ces derniers temps étaient plus laconiques, plus factuels qu'auparavant – toujours courtois mais dépourvus de cette tendresse des premiers temps de leurs amours... *Tout passe, tout lasse*, se disait-elle. Leur liaison n'était-elle pour lui qu'une simple passade, une conquête de plus à mettre au tableau de chasse de cet homme à femmes ? Elle s'efforçait de lutter contre le doute et d'écarter ces pensées pessimistes, mais ce n'était pas facile.

*

Aussi fut-elle folle de joie quand Hoche, remontant de Vendée, lui fit passer par Kermilin un message lui proposant une rencontre à Nantes dans cet hôtel privé où ils s'étaient déjà retrouvés. La lettre était courte mais tendre... comme le fut la rencontre. Ils passèrent trois heures ensemble – des moments de passion où il se montra délicat, pratiquant de longues caresses avant de l'aimer. Il apaisa ses doutes de quelques paroles bien senties et fit pardonner la brièveté de son précédent passage. Elle l'adora, le trouvant si séduisant : toujours beau, charmant et brillant, mais le visage amaigri et les traits fatigués. Elle le lui dit avec sollicitude, s'inquiétant de sa santé. Il sourit, haussa les épaules et rétorqua que *cela faisait partie du métier*, de son engagement, et qu'il préférait vivre jeune, intensément, quitte à en payer le prix plus tard ! Et il l'embrassa avec fougue :

— Dans l'immédiat, je suis toujours là pour ma petite Lise !

Il devait repartir peu après avec son escorte, à bride abattue, pour Vannes d'abord, puis Quimper.

Avant de quitter une Louise à nouveau très éprise, il lui promit de relancer avec force la procédure en écrivant, dès son retour à Quimper, au ministère de la Police générale pour soutenir son dossier. Ce qu'il fit quelques jours plus tard, la mettant en copie. La lettre avait été envoyée le 1er décembre 1795 et représentait la *citoyenne du Bot* comme persécutée par ses ennemis et par les acquéreurs de ses biens, en butte aux deux parties et précisant que la République lui devait quelque reconnaissance pour les *services qu'elle lui a rendus*.

Étaient joints à la lettre deux certificats des députés du Finistère :

Convaincus des services signalés qu'a rendus la citoyenne du Bot relativement à la pacification de la Vendée, services attestés par le général Hoche, nous persistons avec plaisir comme avec justice, dans l'intérêt que nous avons mis au succès de la réclamation de la pétitionnaire.

Elle lut et relut avec une grande émotion les documents. Allait-elle enfin pouvoir retrouver le Vau de Quip – sa maison ? Elle revit fugitivement la demeure, belle endormie au bord de son étang, l'attendant portes et fenêtres fermées. Elle sentit son odeur si particulière de cire, de vieilles pierres et d'un peu d'humidité.

Elle était infiniment reconnaissante à son amant d'avoir tenu ses engagements, malgré tous ses soucis et son intense activité. Elle pensa qu'elle devait tenir les siens et faire de son mieux pour lui apporter le plus de renseignements utiles à sa mission de pacification. Mais au-delà de cette volonté de réciprocité, elle espérait que son action favoriserait la poursuite, le développement même de la brillante carrière de cet homme qu'elle aimait et admirait plus que tout.

L'affaire de La Bruffière

Fin 1795 – début 1796

Donc à partir de décembre 1795, nantie d'un laissez-passer signé du général commandant en chef de toute l'armée de l'Ouest, Louise se mit à parcourir la Bretagne et la Vendée, évitant cependant les villes de Vannes et de Quimper où elle savait que courait la rumeur de sa prétendue trahison dans l'affaire de Coëtlogon. Sa famille ayant été l'une des plus riches et importantes de Bretagne, alliée à de nombreuses lignées prestigieuses, elle devait être bien accueillie partout ailleurs. Elle n'avait pas trop de difficultés à justifier à chaque fois les raisons de ses voyages : elle n'était pas à court d'imagination et les gens, ravis d'avoir de la visite en cette période troublée, ne lui posaient pas trop de questions. Elle ne connaissait pas non plus de problèmes matériels : Hoche lui ayant laissé de l'argent et donné des instructions à ses troupes pour que, si besoin, on lui fournisse voitures et chevaux.

Et chaque semaine, elle envoyait *via* Kermilin un compte rendu *codé* à son beau Lazare, lui résumant ses contacts et la teneur de ce qu'elle avait appris d'intéressant. Elle était souvent étonnée de constater combien on se confiait facilement à elle, et des secrets qu'on lui livrait. Les légers scrupules qu'elle avait eus au début, à trahir la confiance des gens, avaient disparu : elle se considérait comme une combattante au service de la consolidation de la République et de la paix, des idéaux suffisamment nobles pour étouffer tout état d'âme. Mais n'est-ce pas au fond ce que se disent tous les espions, qu'ils soient motivés par un idéal, un objectif matériel ou les deux ? Ce qui était son cas ! Et, bien sûr, à l'occasion, elle n'hésitait pas non plus à transmettre à la Manufacture quelques informations anodines ne présentant pas de risques pour Hoche. Ce fut le cas à Rennes fin décembre et à Nantes peu après, où elle fut contactée par le chevalier de Margadel... qui la suivait à la trace !

À la mi-janvier 1796, les colonnes républicaines traquaient le reste des troupes de Charette et de Stofflet dans une ambiance d'hallali militaire. On sentait que la fin n'était pas loin. Louise décida de se rendre en Vendée pour glaner éventuellement des informations pouvant être utiles à Hoche. François Athanase de Charette de La Contrie, tout héros militaire qu'il fût, était mondain et aimait les jolies femmes. Louise n'eut pas grand mal à trouver dans la bonne société locale un contact qui lui permit de se rapprocher du grand chef vendéen. La rencontre eut lieu près de Saint-Hilaire-de-Clisson. Charette sembla ravi de rencontrer *par hasard* la vicomtesse de Pontbellanger, fille du marquis du Bot du Grégo. Devant le *gentil sesso*, le général perdait toute prudence. Il faut dire qu'à cette époque de sa vie, Louise, âgée de vingt-six ans, était extrêmement séduisante. Petite certes, mais vive, appétissante, elle avait un teint ravissant que ses nombreux voyages à cheval avaient hâlé. Ses yeux entre noisette et miel pétillaient et son esprit toujours vif et souvent drôle la rendait provocante.

Le général était accompagné, selon son habitude, d'une escorte de femmes, ses *amazones* comme on les appelait. Ces dames parfois habillées en homme n'hésitaient pas à faire le coup de feu ! Elles étaient nombreuses ce jour-là : les demoiselles de Coëtus, Mme de Montsorbier et sa sœur, Mme Voyneau... et quelques autres dont Louise n'avait pas saisi le nom.

Elles réservèrent un accueil extrêmement froid à cette intruse, peut-être une concurrente ! Charette n'hésita pas à lui montrer tout le plaisir qu'il prenait à une telle rencontre et proposa à Louise de se joindre à la petite troupe pour la soirée – laquelle fit halte à la Bruffière, non loin de Montaigu, au logis de La Grange. La troupe, forte de cinq cents hommes, bivouaqua dans le parc de la propriété, tandis que le général et ses officiers s'installaient dans la maison de maître. Un souper fut organisé et Louise fut l'objet de toutes les attentions du chef vendéen. Contrairement à ce qui fut colporté par la suite, Louise, toujours fidèle à Hoche, ne céda pas aux avances du bel Athanase. Tout au plus dansèrent-ils ensemble lors du bal improvisé à l'issue du souper.

À peine Louise était-elle remontée dans sa chambre, savourant cette soirée très gaie, que des cris puis des coups de feu retentirent dans la nuit. Elle comprit instantanément que ce devaient être les *bleus* qui attaquaient. Elle avait un tempérament, des réflexes de survivante, repérant toujours quand elle était dans un lieu fermé une issue en cas d'incendie, si fréquent dans les propriétés et les églises anciennes. En regagnant sa chambre au premier étage, elle avait noté qu'au pied de l'escalier se trouvait une petite porte donnant sans doute sur l'extérieur. Elle ne demanda pas son reste : abandonnant ses affaires de toilette, elle prit son porte-bagage et descendit quatre à quatre les marches...

La porte du bas ouvrait effectivement sur l'extérieur et faisait face aux écuries. En un rien de temps, elle sortit sa monture, fixa son porte-bagage à la selle et piqua des deux. L'essentiel du combat se déroulait dans le parc où bivouaquaient les hommes de Charette. Filant au galop par l'arrière du logis, elle échappa à quelques balles imprécises et gagna la campagne, puis se dirigea au nord. Vingt-six lieues la séparaient de Nantes ! Elle attendit cachée dans un bois que le jour se lève, puis prit tranquillement sa route. Elle mit trois jours à regagner la ville.

Elle fut ulcérée quand elle apprit plus tard qu'on la soupçonnait d'être à l'origine du désastre de La Bruffière, alors qu'elle s'y trouvait par hasard et n'avait dû son salut qu'à son instinct de survie et sa réactivité.

Charette avait lui aussi réussi à échapper aux républicains, commandés par le général Travot. Son arrière-garde le protégeant fut littéralement anéantie : il se disait que les royalistes auraient perdu deux cent cinquante hommes. Mlle de Coëtus et Mlle de La Rochette, toutes deux blessées, avaient dû se rendre, tandis que la sœur de cette dernière avait été tuée dans les combats.

Charette cependant avait réussi à traverser en force avec quelques hommes les colonnes de Travot et à rejoindre Les Landes-Genusson… où il trouva quatre bataillons républicains. Ce diable d'homme les culbuta et finit par arriver à Belleville avec les débris de sa troupe, sain et sauf, mais n'ayant plus qu'une poignée de fidèles à ses côtés. L'épopée du Vendéen était proche de la fin.

Louise, quant à elle, avait regagné Nantes. Elle devra toute sa vie durant faire face à cette rumeur d'être l'instigatrice du traquenard de La Bruffière. Elle était prête à assumer le rôle qu'elle avait joué auprès de la République, mais refusait énergiquement qu'on lui imputât ce guet-apens. D'autant plus qu'elle n'avait pas été insensible au charme du séduisant François Athanase et que, bien que n'appartenant pas au même camp, elle admirait le courage de l'homme et ses qualités de chef. Mais c'était une femme foncièrement fidèle. Fidèle à sa terre du Vau de Quip comme elle l'avait été à Hoche. Antoine-Henry lui avait été imposé dans le cadre d'un mariage arrangé, dans l'intérêt des deux familles. Elle l'avait trompé, car elle ne l'avait pas choisi et ne l'aimait pas. Follement éprise de Hoche, elle ne supportait pas qu'on pût douter de sa loyauté à son égard… comme plus tard de sa fidélité à son second mari…

Paul Barras

Premier trimestre 1796

Dans les semaines qui suivirent l'affaire de La Bruffière, Louise se força à rester au calme à Nantes, se reposant et se faisant oublier. Mais elle avait la bougeotte et reprit bientôt ses errances au gré de son humeur et des opportunités – et sa quête quasi obsessionnelle d'appuis pour faire avancer son dossier de radiation et la levée de son séquestre.

C'est à cette époque qu'elle se rendit à Paris pour rencontrer Paul Barras : un homme politique clé qui venait d'être élu au Directoire, connu dans les salons parisiens pour aimer s'entourer de femmes belles et spirituelles… qu'il ne touchait guère, ce qui semblait justifier sa réputation de bisexualité.

Le vicomte de Barras, issu d'une famille de vieille noblesse provençale, n'avait pas jusqu'en 1789 manifesté d'idées politiques bien arrêtées. Il devait rencontrer alors chez sa maîtresse de l'époque, la cantatrice Sophie Arnould, Mirabeau, aristocrate et provençal comme lui, qui l'incita à adhérer à la franc-maçonnerie puis au club des Jacobins et à se lancer dans la politique comme républicain. Il y fit carrière et, après de nombreuses péripéties, avoir couru moult risques, il avait atteint les sommets du pouvoir, devenant l'un des cinq membres du Directoire, le conseil chargé du pouvoir exécutif. Il était alors âgé de quarante ans et tout-puissant.

Louise avait imaginé de prendre contact avec lui. Capable de toutes les audaces, elle lui avait écrit pour lui demander audience, évoquant une rencontre amicale entre son père, le ci-devant marquis du Bot du Grégo, et le dirigeant républicain, chez la fameuse Sophie Arnould, en 1789, peu avant la prise de la Bastille.

Barras n'avait pas gardé grand souvenir de cette rencontre mais avait pris des renseignements – guère favorables au père de la dame émigré à Jersey, en revanche intéressants concernant cette dernière. Il lui était revenu qu'elle était fort jolie, spirituelle et proche de Lazare Hoche. Barras aimait les belles femmes, l'audace et appréciait Hoche. Il lui donna rendez-vous au palais du Luxembourg, où les cinq directeurs venaient de s'installer, en novembre.

Louise, intimidée à son arrivée dans ces lieux historiques, le fut davantage quand on l'introduisit dans le salon de réception du palais : Barras la recevait un court moment avant de se rendre à une cérémonie officielle. Il était revêtu du costume d'apparat du directeur et était impressionnant, dans cette tenue somptueuse, tandis qu'un valet tenait son chapeau – une coiffure dominée d'immenses plumes tricolores. Barras était visiblement pressé et ne la fit pas asseoir, mais lui sourit aimablement. Il n'était pas beau quoiqu'il eût du charme. Son œil pétillait d'intelligence et, probablement inconsciemment, de séduction. À l'évidence, il appréciait les femmes et il montra vite qu'il n'était pas insensible à la beauté piquante de Louise. Elle le perçut et se détendit aussitôt, lui faisant le grand jeu, alternant de la galanterie avec de l'apitoiement sur elle-même quand elle évoqua la *persécution injuste* dont elle avait fait l'objet. Elle sut être concise et convaincante.

Barras ne fut pas dupe mais la dame l'avait amusé. Derrière les minauderies, il avait senti un caractère comme il les aimait : une personne libre de mœurs, indépendante, intelligente, déterminée et jolie, sensuelle de surcroît. Il accepta le dossier qu'elle avait préparé à son intention et promit de s'en occuper, décidé à le confier au ministre de la Police, Sotin, que Louise avait bien connu à Nantes, ce qui parut une bonne idée à cette dernière. Avant de la quitter, le directeur la pria de l'excuser de devoir se rendre à ses obligations et lui proposa de la revoir plus calmement la semaine suivante.

*

L'entrevue eut lieu le vendredi d'après, en début de matinée. La réunion se tint au domicile personnel de Barras, qui la reçut cette fois dans une tenue des plus classique. Il l'accueillit avec chaleur, lui faisant servir une boisson au chocolat et de la brioche. Louise fut ravie d'entendre que son dossier avait bien été remis à Sotin, de son nom complet Pierre Jean Marie Sotin de La Coindière, que Louise avait effectivement rencontré : son père avait été avocat au parlement de Bretagne et lui-même l'avait été également. Entre gens de bonnes familles, et Bretons de surcroît, on pouvait s'entendre. Sotin avait promis à Barras de s'occuper personnellement de cette affaire.

Puis la conversation dévia. Barras interrogea Louise sur la situation dans l'Ouest du pays, en Vendée notamment : quelle était l'ambiance à Nantes et dans les principales villes de Bretagne ? Ils en vinrent à évoquer Lazare Hoche. Louise, enthousiaste, parla de son grand homme, des risques encourus par ce *si brillant général*, du succès de la pacification presque terminée en Bretagne et en Vendée.

Elle conclut en s'écriant :

— Toute sa vie, tous ses efforts, tout son temps ont été consacrés par le général Hoche à la République et à la victoire finale !

Barras lâcha avec un demi-sourire amusé :

— Pas toute sa vie quand même, Madame !

Louise leva un sourcil interrogateur. Barras se mit à rire :

— Dans la mythologie, Mars le dieu de la Guerre, est attiré par Vénus, la déesse de l'Amour, l'épouse de Vulcain. Il en est de même dans le monde des mortels... Vous le savez bien, chère Madame. Les femmes sont le repos, la récompense du guerrier...

Louise se demanda si le directeur faisait une allusion à sa liaison avec Hoche. *Disposant d'un service de renseignement, il sait peut-être !* se dit-elle. Elle prit l'air désinvolte et s'efforça de paraître non concernée... Un peu inquiète, cependant.

Mais Barras reprend :

— Hoche a tout pour séduire : il est jeune, beau, victorieux... et il ne s'en prive pas ! C'est de notoriété publique...

Louise a le cœur serré. Elle voudrait faire taire cet homme. Elle se dit qu'à quarante ans passés il est sans doute jaloux de la jeunesse et de la gloire de Hoche... Mais l'autre poursuit d'un ton badin :

— Oui, sa liaison avec Mme de Beauharnais est quasiment de notoriété publique. Le Tout-Paris sait qu'il est son amant depuis un an ! Quel homme ! Alors qu'il s'est marié deux ans auparavant avec une jeunesse de quinze ans... Sans compter sans doute des amours de passage !

Louise est anéantie. Elle met toute son énergie à dissimuler son chagrin, son désespoir. Elle demande d'un ton qu'elle réussit à rendre neutre :

— Et qu'est cette Mme de Beauharnais ?

— Vous ne la connaissez pas ? C'est une des femmes maintenant les plus en vue de la capitale. Une belle Créole originaire de l'île de la Martinique. Son nom de jeune fille est Marie Josèphe Rose Tascher de La Pagerie. Elle a épousé en premières noces Alexandre de Beauharnais, qui a été guillotiné sous la Terreur. C'est aujourd'hui, si vous me permettez l'expression, une *veuve joyeuse*. Elle est brillante, spirituelle, possède un charme fou et sait s'y prendre avec les hommes ! Elle fait les beaux jours des salons parisiens...

Louise murmure :

— Et on dit qu'elle est la maîtresse de Hoche ?

Barras se met à rire :

— Ce n'est pas des *on-dit*, c'est officiel, car ils s'affichent souvent ensemble. Je la connais bien : c'est une séductrice de haut vol !

Louise ne dit plus rien. Barras continua d'évoquer cette Rose de Beauharnais qu'il semblait beaucoup apprécier. Au bout d'un moment, s'apercevant que Louise ne l'écoutait plus, il mit un terme à la conversation :

— Je vous ennuie, avec mes ragots parisiens ! Je vais devoir vous laisser. Votre dossier est dans de bonnes mains. Sotin est un homme efficace, de toute confiance, et j'ai senti qu'il vous appréciait. Mais ne vous faites pas d'illusions, votre dossier connaîtra j'en suis sûr une issue favorable, même si cela risque d'être long : l'époque est compliquée et requiert beaucoup de prudence. Une trop grande impatience de votre part pourrait faire naître des soupçons !

Louise prit congé, réussissant à faire bonne figure. Mais, rentrée à son hôtel, elle s'écroula en sanglots sur son lit : elle n'était pour Lazare qu'une aventure passagère ! Elle pleurait ses illusions perdues. Elle croyait Hoche sincèrement amoureux. Elle pouvait admettre son mariage – une nécessité pour un homme de sa condition, de sa notoriété. Mais apprendre qu'il la trompait avec cette *gourgandine* parisienne, une *intrigante de petite noblesse venue des îles*, lui était insupportable... Et il couchait avec elle depuis un an... Durant toute la durée de leur relation, Lazare quittait ses bras à elle pour retrouver cette Créole ! Quelle indignité, quelle humiliation... Louise enrageait. Sa première réaction fut de rompre. Puis elle repensa au Vau de Quip, au dossier en cours : ce serait folie de se brouiller avec cet important personnage qui appuyait son dossier.

Elle prit la résolution de maîtriser sa fureur. Elle continuerait aussi longtemps qu'il le faudrait à être la maîtresse de Hoche, sans lui reprocher quoi que ce soit, sans lui dire qu'elle connaissait sa trahison. Elle saurait l'aimer physiquement mais ne lui donnerait dorénavant plus son cœur. Il serait bien temps, son dossier ayant abouti, de lui claquer la porte au nez et de lui dire ses *quatre vérités*, à ce *goujat*, ce *traître* !

Fin de partie

Premier trimestre 1796

Ce début d'année 1796 fut décidément sinistre – une période noire ! Louise s'était fixée à Paris, ce qui lui permettait de s'assurer que Sotin s'occupait de son dossier. Elle revit à deux reprises Barras, qui s'amusait de cette petite personne séduisante et déterminée. Mais elle avait toujours le cœur serré en pensant à Hoche : dans sa solitude, elle ressassait la duplicité, l'inconstance, la trahison de son amant. Elle aurait dû se réjouir des victoires républicaines, mais depuis qu'elle avait eu connaissance de son infortune, les succès du beau Lazare ne la concernaient plus. Elle vivait une sorte d'abattement, étranger à sa nature. Elle éprouvait même une certaine tristesse en apprenant, mois après mois, le destin tragique des chefs de l'insurrection vendéenne et bretonne. Elle continuait à ne pas partager leurs idées, à être convaincue de l'échec assuré de leur révolte, mais elle admirait le courage, l'héroïsme de ces hommes qui avaient tout abandonné, allaient tout perdre y compris leur vie. Elle en connaissait la majorité, était même apparentée à certains, en avait rencontré d'autres de souche populaire.

Deux ans auparavant, elle avait eu de la peine en apprenant que Pierre Prosper Gouffier, marquis de Boisy, avait été fusillé à Noirmoutier au côté de son ami, le généralissime d'Elbée. Elle avait eu l'occasion de le rencontrer alors qu'il s'apprêtait à rejoindre les

Vendéens. Ancien officier d'active, il était convaincu de l'échec à terme de cette insurrection en grande partie paysanne, qui allait être confrontée à des troupes républicaines plus professionnelles, mieux encadrées et surtout mieux équipées. Et donc il ne souhaitait pas s'engager dans cette aventure. Mais ses *gens* étaient venus lui demander de prendre la tête de leur mouvement et il n'avait pas eu le cœur de les laisser seuls face aux républicains… tout en sachant que, ce faisant, il allait à sa perte. Un honnête homme, dont elle regrettait la mort héroïque, se disait-elle, mais inutile. Quel gâchis que cette guerre civile !

En juillet 1795, il y avait eu la mort de Sombreuil, lors de l'affaire de Quiberon – un Sombreuil abandonné par Puisaye, bloqué dans la presqu'île et n'ayant d'autre solution que de négocier avec Hoche – lequel s'était engagé formellement à lui laisser la vie sauve ainsi qu'à ses troupes. Les royalistes s'étaient rendus en toute confiance. Les commissaires de la République n'avaient pas voulu respecter cet engagement et Hoche avait laissé fusiller Sombreuil et sept cent cinquante malheureux, faisant fi de sa parole.

À la lueur de son infortune amoureuse et de la trahison de Hoche, Louise se demandait ce que valait la parole de ce dernier. Elle avait été d'autant plus frappée du drame de Sombreuil que son père, Charles, avait connu le père du héros, le marquis de Sombreuil, alors gouverneur des Invalides, guillotiné en juin 1794 comme son fils, le frère aîné du Sombreuil de Quiberon. Quelle hécatombe familiale ! Et quelle époque tragique…

Dans ce même triste mois de juillet 1795, le 18, il y avait eu encore la mort du chevalier de Tinténiac, surnommé le *Loup blanc*. Originaire de la région de

Quimper, possédant le château de Quimerc'h non loin de Trévarez, il était apparenté aux du Bot du Grégo et Louise l'avait souvent fréquenté avant la Révolution. Plus tard, il avait rejoint la fameuse Association bretonne où Louise et son mari avaient un temps servi. Bref, elle le connaissait bien et sa mort lors de l'affaire de Coëtlogon l'avait affectée, bien qu'il appartînt au camp adverse.

L'année passée avait donc apporté son lot de tristes nouvelles. 1796 devait être pire et déstabilisa un peu plus Louise.

Il y eut d'abord fin février, le 25 pour être précis, l'annonce de la mort de Jean-Nicolas Stofflet – un Stofflet qui l'avait bien aidée, quand elle était arrivée à Maulévrier, chez les Colbert, dans une propriété dévastée, puis l'avait accompagnée dans les Mauges jusqu'au château du Lavouër, la propriété des Mabille de La Paumelière. Un homme d'origine simple qui l'avait impressionnée par son caractère et son charisme, mais lui avait semblé sous l'influence de l'abbé Bernier.

Elle savait que ses querelles avec Charette et les revers subis par les armées vendéennes l'avaient conduit à accepter de signer avec Hoche le traité de paix de Saint-Florent-le-Vieil en mai 1795. À la fin de cette année 1795, il avait repris les armes, poussé par l'abbé Bernier, et à la forte instigation des agents du comte de Provence, lequel l'avait nommé maréchal de camp ! Cette ultime tentative devait échouer et Stofflet se retrouva à errer, fugitif, avec une maigre bande. Un soir de fin février 1795, l'abbé avait fait dire à Stofflet de venir le retrouver dans une métairie où il était lui-même caché. Apprenant que cette retraite était peu sûre, Bernier s'enfuit. Stofflet arriva, passa la nuit et fut pris le 24 février par un détachement républicain. Il fut arrêté, conduit à Angers, condamné à mort et fusillé le 25 février. Les Vendéens attribuèrent ce drame à l'abbé, qui conserva cependant son influence sur les chefs de l'Insurrection... et fera carrière sous l'Empire!

Louise devait enfin apprendre dans les derniers jours de mars l'arrestation et l'exécution de Charette. Une triste fin. Le grand chef vendéen avait repris la lutte avec des partisans de moins en moins nombreux. Fin février 1796, il ne lui restait plus qu'une petite cinquantaine de fidèles. Traqués par quatre colonnes républicaines, ils ne seront bientôt plus qu'une trentaine. Le 23 mars, Charette, blessé, finit par être capturé par le général Travot dans les bois de la Chabotterie. Il fut conduit à Nantes et emprisonné. Son procès commença le 28 mars. La sentence était connue d'avance. Le 29 mars, il fut fusillé devant une foule importante, ayant demandé à commander lui-même le feu.

Louise, en l'apprenant, ne peut s'empêcher de verser une larme en pensant au séduisant convive du dîner de La Bruffière.

*

Antoine-Henry de Pontbellanger devait, lui, perdre la vie le 23 février 1796. Louise apprit la nouvelle de sa mort début avril de la bouche du colonel Bonté. Hoche, qui avait apprécié la conduite de ce dernier durant l'affaire de Quiberon, l'avait nommé chef de corps en remplacement de Rolland, le commandant du 81e régiment de ligne.

Louise avait senti depuis longtemps que le général avait de l'amitié pour ce jeune et brillant officier et avait recours à lui pour des missions délicates. C'était de nouveau à Bonté qu'à la demande de Hoche

Louise envoyait régulièrement les renseignements qu'elle récoltait encore. Elle s'était efforcée de faire la part entre l'amante bafouée et l'informatrice de la République.

Elle n'eut pas beaucoup de détails sur les circonstances exactes de la mort de son ex-mari. Ce ne fut qu'en 1802 que son fils, Charles-Félix, voulant pouvoir régler la succession de son père, devait communiquer à un tribunal de première instance de l'arrondissement sa version du décès du pauvre vicomte… une version sans doute un peu embellie.

Le vicomte de Pontbellanger, après la malheureuse affaire de Coëtlogon et son conflit avec les chouans et leur chef Cadoudal, était devenu un proscrit, traqué par les républicains. Il s'était réfugié chez des amis, les Le Gris-Duval, au château de Bocenit, où il avait retrouvé plusieurs connaissances dont MM. Le Gris-Duval et de Kerigant, leurs épouses et Mmes de Guernisac, mère et fille, ainsi que la jeune Joséphine de Kercadio, dont le fiancé, un héros qui deviendra légendaire, Amateur-Jérôme le Bras des Forges, chevalier de Boishardy, avait été tué à la mi-juin par les républicains… la veille du jour de leurs noces !

Louise avait fréquenté tout ce beau monde et pouvait imaginer l'ambiance qui régnait à Bocenit.

Antoine-Henry était arrivé, paraît-il, avec plusieurs officiers de son état-major, en fuite comme lui. Ils avaient reçu bien évidemment un accueil chaleureux dans cette assemblée composée de chouans et de leurs femmes. Ils se sentaient enfin en sécurité dans cette demeure perdue à dix lieues de Quintin, au milieu de connaissances amicales.

Mais dans la nuit du 4 août, un détachement de *bleus*, ayant appris par une dénonciation la présence à Bocenit d'un groupe de chefs chouans, cerna la demeure, massacra les sentinelles et chargea à la baïonnette. Ce fut un carnage, les républicains blessant ou tuant les officiers royalistes. Les corps dont certains vivaient encore furent jetés dans un brasier que les *bleus* avaient allumé dans la cour. Antoine-Henry, grièvement blessé, réussit à s'enfuir. Il fut emmené à Guitté, non loin de Médréac, pour y être caché et soigné.

Quatre mois plus tard, allant un peu mieux, semblait-il, il reprit du service et fut nommé par le comte de Puisaye commandant de l'arrondissement de Saint-Brieuc. Il devait mourir dans des circonstances peu claires le 4 ventôse (23 février 1796).

Une réunion de chefs chouans avait été organisée la veille près de Saint-Méen-le-Grand. Les républicains de Saint-Méen, prévenus par un traître, interrompirent soudain le rassemblement. Après un long échange de coups de feu, la majorité des royalistes réussit à prendre la fuite en direction de la forêt de Montauban, où les républicains préférèrent ne pas les suivre.

Le lendemain, un nouveau détachement de *bleus* se mit à poursuivre les fuyards. Des accrochages eurent lieu à deux reprises mais les chouans réussirent de nouveau à gagner une zone accidentée où ils purent disparaître. Antoine-Henry, mal remis de ses blessures, n'arrivait pas à tenir l'allure. Il pria son valet de prendre son sac et de s'enfuir avec le reste du groupe. Celui-ci refusa, voulant rester avec son maître. Les deux hommes furent bientôt rejoints par les soldats républicains et abattus à la sortie du bourg de Médréac. C'est du moins la version la plus vraisemblable qui revint aux oreilles de Louise. Leurs corps furent jetés dans une fosse commune avec les dépouilles d'autres victimes, notamment celles de prêtres.

Louise apprit donc ces faits sans les détails, qu'elle devait connaître plus tard, tout début avril. Dire qu'elle eut un profond chagrin serait inexact, mais elle éprouva un mélange de tristesse, de remords aussi et surtout un grand sentiment de gâchis. La vie aurait pu prendre une autre tournure ! Elle avait vécu quelques années presque heureuses au début de son mariage avec Antoine-Henry et ils avaient fait ensemble un enfant... Elle avait considéré comme insensée la décision de son mari d'émigrer et de partir à Coblence, puis de gagner Jersey pour combattre la jeune République les armes à la main. Un engagement funeste qui ne pouvait que mal se terminer – du moins le pensait-elle. Elle avait vite compris que cette insurrection, pour noble qu'elle fût, était vouée à l'échec. Les dissensions entre les chefs locaux et celles existant au niveau des deux princes en exil, l'amateurisme des troupes royalistes confrontées à des forces républicaines plus nombreuses et mieux armées condamnaient d'avance cette rébellion. Enfin, le retour à l'Ancien Régime dont rêvait Antoine-Henry lui semblait irréaliste : comment imposer une telle régression à ce peuple français qui avait goûté à la liberté, apprécié la fin des privilèges honnis et était maintenant acquis aux idées nouvelles ?

Et, pour couronner le tout, elle ne pouvait oublier que la décision de son mari avait ruiné sa propre vie, la dépouillant de ses propriétés, la condamnant à la fuite perpétuelle qui l'avait éloignée de son enfant... et l'avait amenée à un combat incessant pour retrouver ses biens et un statut de citoyenne lui permettant de vivre en paix.

Elle éprouva un certain chagrin, modéré à vrai dire, se fondant dans le désespoir profond où l'avait plongée la connaissance des infidélités de Hoche.

Quoi qu'il en fût, quelle que fût sa peine, cela ne changeait rien à sa situation. Elle se retrouvait veuve à vingt-six ans, trompée par son amant, vivant dans l'immédiat toute seule dans un petit logement parisien… Et avec, devant elle, un avenir pour le moins mal assuré.

Hoche… suite et fin !

Avril 1796 – septembre 1797

La situation politique paraissant à peu près apaisée, Louise décida début avril de regagner la Bretagne. Elle ne pouvait guère espérer obtenir davantage de Sotin ou de Barras, au risque de les harceler… et elle avait la nostalgie du pays. Ne voulant pas se trouver sous la coupe de sa mère ni voir le spectacle de son enfant *capté* par sa grand-mère, elle décida de vivre à cheval entre l'hôtel de Vannes et Trévarez où, depuis l'intervention de Hoche, elle pouvait résider et être proche de Quimper. Sans se l'avouer, elle continuait à espérer que le beau général restait peut-être attaché à elle et qu'il se lasserait des coquetteries de cette Mme de Beauharnais, cette femme galante, cette Parisienne native des îles aux mœurs légères, incapable de fidélité. Ce n'était peut-être qu'une passade de Lazare… et il lui reviendrait !

Et son espoir se concrétisa à la mi-avril, quand elle reçut le double de la lettre que son amant avait envoyée au Directoire : malgré ses hautes responsabilités, sa vie aventureuse, il avait trouvé le temps le mois précédent d'écrire ce mémoire, qui ne lui était parvenu que maintenant, compte tenu des difficultés de communication. Elle le lut avec passion ainsi que son message qui l'accompagnait :

Le général Hoche au Directoire, le 12 ventôse an IV (2 mars 1796)

La personne qui m'a si bien servi depuis trois mois est la fille de la marquise du Grégo (née Thomas de La Caunelaye) dont il est question dans les notes jointes à votre lettre. Quelques services rendus à propos m'ont gagné sa confiance et les royalistes n'ont pas fait un mouvement ou noué une intrigue que je n'en aie été instruit sur-le-champ. Cette petite personne est aujourd'hui à Paris. Elle va réclamer ses biens qu'on a séquestrés tandis qu'elle était en Vendée et qu'elle passait pour une émigrée. Je désirerais bien qu'on les lui rendît, tant à cause de ses services qu'elle a rendus que de ceux qu'elle pourrait rendre par son adresse. Elle m'a averti du voyage de Talhouët-Bonamour, dont il est parlé dans les notes, ainsi que de ses projets. J'en instruisis sur-le-champ le Comité de salut public, mais cela resta dans l'oubli avec divers autres renseignements que j'avais transmis avant, et depuis le 13 vendémiaire. Je vais écrire à la personne et, si Talhouët n'a pas été arrêté, j'indiquerai sa demeure, car il doit en changer souvent.
Je suis d'ailleurs sur le point de savoir beaucoup de choses par la même voie : je vais sur-le-champ expédier un officier de confiance pour faire le reste et j'aurai l'honneur d'informer le Directoire de ses résultats.

Un petit mot de Hoche, lié à cette note au Directoire, lui était destiné :

Ma belle Lise, nonobstant mon existence compliquée, je ne t'oublie pas et tiens mes engagements. Il faut t'armer d'un peu de patience, le directeur Barras que j'ai rencontré récemment m'a dit t'apprécier et m'a

affirmé que ton dossier évoluait favorablement ! Sotin s'en occupe et je le sais efficace.
Quand pourrons-nous nous revoir ? Bonté me transmet tes messages et m'informe de tes domiciliations successives. J'aurai sans doute l'occasion dans les semaines ou les mois à venir de me rendre à Quimper. Je te le ferai savoir : si tu es alors à Trévarez, nous pourrons peut-être nous rencontrer. Tu sais que c'est mon vœu le plus cher !
En attendant, ma mie, continue de m'envoyer les informations que tu glanes. Bien que la pacification soit officiellement achevée, elles me restent très utiles pour connaître l'état de l'opinion et mettre hors d'état de nuire d'éventuels factieux.
Je reste, belle citoyenne, de tes charmes, le très humble et honoré captif.

Lazare Hoche

Louise, le cœur encore battant d'émoi, replia lentement le mémoire et le message qui l'accompagnait, et les rangea soigneusement dans l'enveloppe. Elle se réservait la possibilité de les relire à plusieurs reprises. À Trévarez comme à Vannes, elle ne redoutait pas l'indiscrétion ou la trahison d'un membre de son personnel. Elle les savait très fidèles et attachés à sa famille.

Elle s'étendit sur son lit et ferma les yeux, retrouvant son beau Lazare. Un mot de l'aimé et tous les reproches, tous les doutes étaient effacés ! Son amour n'avait jamais été aussi fort. Elle finit par s'endormir, si heureuse.

*

Les jours, les semaines s'écoulèrent sans apporter de nouveau message de Hoche. Louise tentait de se rassurer en pensant à la vie si active, si chargée de responsabilités de son général d'amant. Le colonel Bonté la confortait dans ce sens. Il avait pris l'habitude de la rencontrer quand ses pas l'amenaient près de Quimper – à Quimper même ou à Trévarez, quand il avait à faire dans la région. Il la faisait prévenir par l'un de ses hommes et, en fonction de leurs contraintes, ils se retrouvaient dans l'un ou l'autre de ces lieux. L'objectif officiel de leurs réunions le plus souvent mensuelles était la livraison par Louise des informations qu'elle avait récoltées. À vrai dire, sa moisson était à chaque fois un peu plus maigre : la pacification avait fait son œuvre et il ne se passait pas grand-chose, mais surtout, depuis l'affaire de Coëtlogon, Louise était devenue *persona non grata* dans son ancien milieu, presque un paria ! Elle avait du mal à rencontrer des ci-devant et à leur soutirer des informations. Bonté en était conscient et ne lui en tenait pas rigueur. Il était content de la voir et Louise, qui aimait plaire, était ravie de cette relation à ce stade platonique. Bonté, qui avait des lettres, avait posé vite des frontières à leur marivaudage : *Caesaris conjugium esse omni exceptione majores*[1], lui avait-il dit. L'excellent abbé Salaun avait donné à Louise suffisamment de bases latines pour qu'elle comprenne le message. Mais elle ne pouvait s'empêcher de provoquer le malheureux colonel, et dans ce domaine elle savait y faire : de sa tenue un peu trop décolletée aux battements de cils en passant par son rire de gorge en cascade, tout en elle avait de quoi *allumer* un brave militaire.

1. « La femme de César ne doit pas être soupçonnée. »

À force d'avoir harcelé les uns et les autres, son dossier avait fini par être pris en considération : elle eut la joie d'apprendre qu'un sursis de six mois à la radiation de son nom de la liste des émigrés lui était accordé. Comme on le lui avait demandé, elle s'empressa d'obtenir à nouveau un certificat de neuf citoyens de la ville de Neuvy-en-Mauges et un de cinq habitants de Chemillé, témoignant qu'elle avait bien résidé dans la commune de Neuvy jusqu'à la fin de la guerre de l'Ouest.

Cependant, les jours, les semaines passaient sans apporter de lettre ou même de courts messages de Hoche. Louise comprenait qu'une fois encore la passion l'avait aveuglée et que, malgré son espoir fou, son amant la délaissait. Leur relation était sans doute terminée. Elle s'y faisait peu à peu, se laissant envahir par une tristesse douce-amère.

Quelques mois passèrent encore et elle eut le bonheur d'apprendre la radiation définitive de son nom de la liste des émigrés. Un bonheur qu'elle partagea au cours d'un dîner à Quimper avec son ami Bonté, auquel elle accorda ce soir-là un baiser.

En dehors de ces agaceries féminines auxquelles elle excellait et qui la distrayaient, elle s'efforçait d'obtenir de Bonté le plus de renseignements possibles sur la vie de son chef, auquel elle restait malgré tout encore attachée. À vrai dire, pas grand-chose car le colonel se sentait tenu par un devoir de réserve et surtout que Hoche, très conscient de la haine féroce et tenace dont il faisait l'objet de la part des royalistes qu'il avait vaincus, se montrait prudent et donc secret sur son emploi du temps.

Sage attitude, car dans le courant de l'année 1796, il devait faire l'objet de deux tentatives d'assassinat.

D'abord un essai manqué d'empoisonnement, suivi en octobre d'un attentat : alors que le général, de passage à Rennes, sortait du théâtre et rentrait chez lui, un ouvrier de l'arsenal tira un coup de pistolet sur lui... et le manqua ! Louise, en l'apprenant, frémit rétrospectivement : elle lui trouva encore des excuses à ne point se manifester.

En fin d'année, Bonté lui confia, toujours sous le sceau du secret, que Hoche s'apprêtait à envahir l'Irlande pour nuire à l'Angleterre. Mais peu après, il lui raconta comment l'opération avait échoué : une terrible tempête en mer avait ruiné les objectifs du général, dispersant sa flotte. Son propre navire, par miracle, avait réussi à regagner le port de Brest, sain et sauf, ayant même échappé aux nombreux navires britanniques qui le traquaient.

Un coup de grâce définitif fut porté aux espoirs de Louise de revoir Hoche quand Bonté lui apprit que son supérieur venait d'être nommé général en chef de l'armée de Sambre-et-Meuse, forte de quatre-vingt mille hommes, et qu'il avait déjà franchi le Rhin. Il ne lui avait pas même écrit un petit mot ! Elle pleura amèrement, maudit l'ingratitude et la goujaterie de son amant... et se demanda ce qu'elle allait faire de sa vie, consciente enfin que leur histoire était cette fois bien finie.

Et de nouveau la question revenait, lancinante : qu'allait-elle devenir, maintenant qu'elle avait perdu son protecteur ? Le combat politique n'avait plus guère de sens pour elle. Privée de son fils, rejetée par son milieu, oui, qu'allait-elle devenir ?

*

Bonté lui apporta vite la solution. Elle le savait amoureux d'elle. La crainte d'une réaction de jalousie de son supérieur l'avait prévenu de toute tentative de séduction de la belle Louise. Il rongeait son frein depuis longtemps, de plus en plus épris, tandis que Louise s'amusait à le provoquer, à l'exciter…

Bonté avait quatre ans de plus qu'elle et n'était pas à proprement parler un Adonis. Mais il était viril, avait de la prestance, en imposait. Il avait surtout un visage allongé, de grands yeux bruns, intelligents, qui se plissaient quand il souriait et lui donnait alors un certain charme. Louise aimait sa conversation. À la différence de Hoche qui était le fils d'un palefrenier, Michel Louis Joseph Bonté était issu d'un milieu cultivé. Son père, Pierre Bonté, était docteur en médecine et membre correspondant de l'Institut de France. Enfant, il avait fait de bonnes études au collège de Cherbourg. Il était fin et cultivé… et politiquement à la fois modéré et habile. Incorporé tout jeune comme adjoint à l'état-major de l'armée des côtes de Cherbourg avec le grade de sous-lieutenant, il avait fait une carrière brillante et rapide : il se retrouvait à trente ans commandant de la 81e demi-brigade.

Bonté, qui se voulait loyal à l'égard d'un chef qu'il aimait, s'était donc toujours bien gardé de faire une cour trop pressante à la belle Louise. À vingt-six ans, celle-ci était au sommet de sa beauté. Elle s'était épanouie, son corps avait pris des formes séduisantes et sa gorge aurait fait damner un bénédictin. Ce qui n'était pas le cas de Bonté. Dès qu'il eut la conviction que la relation entre son patron et Louise était définitivement rompue, il entreprit son siège – avec l'habileté et la courtoisie dont il était capable.

Son changement d'attitude ravit Louise. Très sensuelle, elle était si l'on peut dire *en manque d'amour*. Mais fine mouche, elle connaissait trop les ressorts de l'âme masculine pour céder rapidement. Elle continua son petit jeu de séduction, acceptant de temps à autre d'accorder une privauté au malheureux Bonté, dont le désir s'affolait. Elle avait lu toute l'œuvre de Pierre Corneille et savait que *le désir s'accroît quand l'effet se recule* – une phrase que ce coquin de Corneille faisait prononcer par ses acteurs : *le désir s'accroît quand les fesses reculent !* Elle avait attendu quelques semaines pour accorder à Bonté un baiser et quelques semaines de plus pour se laisser caresser la gorge, portant le désir de l'officier à son paroxysme… Mais la patience est maître de vertu militaire !

*

La forteresse tomba à la fin du second trimestre 1797 : Louise se donna à Bonté et eut la divine surprise de découvrir qu'il se révélait un très bon amant : tendre, attentif et expérimenté. Elle renoua avec les joies du déduit qui lui avaient cruellement manqué.

Bonté souhaitait un mariage rapide avec une femme dont il était amoureux fou et craignait l'inconstance. Louise, elle, voulait ce mariage pour le statut social qu'il lui donnerait et par crainte de l'avenir. Ils avaient prévu de se marier à Paris le 25 octobre 1797, ignorant quand ils avaient fixé cette date que la cérémonie aurait lieu quelques jours après la mort de Lazare Hoche, emporté par la tuberculose le 19 septembre à Wetzlar, dans le *Land* de Hesse. Il était tombé subitement malade et mourut en dix jours. Des bruits d'empoisonnement coururent, mais une autopsie conclut à une mort naturelle. Ses derniers instants furent atroces. Souffrant des plus cruelles douleurs, il devait s'écrier avant de mourir :

— Suis-je donc revêtu de la robe empoisonnée de Nessus ?

Quelle triste fin pour un héros, un des hommes les plus brillants de sa génération et dont d'aucuns pensaient qu'il aurait pu tenir la place d'un Bonaparte à la tête du pays, tant sa vision politique et son dévouement à la patrie étaient grands. Ce fut une perte incommensurable pour la France… pas seulement pour la belle Louise!

Cinquième partie

RECONVERSIONS SUCCESSIVES

« Selon le vent, la voile. »
Proverbe

Nouveaux combats

Fin 1797

La vie est un perpétuel combat. Louise l'avait toujours conçu ainsi. Depuis son enfance, où elle avait dû lutter pour trouver sa place entre deux parents qui se déchiraient et lui offraient le spectacle affligeant de leur adultère... Lutter encore, plus tard, pour ne pas suivre son mari en émigration, puis échapper à des révolutionnaires qui voulaient au minimum la dépouiller de ses biens, au pire la guillotiner ou la noyer... Oui, elle avait survécu ! Elle avait connu Hoche, une brûlante passion que, malgré l'inconstance de son amant, elle considérera toujours comme une grande chance. Elle réussit aussi à recouvrer ses propriétés, en particulier son cher Vau de Quip. En épousant le colonel Bonté, elle avait assuré sa sécurité et son avenir, d'autant qu'elle le pensait promis à un futur glorieux : il était brillant et courageux, un homme qu'elle souhaitait aider à poursuivre sa belle carrière. Un mari auquel elle saurait être fidèle. Elle n'éprouvait pas pour lui un amour passionnel, mais Bonté était très gentil, facile à vivre et savait satisfaire ses désirs physiques qui étaient grands ! Elle était suffisamment réaliste pour savoir que c'était déjà beaucoup et qu'on ne rencontre pas deux fois dans son existence un amant aussi beau, aussi séduisant que Lazare Hoche.

Mais cette page était maintenant bien tournée. D'autres combats l'attendaient : d'abord la reprise en main de sa propriété. Elle s'y était rendue en priorité dès que la levée du séquestre lui avait été communiquée. Elle eut la bonne surprise de trouver la propriété dans un état plutôt satisfaisant. Yves Le Moigno, le régisseur et à l'occasion l'amant de sa mère, avait réussi à tenir le domaine et le manoir en ordre de marche. Avant d'avoir un entretien avec lui, elle voulut d'abord reprendre possession de sa maison – de la cuisine où elle avait tant séjourné enfant, tandis que Katel, la vieille cuisinière, lui cuisait dans le petit four de la grande cheminée des pâtisseries bretonnes – ces *petits fours* comme on les appelait ! Cette cuisine grande et claire, que son ancêtre Jean de Kerverien avait rajoutée une centaine d'années auparavant au vieux manoir du XVe siècle.

Elle était passée ensuite dans la *grand-salle* où l'on rendait jadis la justice, car les seigneurs du Vau de Quip jouissaient du droit de *haute et basse justice*. Elle se souvenait que dans cette salle, un homme d'Allaire qui avait violé une pucelle avait été condamné à être pendu *haut et court*, et que la sentence avait été exécutée dans la lande de Couesnongle, à une demi-lieue de la maison. Petite, elle avait fait des cauchemars quand son grand-père, Thomas de La Caunelaye, lui avait expliqué que cette façon de pendre entraînait une agonie longue et affreuse, bien méritée !

Puis elle était restée un bon moment à contempler la splendide cheminée sculptée, digne d'un château de la Loire, qu'avait fait réaliser Guillaume de Bogier, alors trésorier de l'Épargne du duc François II de Bretagne. Il vivait à Nantes à la cour du duc et s'était inspiré des cheminées ducales. Ce Bogier appartenait à la petite noblesse d'Allaire et avait connu avec son fils une belle ascension sociale. L'arrière-grand-père de Louise avait racheté le Vau de Quip à leur petite fille Pétronille, mariée à un sieur de Quengo qui avait préféré, lui, s'établir à Tonquédec, une forteresse dans le nord de la province.

Passant vite à travers les autres pièces, elle avait regagné sa chambre au premier étage, dont la fenêtre ouvrait sur l'étang. Elle était restée pensive un long moment, accoudée, à le contempler, reprenant possession des lieux. Une vue si paisible, troublée seulement parfois par le vol d'un héron ou d'une bande de canards. Au-delà de la pièce d'eau s'étageaient les bois où il faudrait sans doute faire quelques coupes, songeait-elle, déjà reprise par son rôle de gestionnaire.

Tournant le dos à la vue, elle regarda sa chambre qui était belle, avec sa toile de Jouy, mais sentait le renfermé. Elle fut soudain saisie d'une forte nostalgie en revoyant Lazare se déshabillant à la hâte pour venir la rejoindre dans son lit. Elle sentit monter en elle, à ce souvenir, une bouffée de désir. Elle s'y laissa aller un instant mais se ressaisit vite. Le passé était le passé, la page était tournée : elle satisferait ce désir dans les bras de Bonté le soir même, puisqu'il devait venir la retrouver au Vau de Quip.

La réunion avec Yves Le Moigno fut rapide et efficace. C'était un excellent régisseur. Il lui fit un compte rendu précis, détaillé de l'état des lieux et des quelques décisions à prendre, notamment des coupes dans les bois et des ventes de bétail. Elle en prit bonne note et l'assura d'une réponse sous quarante-huit heures : elle voulait d'ici là se rendre compte par elle-même de l'opportunité des décisions suggérées. C'était une femme capable, reconnue comme telle par les gens du pays et donc estimée. Elle aimait d'ailleurs discuter avec eux, bénéficier de leur bon sens et de leur expérience – ce dont ils lui étaient reconnaissants.

Elle passa son après-midi à visiter les écuries, l'étable, à arpenter les bois, à constater que tout était bien géré, en ordre. Elle s'apprêtait à regagner le manoir quand le bruit de la voiture de Bonté et de son escorte militaire retentit dans la basse-cour. Louise le vit sauter à terre devant les écuries et se diriger à grands pas vers elle pour la serrer dans ses bras :

— Vous m'avez manqué, Madame, comme jamais une femme ne m'a manqué ! Montons vite regagner votre chambre !

Elle se mit à rire, de ce rire de gorge si provocant qui excitait le désir de Bonté :

— Laissez-moi au moins le temps de me laver un peu, je viens d'arpenter les bois et suis en eau !

— Que nenni, Madame ! J'aime que ça sente !

Elle minauda, faussement choquée :

— Monsieur, je vous en prie, ne soyez pas vulgaire. Il est des choses que l'on fait mais dont on ne parle pas !

Et riant, elle lui prit le bras. Ils montèrent rapidement les marches de l'escalier de la tour qui conduisait au premier étage…

*

De nouveaux combats matériels attendaient Louise. Il allait lui falloir rembourser les dettes, lever les hypothèques qui grevaient ses biens : la gestion de son père puis celle de son premier mari avaient été déplorables. Elle devait se séparer de certaines terres pour apurer le passé. Elle allait parfois avoir besoin de la signature de son père, mais celui-ci se terrait à Jersey. La lamentable aventure du débarquement de l'île d'Yeu n'avait pas arrangé son dossier aux yeux des républicains : il cherchait à se faire oublier. Louise, qui l'aimait et se souvenait de sa gentillesse passée à son égard, s'efforçait de *ménager la chèvre et le chou*, comme l'on disait dans les campagnes : concilier son affection et ses propres intérêts ! Mais comme il fallait bien faire avancer les choses, elle trichait un peu et avait tendance à privilégier quand même ses propres intérêts, encouragée ce faisant par sa mère qui continuait à en vouloir à son ex-mari. Jeanne-Vincente n'était pas le genre de personne à savoir pardonner : elle avait la rancune tenace… Une femme dure et entière.

Et c'est bien ce qui inquiétait Louise, qui allait s'opposer à elle : maintenant que sa situation matérielle était stabilisée, ayant recouvré ses biens et de plus étant mariée, elle voulait à juste titre récupérer son fils Charles-Félix. Jeanne-Vincente, sa mère, s'y était attachée et l'avait élevé tandis que sa fille courait les grands chemins. Proscrite, poursuivie par la justice républicaine, comment aurait-elle pu s'encombrer d'un enfant ? Ingénument, elle en avait parlé à sa mère, qui lui avait opposé un farouche refus :

— C'est trop facile, ma chère Louise, d'abandonner son enfant pendant cinq ans, ces années si importantes dans la formation d'une personnalité, de me laisser la lourde tâche de l'élever… et, le travail fait, venir le réclamer. Je vous ferai observer que Charles-Félix ne veut absolument pas vous retrouver et encore moins ce beau-père, ce républicain que vous allez épouser. Il n'est pas question, ma chère, de près ou de loin, que vous m'enleviez cet enfant ! Que vous veniez souvent le voir, je n'y vois pas d'inconvénient, mais que vous l'emmeniez, je m'y refuse absolument. Dans l'intérêt même de l'enfant qui m'est attaché et a trouvé ici, au Grégo, un équilibre de vie.

Louise s'était révoltée :

— Mais enfin, ma mère ! Charles-Félix est mon enfant et non le vôtre. C'est sur votre propre conseil que j'ai fui la répression des républicains et me suis réfugiée dans les Mauges... C'est toujours sur votre conseil qu'ensuite je n'ai pas pris ce petit avec moi, ma vie risquant d'être hasardeuse, et elle l'a été. Je vous remercie d'avoir accueilli et élevé durant ces années d'épreuves mon fils. Mais c'est mon fils, ne l'oubliez pas, et non le vôtre. Aujourd'hui, ma vie est stabilisée : je vais me remarier à un homme plein d'avenir. Il saura être, j'en suis sûre, un beau-père tendre et chaleureux. Par ailleurs, j'ai recouvré pour partie mes biens : je n'ai plus de problèmes matériels. Je peux offrir à mon enfant un foyer stable et à l'abri du besoin. C'est la loi naturelle qu'une mère élève son fils. Ne cherchez pas à la violer !

Le visage de Jeanne-Vincente s'était fermé. Elle répondit sèchement :

— Il n'est pas question que vous repreniez cet enfant. Il a connu, il connaît auprès de moi la stabilité, l'affection dont un petit a besoin pour devenir un adulte équilibré. Je connais aussi, ma chère, votre instabilité et la vie licencieuse que vous avez menée ces dernières années. Cela ne me pousse pas à vous confier l'éducation d'un enfant !

Le visage de Louise s'empourpra. Elle coupa vivement sa mère :

— Ce sont là des ragots de bas étage. Mais de toute façon, mon père et vous-mêmes m'avez donné un piètre exemple de vertu. Je pense qu'une certaine modestie en ces domaines vous siérait, ma chère mère !

Jeanne-Vincente se leva brutalement :

— Insolente ! Sortez ! Et vous n'aurez jamais la garde de Charles-Félix. Vos propos insultants me confortent dans ma décision de ne pas vous le laisser. Vous seriez une mère indigne comme vous êtes une fille indigne.

Louise quitta la pièce sans mot dire, bien décidée à tout faire pour tenter de récupérer la garde de son enfant. Tandis que sa voiture s'éloignait du Grégo et reprenait le chemin du Vau de Quip, elle se cala sur la banquette et sortit un mouchoir pour essuyer les larmes qui lui noyaient les yeux. La vie était vraiment trop dure ! Comment pouvait-on priver une mère de son enfant ?

*

Sur ces entrefaites, le beau-père de Louise, Antoine Michel de Pontbellanger, demeurant en Normandie à Pontbellanger, décéda. C'était le tuteur de Charles-Félix. Un conseil de famille se tint immédiatement sur place le 9 octobre 1797 pour le remplacer. Un nouveau tuteur fut nommé en la personne de Jean-François Le Forestier de Thorigny, grand-oncle de l'enfant. Le conseil était constitué d'une douzaine de membres venant des deux bords. L'hostilité à l'égard de Louise se révéla totale. Le conseil, à la grande fureur de celle-ci, confia alors Charles-Félix à sa grand-mère *pour pourvoir à sa nourriture, son entretien et son éducation* !

Louise, étant radiée de la liste des émigrés, put bénéficier de l'appui des autorités et tenta de récupérer son fils. En vain ! Le clan formé par sa mère et les Pontbellanger firent feu de tout bois, tenant tête auxdites autorités. Louise, en désespoir de cause, décida alors de monter à l'échelon supérieur et écrivit à sa vieille connaissance, le ministre de la Police Sotin. Elle revit aussi Barras au cours d'un voyage à Paris... toujours sans résultat aucun !

Trois mois plus tard, en janvier 1798, elle devait écrire au sieur Sotin :

Je dois vous remercier beaucoup de votre complaisance, mais tout cela n'a servi à rien, les aristocrates de Caen se soutiennent si bien que ma mère a trouvé le moyen de se soustraire aux recherches qu'on faisait d'elle et de mon fils. Si vous n'avez pas la bonté de m'aider de votre autorité et de votre appui, mon fils est perdu pour moi car ma mère, ayant eu vent que je le faisais chercher, ne manquera pas de promener toute la France avec mon malheureux enfant ou de le faire passer en pays étranger. On ne peut excuser ma mère qu'en la taxant de folie.
Actuellement que je suis loin de Paris et que je ne puis plus aller vous prendre à votre déjeuner, je sais que vous allez m'oublier...

Et d'ajouter en post-scriptum :

Veuillez bien me rappeler au souvenir du directeur Barras.

Deux jours plus tard, elle devait écrire de nouveau à Sotin :

J'ai été trompée par la famille de Pontbellanger, j'ai laissé ici une procuration à un homme de loi, je suis bien placée en Basse-Normandie pour la chicaner et je la poursuivrai jusqu'aux enfers.

Louise eut beau *chicaner* tant et plus, et dans ce domaine on peut lui faire confiance, elle ne réussit pas à retrouver la garde de son petit garçon : les aristocrates de Caen restèrent au fil des ans bien décidés à ne pas confier Charles-Félix à cette mère licencieuse, ayant trompé son mari avec Hoche qu'ils haïssaient et mariée à ce colonel républicain. Ils la jugeaient incapable et indigne de s'occuper du fils du malheureux Antoine-Henry de Pontbellanger. Ils surent faire face avec adresse aux *chicanes* nombreuses que Louise devait ourdir. Aux multiples démarches des hommes de loi – avocats, huissiers –, ils réussirent à opposer une esquive habile, se dérobant aux convocations ou déplaçant l'enfant à chaque fois que cela se révélait nécessaire.

Louise finit par comprendre qu'elle ne réussirait jamais à obtenir la garde de son enfant. Faisant contre mauvaise fortune bon cœur, elle s'y résigna. Elle devait au fil des ans normaliser peu à peu sa relation avec sa mère, ce qui lui permit de revoir Charles-Félix de temps à autre. Mais elle ne réussit jamais à créer avec lui une relation affectueuse – le garçon restant toujours distant vis-à-vis d'elle. Une défaite dont Louise souffrit toute sa vie, même si plus tard son fils, devenu brillant officier de l'armée impériale, eut l'intelligence d'adoucir l'amertume de leur relation par un comportement en apparence plus filial, socialement acceptable. Il sut sauver les apparences mais n'aima jamais vraiment cette mère qui, à ses yeux, avait trahi son père et l'avait abandonné, lui. Ce fut pour elle un grand échec, le seul véritable qu'elle connut, mais ô combien douloureux. Mais aurait-elle pu faire autrement que de confier son fils à la garde de sa mère, alors qu'elle était poursuivie et même traquée ?

Madame Bonté

1797-1815

Le mariage de Louise et du colonel Bonté avait donc eu lieu à Paris le 25 octobre 1797. Une cérémonie dans l'intimité célébrée avec quelques amis d'enfance de Bonté venus de Coutances ou de Cherbourg, ainsi que trois de ses camarades officiers supérieurs comme lui, accompagnés de leurs épouses. Louise, de son côté, avait invité le ministre Sotin qui, prétextant une réunion importante, ne vint pas, et quelques amis fidèles dont Mme de Colbert qui l'avait si généreusement hébergée à Maulévrier et ne lui avait pas tenu rigueur de ses choix sentimentaux et politiques.

La vicomtesse de Pontbellanger était ainsi devenue Mme Bonté. Comme toujours, Louise sut se montrer pragmatique et se coula dans le rôle d'épouse d'un officier brillant au service de l'Empereur. Sans enfant, elle était souvent seule car le colonel Bonté, engagé au cœur de l'épopée, était fréquemment absent, se battant dans différents pays européens. Elle devait consacrer sa vie à servir la carrière de son mari, lui tenant parfois la plume pour demander des promotions, écrivant elle-même le cas échéant. Il lui arrivait de le suivre dans ces théâtres d'opérations extérieures, mais la plupart du temps elle restait au Vau de Quip ou à Trévarez, telle Pénélope attendant le retour de son Ulysse victorieux.

Durant ces périodes de solitude souvent longues, elle se consacrait au quotidien à la gestion de ses propriétés, où elle excellait... mais surtout à ce travail de bénédictin de tenter de remettre de l'ordre dans un patrimoine que la gestion dramatique de ses parents et les aléas de la Révolution avaient dévasté. Elle devait faire face à la meute de créanciers, son père s'étant beaucoup endetté. Il lui fallait gagner du temps, vendre au mieux un peu de patrimoine pour les rembourser. Une des plus grandes fortunes de Bretagne au XVIIIe partait ainsi en lambeaux, ce qui la désespérait. Mais comment faire autrement que de sacrifier quelques biens pour sauver l'essentiel ?

Le ménage s'installa d'abord à Quimper, ce qui arrangeait bien Louise, qui put vivre à cheval entre son domicile conjugal et Trévarez. Michel Louis Joseph Bonté, qu'on appelait communément Louis-Joseph, était un homme agréable – gai et bon vivant. Pour la première fois depuis longtemps, Louise se sentait heureuse et stabilisée. Elle menait une existence facile, mondaine à l'occasion, se partageant entre les gens de son milieu qui acceptaient encore de la voir malgré sa réputation sulfureuse, et les nombreux amis civils et militaires de son mari, appartenant à cette nouvelle société qui allait émerger sous le Consulat et l'Empire. Elle avait toujours su s'adapter : jolie, brillante, spirituelle, elle devait vite devenir la reine des soirées quimpéroises.

Las ! Une carrière militaire n'a jamais été synonyme de stabilité. La République, toujours en guerre avec l'Angleterre, avait pris la décision de tenter un nouveau débarquement en Irlande pour soutenir l'insurrection des Irlandais. Et voilà Bonté obligé d'embarquer à Brest avec deux bataillons, laissant une Louise éplorée... qui décida de réagir !

À peine a-t-il quitté le quai que Bonté, sur ordre du ministre, est rappelé à Quimper. Tout le monde y voit la main de Louise et l'on se moque du mari :

Dès qu'il eut mis les pieds sur le vaisseau, il se mit à pleurer et à gémir. Le général Harty, ne voulant associer à sa gloire que des hommes dignes d'un sort plus heureux, renvoya ce petit Antoine se consoler dans les bras de sa Cléopâtre…

Et le général Harty d'écrire :

Il fallait sans doute que le ministre eût des motifs très puissants pour retenir ce chef à Quimper quand son général l'appelait ailleurs à la tête de la majeure partie de son corps.

L'affaire fit grand bruit. Une enquête ayant été demandée, le commissaire enquêteur Guesnet envoya depuis Brest au *cabinet secret* du ministre un rapport circonstancié :

Citoyen ministre,

Je ne connais personnellement ni le citoyen Bonté ni la citoyenne Bonté sur le compte desquels vous me demandez des renseignements par la lettre que vous m'avez fait l'honneur de m'écrire le 5 de ce mois et que je n'ai reçue qu'hier. Cependant, à l'égard du mari, j'ai appris son débarquement par la voix publique ; dans le temps, il ne lui a pas fait honneur dans l'opinion générale. J'ai su alors que l'administration départementale du Finistère et le commissaire du Directoire exécutif étaient fortement intéressés pour obtenir le débarquement ; leur demande était motivée sur l'importance dont était dans le Finistère, pour sa tranquillité, la présence du citoyen Bonté. Cette demande, appuyée par le représentant Bergerin, a été accueillie par vous-même, citoyen ministre. Faites-vous représenter votre lettre du 3 fructidor dernier

au citoyen Bonté et votre dépêche relative au général Michaud.
Quant à la femme du chef de brigade dont il est question, j'ignore si elle a pris une part active dans la guerre de la Vendée ; il paraît au contraire qu'elle a servi utilement la République dans cette contrée, puisque, en cette considération, elle a obtenu sa radiation définitive de la liste des émigrés.

Une fois de plus, Louise était parvenue à ses fins et, malgré les bruits malveillants, le couple avait pu reprendre son agréable vie quimpéroise. Cependant, l'affaire devait sans doute laisser des traces : quel que soit le régime politique, l'armée n'a jamais beaucoup aimé le piston, d'autant plus quand une femme en est à l'origine. Y a-t-il eu un lien de cause à effet ? En mai 1799, Bonté devait être muté de Quimper à Vannes, son troisième bataillon étant allé rejoindre les deux premiers, engagés dans l'opération irlandaise : notre chef de brigade se retrouvait dans la préfecture du Morbihan, ne commandant plus que quelques hommes. Une mutation humiliante et un travail sans grand intérêt. Vannes de surcroît se révélait bien moins gaie que Quimper où le ménage Bonté avait *fait son trou*. Louise et son mari s'ennuyèrent ferme quelques mois, jusqu'à ce que notre héroïne prît les choses en main : le 7 septembre 1799, cinq mois après la malencontreuse mutation, elle fit écrire sous sa dictée à son mari une lettre au Directoire exécutif, au style bien reconnaissable :

C'est à vous, citoyens directeurs, qu'il appartient de m'ouvrir une carrière plus vaste et plus propre au développement de mon énergie et des connaissances militaires qu'une expérience de toute la guerre de la Liberté m'a acquises. En conséquence, je vous prie de me faire passer soit à l'armée du Rhin, soit à celle d'Italie, avec le grade de général de brigade ou d'adjudant-général, dont je me flatte de n'être pas indigne, par les services non équivoques que je n'ai cessé de rendre à la République... D'après mon passé, vous jugerez sans doute que je ne suis pas dénué de l'activité, de la prudence, de la fermeté et de tous les talents militaires qui constituent l'officier général.

Tout Louise est dans cette lettre : la fidélité à l'homme qu'elle a choisi d'aimer et donc d'aider, l'habileté à flatter les puissants... sans vergogne !

*

La lettre au Directoire n'atteignit qu'une partie de ses objectifs. Entre-temps était intervenu le 18 Brumaire qui avait vu Barras démissionner du Directoire et Louise perdre ainsi cet appui inestimable. Bonaparte devenu Premier consul voulut, avant de muter Bonté et sa demi-brigade en Italie, être assuré que le calme était définitivement revenu en Bretagne et en Vendée. Ce ne fut qu'à la fin 1800 qu'il accepta de retirer une partie des troupes de l'Ouest pour les envoyer au-delà des Alpes, mais Bonté ne reçut pas la promotion espérée au grade de général de brigade. Une demi-victoire !

Après le mari, le père... Louise restait attachée à ce dernier et sa triste condition d'exilé à Jersey lui faisait pitié. Elle n'hésita pas à solliciter le Premier consul Bonaparte pour qu'il accordât au ci-devant Charles du Bot une carte de séjour ou un passeport lui permettant de rentrer en France. Elle lui écrivit le 12 mars 1801, dans son style inimitable, mêlant la flagornerie à une réelle émotion :

Mme Bonté au général Bonaparte, Premier consul de la République française

Daignez recevoir avec bonté et indulgence la demande que j'ai l'honneur de vous adresser ; j'implore votre bienveillance pour mon père âgé de soixante-cinq ans, infirme et proscrit depuis dix ans, n'ayant jamais voulu porter les armes contre sa patrie ; il a fui les persécutions ; une fortune considérable l'a mis en butte à des ennemis, la peur (dont on ne guérit pas !) l'a fait quitter ses foyers ; ce même motif l'a empêché de réclamer en temps utiles ; inscrit sur la fatale liste, les formalités auxquelles il a manqué lui ferment les portes de sa patrie. Ses malheurs me donnent la force et le courage de vous importuner et de vous prier d'adoucir son sort.

La tendresse filiale vous sollicite ; un mot de vous, citoyen consul, peut rendre mon père à mes embrassements et à mes soins ; occupé au bonheur général, vous pouvez celui des particuliers ; je serai caution de mon père, je réponds de sa soumission aux lois et de son respect pour votre personne.

Mon mari a l'honneur de commander la 81e demi-brigade. Vous avez bien voulu lui donner des témoignages d'estime sous les ordres du général Murat ; j'espère qu'il s'en rendra toujours digne ; quelle reconnaissance ne vous devrais-je pas, citoyen consul, si vous rendiez à mes vœux un père mourant qui ne peut plus avoir d'autres satisfactions que celle d'embrasser sa fille unique et de la bénir ; avant la Révolution il possédait quatre-vingt mille livres de rentes ; toutes ses propriétés sont vendues à l'exception de quatre ou cinq mille livres de revenus ; j'ai perdu comme lui toute ma fortune par la rigueur de la loi sur la solidarité ; ayant été forcée de payer en totalité des dettes hypothécaires dont la sûreté reposait sur une masse de biens considérables dont je ne possède pas la dixième partie, j'ai réclamé en vain au ministère des Finances et au Conseil d'État ; je n'ai pu rien obtenir ; malheureuse sous tous les rapports, je ne me plaindrai pas, si vous me donnez la douceur de soigner mon vieux père ; pardon, citoyen consul, si je prends la liberté de vous faire tous ces détails ; votre bonté m'excusera...

Et la lettre de continuer sur ce ton, mélangeant tendresse et intérêts, au risque d'importuner le *citoyen consul.*

Trois semaines plus tard, le 4 avril, c'est le ci-devant Charles du Bot qui adresse lui-même à son tour au Premier consul une lettre dictée par sa fille où l'on reconnaît ses tournures de phrases : *si ce n'était à un grand homme que je m'adresse, je tremblerais de la liberté que je prends ici d'oser réclamer votre justice.* Et un peu plus loin encore : *vieillard de soixante et un ans qui a frémi d'horreur et d'indignation des attentats commis contre votre personne.* Et pour terminer, sur le conseil de sa fille, il évoque un vague lien de parenté avec la famille de la femme du Premier consul ! Il rappelle *l'honneur qu'il a d'appartenir à la citoyenne Beauharnais votre belle-fille.*

Toutes ces sollicitations finirent par aboutir, et le père de Louise put regagner la France dans le courant du deuxième semestre 1801. Il rejoignit la Bretagne où il mena une vie austère, son ancienne femme toujours dure et rancunière ne voulant ni le voir, ni l'aider et s'éloignant dès qu'il se rendait au Vau de Quip voir sa fille. Il s'établit à Quimper où il vécut chichement. Louise devait finir par le recueillir en 1810 à Trévarez, où il mourut en mai 1812. Il fut enterré dans la chapelle du parc de la propriété, et sa fille, toujours affectueuse, fit graver cette épitaphe :

> « Ici repose le corps de M. Charles François Jules du Bot du Grégo, issu d'une des premières familles de Bretagne. Il possédait les marquisats de La Roche, de Coatarmoal, la baronnie de Laz, le comté de Gournois, le vicomté de Curu et autres lieux. Il décéda le 23 mai 1812 âgé de soixante et onze ans, chez Mme la baronne de Bonté, sa fille unique. Sa grande fortune ne suffisait pas pour satisfaire son excellent cœur. Sa fille reçut son dernier soupir et lui fit faire ce monument. Vous qui lirez ceci, priez pour son âme. »

Comment ne pas reconnaître à Louise, au-delà de sa propension à solliciter, intriguer, une remarquable fidélité et un grand dévouement à ceux qui comptaient pour elle – son père et son mari ?

Rebondissements

1804-1814

L'aventurière, la femme indomptable s'était en apparence transformée en brave épouse, presque en dame d'œuvres. Il arrivait à Louise cependant de regarder le camée que lui avait offert Lazare Hoche et de ressentir une poussée aiguë de nostalgie. Elle le sortait du tiroir secret de son secrétaire, où elle gardait aussi les lettres que lui avait envoyées son amant. La page était tournée bien sûr, elle se voulait une femme fidèle, mais elle ne pouvait oublier ce qui avait été le grand, l'unique amour de sa vie… ni s'empêcher de se laisser aller à imaginer parfois que Hoche, ayant vécu, se serait peut-être lassé de sa Créole et même de sa petite oie blanche d'épouse, et que sa destinée à elle eût pu être toute autre s'il lui était revenu ! À la fois plus passionnée et plus ambitieuse… car malgré ses démarches, ses lettres, Louise ne voyait pas venir l'avancement de son mari ni être accordé le grade de général tant désiré à son Louis-Joseph.

Cependant, d'autres distinctions honorifiques vinrent calmer l'ambition du ménage : Bonté, en décembre 1803, avait reçu la Légion d'honneur, puis en juin 1804 il avait été promu officier dans cet Ordre. Enfin, le 19 mars 1808, il fut créé baron de l'Empire. Ce dernier titre devait satisfaire Louise qui, dorénavant, ne se faisait plus appeler que la *baronne de*

Bonté. Louis-Joseph, lui, plus modeste ou se souvenant de son passé républicain, s'en tenait au simple *baron Bonté*.

À cette époque de sa vie, Louise se sentait heureuse, on pourrait dire épanouie, hormis la privation de son fils – lequel, en 1802, âgé de quatorze ans, avait été émancipé, tandis que Jean-François Le Forestier, son curateur et tuteur, était nommé procureur général et spécial pour *régir, gouverner et administrer les biens qui lui appartiennent en propre*.

Le baron de Miollis, préfet du Finistère au tournant des années 1800-1810, la décrivait ainsi dans un *état des notabilités*:

> *Mme la baronne de Bonté a été extrêmement vive, extrêmement aimable et jolie. Elle a du caractère et a figuré dans les héroïnes de la chouannerie. Mme Bonté fut l'une des premières du parti que le général Hoche ramena (...). Elle demeure à Trévarez qui est une superbe terre de la commune de Saint-Goazec. Âgée de quarante ans, elle est encore belle et aimable.*

Un témoignage impartial d'un haut fonctionnaire montrant bien la séduction dont Louise était encore capable...

Elle connut la joie au printemps 1809 de pouvoir se rendre avec son mari en Dalmatie. Elle retrouva avec bonheur le parfum de l'aventure, les grands chemins, les trajets indéfinis, les auberges-relais. Mais sans crainte aucune: Louis-Joseph, officier de haut rang rejoignant son poste, était accompagné d'une bonne escorte et le voyage fut facile, quoique long. Louise ne connaissait que les paysages de l'Ouest ou de l'Île-de-France, elle découvrit la splendeur des Alpes, de l'Italie, de la Vénétie, de la Dalmatie, en cette période de l'année où la nature en ces régions était incroyablement belle et surprenante aux yeux d'une Bretonne. Louise, à quarante ans, se sentait rajeunir !

Elle passa deux mois très gais à Zadar, bien que la région fût en permanence disputée entre les Empires français, russe et autrichien. Bonté se montrait très fier de sa femme et ravi de sa présence dont il avait été privé au cours de ces dernières années en Italie. Entre deux opérations militaires se tenaient des réceptions officielles et Louise eut ainsi l'occasion de rencontrer le maréchal Soult qui, l'année précédente, venait d'être fait par Napoléon duc de Dalmatie – *un maréchal réputé être très proche de l'Empereur*, dit-on à Louise qui prit bonne note de l'information, espérant qu'elle pourrait lui être utile un jour.

Cependant, la présence de Louise dans une zone opérationnelle commençait à faire jaser – d'autant qu'elle restait belle et surtout très piquante : on ne pouvait l'ignorer. Bonté comprit qu'il n'était pas souhaitable de garder plus longtemps sa femme à ses côtés et la convainquit de regagner la Bretagne. Bon mari, il s'inquiéta de la voir repartir seule et effectuer ce long périple sans doute dangereux pour une femme non accompagnée. Il décida de détacher un sergent de sa demi-brigade pour voyager à ses côtés. C'était une décision sage mais qui lui fut reprochée. Le ménage Bonté n'avait pas que des amis et, comme toujours, la réputation d'intrigante qu'on attribuait à Louise l'avait suivie. Il se disait aussi qu'elle était fille de marquis, issue d'une riche famille bretonne, qu'elle avait été la maîtresse de Hoche et avait trahi son mari... Son physique un peu provocant, son élégance n'arrangeaient pas les choses.

Bref, une cabale se monta contre le ménage et une plainte fut déposée, accusant Bonté de prévarication. Il lui était reproché d'avoir utilisé les moyens de l'armée à des fins personnelles en détachant un sergent auprès de sa femme. Au-delà de ce fait précis, on accusait le colonel Bonté d'avoir pratiqué des malversations depuis douze ans : un état fut rédigé dans ce sens, hélas, par d'anciens subordonnés et transmis aux autorités. Une enquête fut déclenchée et, Dieu merci, n'aboutit pas à la culpabilité de Bonté.

Ce dernier trouva ces accusations extrêmement outrageantes et fut bien soulagé d'être blanchi par les autorités. Ces calomnies ne portèrent cependant pas préjudice à sa carrière et, le 6 août 1811, il fut enfin nommé général de brigade ! Il quitta alors la 81e ligne pour rejoindre la péninsule ibérique. Le 17 novembre 1811, il fut affecté au Portugal, envahi alors par les armées napoléoniennes, et prit le commandement de la 1re brigade de la 1re division de l'armée qui, dès son arrivée, se trouva engagée dans des combats meurtriers contre l'armée anglaise.

Le 22 juillet 1812, le général Bonté devait participer avec ses troupes à la grande bataille des Arapiles, connue aussi sous le nom de « bataille de Salamanque ». Cinquante mille soldats français sous les ordres du maréchal Marmont s'opposèrent à des forces anglo-portugaises commandées par le duc de Wellington. Ce fut un désastre, une déroute de l'armée napoléonienne : les Français perdirent sept mille hommes et autant de prisonniers. Marmont lui-même fut grièvement blessé et trois de ses généraux de division tués. Cette défaite devait permettre au duc de Wellington de progresser et, peu après, de libérer Madrid et d'affaiblir le gouvernement de Joseph Bonaparte, qui avait été placé sur le trône d'Espagne par son frère Napoléon.

Comme en Italie et en Istrie, Bonté s'était montré sur le terrain un chef avisé et courageux. Il s'était battu vaillamment à la tête de sa brigade et fut blessé – Dieu merci légèrement ! Entre sa santé, l'engrenage d'une guerre de harcèlement, de combats quasi quotidiens dans la chaleur de l'été portugais, il n'avait guère le temps d'écrire… et d'autres soucis que d'informer sa femme des péripéties de sa vie dangereuse. Il craignait aussi de l'alarmer.

Louise, inquiète d'être sans nouvelles de Louis-Joseph, auquel elle était maintenant attachée, prit une fois de plus sa plume et, ne doutant de rien, s'adressa directement au ministre de la Guerre de l'Empereur, n'hésitant pas même à demander la mutation de son mari dans un corps d'armée moins lointain. Elle écrivait ainsi, le 14 janvier 1812, une lettre qui se voulait convaincante malgré les quelques fautes de français et d'orthographe :

Monseigneur,

J'ose prier Votre Excellence de vouloir bien me faire savoir où peut être M. Bonté, et quelle est sa destination. Depuis trois mois je n'en ai aucune espèce de nouvelles et j'en suis très inquiète. Des affaires majeures pour ses intérêts et les miens m'obligent, Monseigneur, de supplier Votre Excellence de vouloir bien me faire donner des renseignements sur mon mari. J'ignore absolument ce qu'il est devenu et ma peine est extrême. Ses affaires particulières et les miennes souffrent de l'interruption de notre correspondance. S'il avait été possible sans nuire au service de SM de faire avoir à M. Bonté une destination plus rapprochée que celle d'Espagne, j'ose me permettre de demander à Votre Excellence de lui en faire obtenir une autre.

Depuis dix ans mon mari a toujours eu des destinations lointaines ; il n'a pu obtenir que de courtes permissions qui ne lui ont jamais donné la possibilité de m'aider en rien à terminer des affaires litigieuses que m'ont laissées les suites de la Révolution ; une grande fortune à laquelle j'étais destinée a été engloutie et ne m'a laissé que beaucoup d'embarras, des peines, et fort peu de biens. L'éloignement de mon mari augmente mes embarras ; s'il était moins loin, nous pourrions mieux nous entendre pour les terminer ; je serais moins inquiète sur son sort, et le mien, sans les rapports pécuniaires, deviendrait meilleur…

Et Louise de continuer encore et encore, mélangeant selon son habitude sentiments et intérêts ! Il fallut attendre plus d'un mois pour qu'une réponse lui fût donnée. Le ministre l'informa que le général Bonté était employé maintenant dans l'armée du Nord de l'Espagne et que sa destination ne pouvait être changée que par la volonté de l'Empereur. Louise fut contente de savoir enfin où se trouvait son mari mais très déçue de cette fin de non-recevoir. Elle ne se découragea pas : elle laissa passer quelque temps et, six mois plus tard, elle écrivait de nouveau au ministre, s'adressant à l'inspecteur qui, la dernière fois, lui avait répondu. Et cette fois, elle voulait également obtenir des nouvelles de son fils qui, devenu adulte, servait lui aussi dans l'armée impériale. Ce dernier s'était peu à peu réconcilié avec sa mère. Officier comme son beau-père, il s'entendait plutôt bien avec lui : il était impressionné par ses états de service et partageait son admiration pour Napoléon. Et le général Bonté avait de la sympathie pour ce jeune homme en début de carrière : cela rapprocha la mère et le fils.

Louise allait donc maintenant intriguer à la fois pour son mari et Charles-Félix – un art où elle excellait ! Elle voulait savoir où était son garçon et obtenir un congé pour son mari, et écrivit de Trévarez au fameux inspecteur, qui devait finir par se sentir harcelé :

J'ose aussi vous demander, Monsieur, où M. de Jomini est employé à la Grande Armée. Mon fils, un d'Amphernet de Pontbellanger, fut auprès de ce général, en qualité d'aide de camp, et depuis son départ de Berlin, je ne sais ce qu'il est devenu. (...) Je viens de perdre mon père il y a deux mois ; sa mort me laisse beaucoup d'affaires à régler et si mon mari pouvait avoir un congé pour soigner sa santé, il m'aiderait à les terminer.

Il est vrai que Bonté connaissait des ennuis de santé. Épuisé par des années de durs combats et mal remis de sa blessure, il était tombé malade. Louise finit par l'apprendre. Le 19 août 1813, ayant su par la rumeur que son mari avait été blessé et était mal en point, elle écrivit depuis le Grégo au ministre pour s'en enquérir car *les bruits qui se répandent alarment ma tendresse* ! Et comme elle ne savait toujours pas non plus ce qu'était devenu son fils, elle implore le ministre : *je compte sur vos bontés pour lui et pour mon mari.* Elle finit en demandant une fois encore un congé de convalescence pour Bonté... et là, elle sera exaucée ! Louis-Joseph obtint le fameux congé de convalescence – bien mérité, il faut le reconnaître. Congé qui fut prolongé jusqu'au 1er décembre 1813.

Durant cette période de repos où le général restaura sa santé, il aida sa femme à régler leurs affaires compliquées. Le 8 janvier 1814, Louise vendit le Grégo et Trévarez à son mari, dont elle était par le contrat de mariage séparée de biens. Le produit de la vente permit à la baronne de Bonté de racheter nombre d'hypothèques et de calmer tant soit peu les créanciers – lesquels n'abandonnaient jamais leurs droits sur les anciennes propriétés du marquis du Bot du Grégo et harcelaient mois après mois, année après année, la pauvre Louise ! Un cauchemar.

*

Cependant, la situation de la France était devenue très inquiétante. La campagne d'Allemagne s'était soldée par un échec et la bataille de Leipzig avait conduit à la retraite des troupes françaises. Du fond de la Bretagne, Bonté et sa femme suivaient les événements avec angoisse. Ils avaient le sentiment de voir leurs rêves se déchirer.

Trois ans auparavant, en 1811, l'Empire était à son apogée. Il comptait cent trente départements : il maintenait sa présence en Allemagne, en Italie, en Espagne, au duché de Varsovie… La Prusse et l'Autriche étaient ses alliés et la Catalogne était directement soumise à l'autorité de Napoléon. Pour un baron de l'Empire comme Bonté, bien en cour, tous les espoirs étaient permis. Louise, malgré ses intrigues et ses récriminations, voyait les carrières de son fils et de son mari promises à un bel avenir ! Et quel sentiment d'orgueil, à assister à la domination de la France sur toute l'Europe continentale ! Quels espoirs pour les ambitieux comme Louise et son mari…

Les années 1812 et 1813 devaient, hélas, marquer le déclin de l'Empire avant la fin de l'aventure. De 1811 à 1812, les défaites françaises se multiplièrent en Espagne et Bonté était bien placé pour le constater, le vivre en direct… un premier signal !

La campagne de Russie à laquelle participait Charles-Félix tourna au drame : la Grande Armée, forte de six cent mille hommes, sombra dans les immensités russes et les rigueurs du climat ! Seuls trente mille hommes réchappèrent à ce naufrage, dont par miracle Charles-Félix… tandis que les alliés prussiens et autrichiens devenaient de féroces adversaires.

De janvier à mars 1814, l'hallali allait sonner : ce fut la campagne de France ! Dans ce contexte tragique, le général Bonté, à l'issue de sa permission de convalescence, dut reprendre son service : le 8 février 1814, il était nommé à la tête d'une brigade de la garde nationale, de la division Pacthod.

Les faits s'accélérèrent : dès mars, sa brigade était engagée dans de durs combats. Et le 25, elle se retrouvait face aux armées ennemies de la VIe coalition. La bataille de Fère-Champenoise dura de l'aurore jusqu'au soir. Les troupes françaises, commandées par les maréchaux Marmont et Mortier, luttèrent des heures, pied à pied, bousculées par l'immense armée ennemie et notamment sa cavalerie. La division Pacthod, encerclée de toutes parts, refusa longtemps de se rendre, avant que les derniers héroïques combattants, dont le général Bonté, ne s'avouassent vaincus et fussent faits prisonniers. La défaite de Fère-Champenoise allait ouvrir aux alliés la route de Paris…

Louise fut désespérée en apprenant que son mari était incarcéré. Elle se faisait déjà énormément de souci pour son fils. Charles-Félix était sorti indemne de la campagne de Russie, après s'être vaillamment défendu. Elle savait qu'il se battait de nouveau maintenant contre les Prussiens. Au combat de Vauchamps, le 14 février dernier, il avait été blessé à la jambe et sa conduite téméraire lui avait valu d'être promu dès le lendemain chef d'escadron. Le connaissant, elle craignait qu'il ne se fasse tuer ! Et voilà qu'elle apprenait que Louis-Joseph venait d'être fait prisonnier. Trop, c'était trop !

Elle ne pouvait non plus s'empêcher d'être inquiète politiquement : qu'allait-il advenir de la France, de l'Empire, si les alliés réussissaient à vaincre Napoléon ? Et eux-mêmes, les Bonté ? Si proches du régime pendant toutes ces années, quel sort allait-il leur être réservé ?

Oui, trop, c'était trop ! Après avoir vécu la fin de l'Ancien Régime, la Révolution, la Terreur… Comme tant de gens de sa génération et de son milieu, elle avait connu d'incroyables bouleversements sociaux, la perte de ses biens, la fuite, la peur – mais aussi les deuils d'êtres proches, amis, parents… et cela recommençait ! De nouveau son existence, celle des siens, sa fortune, son statut social rebâti à grand mal, étaient pris dans la tourmente, risquant d'être remis en question…

Seule, enfoncée dans une profonde bergère, elle se sentait abandonnée de Dieu et des hommes. Au-dehors soufflait une tempête dont le vent faisait gémir les huisseries du vieux manoir, trembler par moments les portes du couloir. Elle caressait sans y penser Féal, ce joli barbet que son mari lui avait offert en lui disant que c'était le chien favori des *grognards* de la Grande Armée et que les barbets se révélaient excellents pour la chasse aux canards dans les marais, les étangs… une chasse que Louis-Joseph adorait. En songeant à lui qui était en prison, à tous ces nuages noirs qui s'amoncelaient, elle sanglota. Et Féal vint se frotter contre sa jambe. Elle pleura de plus belle : la gentillesse du chien lui soulignait par contraste la méchanceté, la folie des hommes.

De l'Empire à la Restauration

1815

Les craintes de Louise ne se réalisèrent pas. Le Premier Empire devait s'achever le 6 avril 1814, après la déchéance de Napoléon prononcée le 2 par le Sénat, et le départ du vaincu pour l'île d'Elbe… sans drame ni révolution !

Les alliés, réunis en congrès à Vienne, avaient hésité un moment sur le choix du successeur de l'Empereur. Talleyrand avait emporté finalement la décision en faveur de Louis XVIII – un homme modéré et habile qui eut l'intelligence de ne pas se livrer à une chasse aux sorcières, sachant composer avec l'héritage de l'Empire et les acquis de la Révolution… au grand soulagement de Louise.

Dès la mi-mai, son mari était libéré après deux mois de prison. Et le 6 juin, le gouvernement lui confiait le commandement du département du Finistère. La baronne Bonté allait pouvoir se partager entre Quimper et Trévarez, et le ménage reprendre une vie finistérienne qu'ils avaient bien aimée. Cette promotion du général Bonté ne fut pas du goût de tout le monde et une protestation fut adressée aux services du roi :

> *Daignez accorder aux fidèles habitants du Finistère un chef qui ne les fasse pas rougir et qui n'offre point un contraste frappant entre leurs sentiments et les siens.*

Le passé rattrapait les Bonté... et notamment celui de Louise, qui restait sulfureux aux yeux de nombreux royalistes. Cette rumeur hostile enflant, Louis XVIII fut amené à relever Bonté de son commandement pour lui confier celui du simple arrondissement de Morlaix. Cette rétrogradation ulcéra Louise, qui écrivit alors :

M. Bonté est dégoûté plus que jamais de la Bretagne et il est bien à désirer que nous puissions vendre le Grégo pour y terminer nos affaires. (...) M. Bonté ne peut plus compter sur rien et il craint toujours d'être compromis dans mes affaires.

Cependant, comme elle n'était pas femme à se laisser abattre, elle décida de réagir et produisit aux autorités royales un certificat signé de trois personnalités ayant joué un rôle important dans la chouannerie. Il attestait que le mari de Louise, le vicomte de Pontbellanger, *avait été nommé à l'unanimité général en chef de l'armée rouge après la mort du chevalier de Tinténiac à Coëtlogon et qu'il avait été tué six mois plus tard à Médréac... ledit vicomte n'ayant pour seule fortune que sa femme, fille unique du marquis de La Roche du Bot du Grégo...*

Voilà notre Louise devenue plus royaliste que le roi ! Durant les cent jours (20 mars-8 juillet 1815), le ménage et notamment le général Bonté gardèrent avec prudence leurs distances avec l'*usurpateur*. Louise déclara même plus tard *avoir fourni des armes aux royalistes du Finistère*. Cette bonne conduite se révéla payante et, le 1er septembre 1815, Bonté fut à nouveau nommé commandant du Finistère. Mais les oppositions persistaient, notamment celles de son chef, le général de Vioménil, qui commença d'abord par coiffer le pauvre Bonté par le général O'Mahony avant de le mettre en disponibilité le 5 décembre.

Cette nouvelle disgrâce déclencha une activité frénétique de Louise, qui se mit à remuer ciel et terre pour défendre l'honneur et la carrière de son mari. Elle courut de la préfecture aux différentes municipalités, alla voir les députés, les ministres, ne comprenant pas ce qu'on pouvait reprocher à son grand homme ! Durant l'*interrègne*, n'avait-il pas été parfait ? *Sans tache*, disait-elle ! Et de citer tout ce que Bonté avait pu faire pour contrer les partisans de l'usurpateur et servir le roi…

N'obtenant pas gain de cause et ne doutant de rien, elle écrivit le 17 février 1816 au roi lui-même, lui adressant une *pétition* où elle évoquait ses malheurs : la mort de son mari commandant en chef de l'armée rouge, les persécutions qu'elle avait subies, la perte de sa fortune… et comment, durant les Cent-Jours, elle avait servi, aidé *le parti de la légitimité*.

Et elle eut gain de cause ! Le roi lui accorda une audience particulière, se souvenant sans doute des services que Louise avait rendus à la Manufacture pendant la Révolution, fournissant quelques informations anodines sur les faits et gestes et les projets du général Hoche. Elle ne craignit pas de demander au souverain une place de lieutenant général pour son mari. Louis XVIII aimait les femmes, il se laissa attendrir… et promit, mais n'agit pas !

Le 4 juillet, Louise ne voyant rien venir, écrivit au duc de Feltre, ministre du roi, pour plaider de nouveau sa cause. Et le 17 août, elle relança Louis XVIII en lui adressant un *placet*… et obtint ce qu'elle voulait. Le 19 août, *par ordre du roi*, le duc de Chartres, premier gentilhomme de sa chambre, devait transmettre le placet au duc de Feltre, ministre de la Guerre, puis le relancer le 5 septembre :

Monsieur le maréchal, j'ai l'honneur de vous renvoyer par ordre du roi le 19 du mois dernier un placet que Mme la baronne de Bonté a présenté à Sa Majesté tendant à obtenir pour son mari le grade de lieutenant général. Les services que cet officier supérieur a rendus à diverses époques, et les bons témoignages que M. le maréchal comte de Vioménil se plaît à rendre de sa conduite en Bretagne, me font espérer vivement qu'il puisse obtenir la faveur qu'il sollicite.
Recevez, je vous prie, Monsieur le maréchal, l'assurance de ma haute considération.

Malgré cet appui royal, la promotion tant attendue ne vint pas. Louise ne devait pas se décourager et continua de harceler au fil des mois puis des ans les ministres, et de nouveau le roi en 1820. Louis XVIII mourut en 1824 et le comte d'Artois lui succéda sous le nom de Charles X. Louise, sachant que son premier mari avait été l'aide de camp du nouveau roi, lui écrivit une longue lettre rappelant ses infortunes et ses malheurs et vantant les mérites de son mari. Jamais épouse n'avait autant dépensé d'énergie pour soutenir la carrière de son conjoint ! Mais il n'est pas impossible que cet acharnement ait fini par nuire à la carrière de Bonté en indisposant ses chefs…

Le nouveau roi, hélas, ne daigna pas répondre, ayant à l'évidence d'autres préoccupations plus immédiates à régler. Et Louise de le relancer l'année suivante *via* son ministre de la Guerre, le comte de Clermont-Tonnerre.

La vie cependant avait continué. Le 31 août 1819, Charles-Félix s'était marié. Après sa brillante carrière sous l'Empire, il avait été fidèle à Napoléon durant les Cent-Jours, se battant même avec héroïsme pour l'Empereur. Sa fidélité devait le desservir, entraînant l'hostilité du nouveau régime. Il dut quitter l'armée et s'établit à Redon, au château de La Barre, à deux lieues du Vau de Quip où il avait été pour partie élevé.

Louise, qui l'admirait, s'était au fil des ans rapprochée de lui. Elle appréciait aussi les bons rapports qu'il entretenait avec son mari : les deux hommes avaient connu des parcours militaires brillants durant les guerres de l'Empire et s'estimaient mutuellement. Par ailleurs, Jeanne-Vincente, la mère de Louise, s'était retirée au monastère des Calvairiennes à Redon et n'interférait pratiquement plus dans les rapports de Louise et de son fils. Tout cela avait contribué à un apaisement et même un début d'affection de Charles-Félix pour sa mère. Aussi, cette dernière se réjouit beaucoup quand celui-ci épousa, à la chapelle Bouëxic, non loin de Redon, Zulmée Quesnel de La Morinière, dont le père, un propriétaire fortuné de la région de Coutances, était connétable du roi, et dont la mère se révélait être la cousine issue de germaine du côté de Bonté… tout cela était parfait !

Zulmée était une jeune femme douce, plutôt jolie et d'un commerce agréable : Louise s'entendit tout de suite facilement avec elle. Et le fait qu'elle soit une riche héritière la parait de beaucoup de vertus aux yeux de sa belle-mère ! On ne se refait pas…

Le jeune ménage démarrait donc sa vie conjugale sous les meilleurs auspices – du moins matériels. L'oncle de Charles-Félix, le comte de Pontbellanger, devait mourir le 5 mars 1821, sans postérité, en laissant toute sa fortune à son neveu, notamment le château de Pontbellanger. Et peu après, c'était Jeanne-Vincente qui décédait le 22 mars 1822, léguant le château du Vau de Quip à son petit-fils chéri !

Louise n'éprouva pas un chagrin excessif de la mort d'une mère qui ne l'avait jamais beaucoup aimée. Elle se réjouit inconsciemment d'avoir enfin ce fils totalement à elle. L'avenir lui paraissait souriant. La baronne de Bonté, comme elle continuait à se faire appeler, se sentait enfin heureuse. Un mari gentil et dévoué qui lui faisait honneur, un fils réussi, *bien marié* et maintenant très fortuné, une vie facile sous un régime politique qui comblait ses vœux – une monarchie libérale ! Elle avait le sentiment d'être arrivée à bon port.

L'aventureuse intrépide, la fougueuse amazone, l'amoureuse passionnée, l'agent double, s'était muée peu à peu en une épouse parfaite, une mère accomplie… et était devenue une notabilité de la Restauration ! Beau rétablissement…

Épilogue

Louise, de façon tout à fait imprévue, devait mourir à Trévarez où elle séjournait le 17 janvier 1826. Elle avait cinquante-six ans. Rien ne laissait prévoir une fin aussi subite et prématurée – sans doute la conséquence d'une vie passionnée mais épuisante…

Certaines âmes mal intentionnées imaginèrent plus tard une longue agonie où la *Bot du Grégo*, torturée à l'approche de la mort, reconnaissait ses *crimes* et demandait pardon à ses proches pour sa responsabilité dans la mort à Coëtlogon du chevalier de Tinténiac et celle, un peu plus tard, de son malheureux premier mari, Antoine-Henry de Pontbellanger. Il faut y voir un goût du romanesque ou surtout de la malveillance – cette malveillance qui l'avait poursuivie toute sa vie.

Louise s'éteignit à l'aube. Sa fidèle domestique Thérèse, qui l'avait suivie de Nantes à Trévarez et dormait dans une pièce proche de la sienne, avait entendu un bruit, une sorte de hoquet. Elle s'était levée et, comme Louise n'avait pas répondu quand elle avait frappé à sa porte, elle était rentrée dans sa chambre et l'avait trouvée inanimée, morte dans son sommeil. Ses cousins, Charles Tréouret de Kerstrat et Basile Guilloré de La Landelle, qui habitaient non loin de Trévarez, prévenus par Thérèse, déclarèrent le décès.

Bonté commandait alors la 7e subdivision (Eure-et-Loir) de la 1re division militaire. Il fut prévenu à son domicile : le ménage habitait Chartres depuis trois ans, où on leur avait attribué une belle résidence officielle. La nouvelle de la mort de sa femme le terrassa.

Il prit la route aussitôt, mais mit un peu plus de trois jours à faire les cent lieues séparant Chartres de Trévarez. Il y arriva épuisé et fort abattu : il avait toujours été très attaché à Louise, dont il se sentait même un peu dépendant. Il savait combien elle s'était investie pour l'aider dans sa carrière – parfois même maladroitement, en harcelant trop ses supérieurs. Bien que la vie les eût menés à être souvent séparés, ils étaient proches l'un de l'autre et la forte personnalité de Louise influençait parfois les décisions professionnelles du général. Sa mort donna à Bonté un grand sentiment de vide et d'abandon.

Louise fut enterrée à Trévarez, dans la chapelle Saint-Hubert, aux côtés de son père, le marquis du Bot du Grégo. Son mari devait faire édifier un superbe tombeau de marbre blanc, témoignage de son amour pour cette femme hors du commun et de sa reconnaissance pour tout le mal qu'elle s'était donné pour lui. Sur ce monument imposant, il fit graver un texte reflétant ses sentiments mais aussi sa vanité :

> « Ici repose haute et puissante dame Louise Exupère Françoise Charlotte du Bot du Grégo, marquise de La Roche, baronne de Laz, comtesse de Gournoi, vicomtesse de Curu, décédée en son château de Trévarez le 17 janvier 1826. L'époux de cette Dame, Michel Louis Joseph baron Bonté, lieutenant général des armées du roi, commandeur de l'Ordre royal de la Légion d'honneur, chevalier de Saint-Louis et de la couronne de fer d'Autriche, lui a fait élever ce tombeau qui a été posé en 1830. »

Lieutenant général des armées du roi, lit-on... eh oui ! Ultime victoire de Louise, qu'elle ne put savourer : le général Bonté fut admis à la retraite le 9 août 1826, sept mois après la disparition de Louise et nommé enfin *lieutenant général honoraire* le 13 ! Le couronnement d'une brillante carrière pour le petit sous-lieutenant originaire de Coutances.

*

Bonté n'était pas fait pour vivre seul. Il se remaria vite avec Thérèse Élisa Agathe Louise de Carlotti, fille du marquis de Carlotti, descendant d'une importante famille d'origine italienne. De vieux républicains, amis de jeunesse du général, ne manquèrent pas de railler l'accumulation des titres et décorations de Louis-Joseph, comme ceux de ses deux femmes successives. Mais la vie va ainsi quand l'existence vous fait naître sous la royauté puis connaître à l'âge adulte la Révolution, l'Empire et de nouveau la monarchie... et que l'on est un peu vaniteux !

Bonté mourut en 1836. Sa deuxième épouse, consciente que Louise avait été le grand amour de sa vie, fit transporter son corps à Trévarez où il reposa dans un tombeau identique à celui de la première. Ce fut elle aussi qui régla sa succession avec les deux enfants de Charles-Félix, mort prématurément un an après sa mère. Le fils Michel-Adrien hérita de Pontbellanger et de Trévarez. Sa sœur, devenue plus tard par mariage Mme de Virel, reçut le Grégo et le Vau de Quip. Cette dernière propriété si chère au cœur de Louise devait rester dans sa descendance jusqu'au premier tiers du XXe siècle, où elle fut vendue.

*

Mais l'histoire de Louise ne devait pas s'arrêter avec sa mort… La pauvre, payant chèrement ce que d'aucuns appelèrent ses *erreurs* et d'autres, plus humainement, son *opportunisme*, continua de faire l'objet d'une haine tenace, *post-mortem*, non seulement d'une partie de son milieu d'origine restée sentimentalement attachée à la cause des chouans, mais de façon surprenante aussi dans la mémoire populaire – l'une alimentant sans doute l'autre. De noires légendes coururent *a posteriori* sur son compte, où le bon peuple lui prêtait un rôle maléfique et faisait peur aux enfants en évoquant son nom.

Des écrivains nombreux s'emparèrent de l'histoire romanesque de sa vie et la noircirent à plaisir – lui prêtant même une liaison avec Charette, une aventure d'une nuit où elle aurait tenté de le livrer aux troupes républicaines, un piège dont il avait réussi à s'échapper !

Sa sépulture enfin fut déplacée en 1854 de Trévarez au cimetière de Saint-Goazec quand les Kerjégu achetèrent la propriété. On dit que les gens du pays, quand ils passaient à proximité de sa tombe, lui jetaient des pierres et se signaient. Beaucoup plus tard, un arbre lors d'une tempête tomba sur sa sépulture et la détruisit. Nul ne sut ce que devinrent ses restes, vraisemblablement enterrés anonymement à Saint-Goazec. Certains y virent encore le signe d'une malédiction, d'autres une forme de châtiment divin…

Les circonstances firent de Louise une aventurière alors que, issue de l'une des plus importantes familles de Bretagne, elle aurait dû sans doute connaître une existence paisible, classique et privilégiée. Traversant une époque troublée où il était difficile de survivre quand on était à la fois riche, fille d'un marquis et épouse d'un émigré, elle dut s'adapter. Intelligente, opportuniste certes, mais capable de passion, elle voulut sauver sa vie et conserver ses biens – ce qui peut se comprendre. Elle traversa donc avec habileté et sang-froid, non sans courage, des temps extrêmement troublés et dangereux, et connut une grande passion pour Hoche – une liaison intéressée en ses débuts, authentique ensuite : Hoche n'était-il pas un homme exceptionnel, séduisant et séducteur ? Elle ne fut pas la seule à l'aimer… Son aventure terminée, elle sut *ferrer* Bonté, mais se montra d'une fidélité et d'un dévouement exemplaire à son égard : son ambition devint la sienne.

Les épreuves ne lui furent pas épargnées, dont la principale fut la dépossession par sa mère d'un fils unique – ce dont elle ressentit beaucoup de peine. Mais elle sut sur le tard reconquérir l'affection de son enfant. Elle courut d'innombrables risques, chevauchant seule dans tout l'Ouest puis, à la suite de son second mari, dans une partie de l'Europe en guerre.

Une existence harassante mais riche qui expliqua sa fin prématurée. Une vie dépourvue de toute idéologie mais qu'on qualifierait aujourd'hui de *résiliente* – une vie qui ne méritait *ni les excès d'honneur ni cette indignité*, comme l'aurait dit Racine.

Vtsse de Pontbellanger

TABLE

Cet ouvrage a été composé par
Soft Office à Eybens (Isère)

Impression réalisée par
CPI Firmin-Didot
en décembre 2023
pour le compte des Éditions de l'Archipel
département éditorial
de la S.A.S. Écriture-Communication.

Pour plus d'information :
www.lisez.com
Imprimé sur du papier issu de forêts gérées durablement.

Imprimé en France
N° d'impression : 177562
Dépôt légal : janvier 2024